中國古典文學基本叢書

黄庭堅全集

第二册

〔宋〕黄庭堅 著
劉 琳
李勇先 點校
王蓉貴

中 華 書 局

第二册目録

宋黃文節公全集・正集卷第十四

詞

宋黄文節公全集·正集卷第十五

序

宋黃文節公全集・正集卷第十八

書

宋黃文節公全集・正集卷第十九

書

宋黄文節公全集·正集卷第二十

論

表

奏狀

傳

碑

宋黄文節公全集·正集卷第二十一

銘

宋黄文節公全集·正集卷第二十二

贊

宋黄文節公全集·正集卷第二十三

頌

宋黃文節公全集·正集卷第二十四

字說

宋黃文節公全集・正集卷第二十五

題跋

宋黄文節公全集·正集卷第二十六

題跋

宋黄文節公全集·正集卷第十三

詞

1 水調歌頭·游覽〔一〕

瑶草一何碧，春入武陵溪。溪上桃花無數，枝上有黄鸝〔二〕。我欲穿花尋路，直入白雲深處，浩氣展虹蜺。祇恐花深裏，紅霧濕人衣〔三〕。　坐玉石，倚玉枕〔四〕，拂金徽。謫仙何處？無人伴我白螺杯。我爲靈芝仙草，不爲絳唇丹臉〔五〕，長嘯亦何爲？醉舞下山去，明月逐人歸。

〔一〕《碧雞漫志》卷二引石耆卿云此莫將詞，唐圭璋疑非黄庭堅所作。原無詞題，據續古逸叢書本《琴趣外篇》卷一補。

〔二〕枝上：《琴趣外篇》作「花上」。

〔三〕紅霧：《琴趣外篇》作「紅露」。

〔四〕倚：《琴趣外篇》作「欹」。

〔五〕絳脣：《琴趣外篇》作「朱唇」。

2 又〔一〕

落日塞垣路，風勁戛貂裘。翩翩數騎閑獵，深入黑山頭。極目平沙千里，唯見瑂弓白羽，鐵面駿驊騮〔二〕。隱隱望青冢，特地起閑愁。　漢天子，方鼎盛，四百州。玉顏皓齒，深鎖三十六宫秋。堂有經綸賢相，邊有縱横謀將，不減翠蛾羞。戎虜和樂也，聖主永無憂。

〔一〕此首另見《唐宋諸賢絶妙詞選》卷五，作劉潛詞。

〔二〕駿：《琴趣外篇》卷一作「駭」。

3 畫堂春〔一〕年十六作

東風吹柳日初長，雨餘芳草斜陽。杏花零亂燕泥香，睡損紅妝。　寶篆煙銷龍鳳，畫屏雲鎖瀟湘。夜寒微透薄羅裳，無限思量。

〔一〕此首另見《唐宋諸賢絶妙詞選》卷四，作秦觀詞。四庫本《山谷詞》亦云「是淮海作」。

4　又

摩圍小隱枕蠻江，蛛絲閑鎖晴窗。水風山影上修廊，不到晚來涼。　相伴蝶穿花徑，獨飛鷗舞溪光。不因送客下繩牀，添火炷鑪香。

5　虞美人·至當塗呈郭功甫

平生本愛江湖住，鷗鷺無人處。江南江北水雲連，莫笑醯雞歌舞甕中天。　當塗艤棹蒹葭外，賴有賓朋在。此身無路入修門，慚愧詩翁清些與招魂。

6　又〔一〕

波聲拍枕長淮曉，缺月窺人小。無情江水自東流，只載一船離恨向西州。　竹陰花塢曾同醉，酒味多於淚。若教金鑒在塵埃，醞造一場煩惱送人來。

〔一〕此首另見《東坡詞》卷下。又《詩話總龜》卷四〇、《苕溪漁隱叢話》前集卷五〇引《冷齋夜話》《古今合璧事類備要》外集卷五八等亦作蘇軾詞。此處當是誤收。

7　又・宜州見梅作

天涯也有江南信，梅破知春近。夜闌風細得香遲，不道曉來開徧向南枝。　玉臺弄粉花應妒，飄到眉心住。平生箇裏願杯深，去國十年老盡少年心。

8　撥棹子・退居〔一〕

歸去來，歸去來，攜手舊山歸去來。有人共、對月罇罍〔二〕。横一琴，甚處不逍遥自在〔三〕。　閑世界，無利害。何必向、世間甘幻愛。與君釣、晚煙寒瀨。蒸白魚稻飯，溪童供筍菜。

〔一〕原無詞題，據《琴趣外篇》卷三補。

〔二〕對月：《琴趣外篇》作「月對」。

〔三〕不逍遥：原作「逍遥不」，據《琴趣外篇》改。

9　兩同心

巧笑眉顰，行步精神。隱隱似、朝雲行雨，弓弓樣、羅襪生塵。罇前見，玉檻彫籠，堪愛難親。自言家住天津，生小從人。恐舞罷、隨風飛去，顧阿母、教窣珠裙。從今去，唯願銀缸，莫照離罇。

10 又

一笑千金，越樣情深。曾共結、合懽羅帶，終願效、比翼紋禽。許多時，靈利惺惺，驀地昏沈。自從官不容鍼，直至而今。你共人、女邊著子，争知我、門裏挑心。記攜手，小院回廊，月影花陰。

11 又

秋水遥岑，妝淡情深。儘道教、心堅穿石，更説甚、官不容鍼。霎時間，雨散雲歸，無處追尋。小樓朱閣沈沈，一笑千金。你共人、女邊著子，争知我、門裏挑心。最難忘，小院回廊，月影花陰。

12 憶帝京・私情〔一〕

銀燭生花如紅豆，占好事、如今有〔二〕。人醉曲屏深〔三〕，借寶瑟、輕招手。一陣白蘋風，故滅燭、教相就。花帶雨、冰肌香透。恨啼鳥、轆轤聲曉，柳岸微涼吹殘酒〔四〕。斷腸人依舊〔五〕，鏡中銷瘦。恐那人知後〔六〕，鎮把你來僝僽〔七〕。

〔一〕此首另見《緑窗新話》卷上引《古今詞話》，作秦觀《御街行》。原無詞題，據《琴趣外篇》卷二補。
〔二〕如今：《琴趣外篇》作「而今」。
〔三〕人醉：《琴趣外篇》無「人」字。
〔四〕柳岸：《琴趣外篇》作「岸柳」。
〔五〕斷腸人依舊：《琴趣外篇》作「斷腸時至今依舊」。
〔六〕恐那人：《琴趣外篇》無「恐」字。
〔七〕鎮把：《琴趣外篇》作「怕夯」。

13 又・贈彈琵琶妓〔一〕

薄妝小靨閑情素，抱著琵琶凝竚。慢撚復輕攏，切切如私語。轉撥割朱絃，一段驚沙去。萬里嫁、烏孫公主。對易水、明妃不渡。粉淚行行〔二〕，紅顏片片，指下花落狂風雨〔三〕。借問本師誰，斂撥當胸住〔四〕。

〔一〕原脱「彈」字，據嘉靖本補。

〔二〕粉淚：《琴趣外篇》作「淚粉」。

〔三〕落狂風雨：《琴趣外篇》作「沿江風雨」。

〔四〕當胸：《琴趣外篇》作「當心」。

14 又·黔州張倅生日〔一〕

鳴鳩乳燕春閑暇，化作綠陰槐夏。壽斝舞紅裳〔二〕，睡鴨飄香麝。醉此洛陽人，佐郡深儒雅。　况坐上、玉麟金馬。更莫問、鶯老花謝。萬里相依，千金爲壽，未厭玉燭傳清夜。不醉欲言歸，笑殺高陽社。

〔一〕《琴趣外篇》卷一詞題作「宴飲」，當從原本。

〔二〕壽斝：《琴趣外篇》作「壽酒」。

15 水龍吟·黔守曹伯達供備生日〔一〕

早秋明月新圓，漢家戚里生飛將。青驄寶勒，綠沈金鎖，曾隨天仗〔二〕。種德江南，宣威西夏，合宫陪享。况當年定計，昭陵與子，勳勞在，諸公上。　千騎風流年少，暫淹留、莫孤清賞〔三〕。平坡駐馬，虚弦落雁，思臨虜帳。偏舞摩圍，遞歌彭水，拂雲驚浪。看朱顔緑鬢，封侯萬里，寫淩煙像。

〔一〕水龍吟：《琴趣外篇》卷一作「鼓笛慢」。
〔二〕曾隨：《琴趣外篇》作「曾瞻」，當從原本。
〔三〕莫孤：《琴趣外篇》作「莫辜」。

16 滿庭芳·茶〔一〕

北苑龍團，江南鷹爪，萬里名動京關。碾深羅細，瓊蘂暖生煙。一種風流氣味，如甘露、不染塵凡。纖纖捧，冰瓷瑩玉，金縷鷓鴣班。　相如方病酒，銀瓶蟹眼，波怒濤翻。爲扶起罇前，醉玉頽山。飲罷風生兩腋，醒魂到、明月輪邊。歸來晚，文君未寢，相對小窗前。

〔一〕原無題，據《能改齋漫録》卷一七補。能改齋引此篇及下篇，文字小異。

17 又·茶〔一〕

北苑春風，方圭圓璧，萬里名動京關。碎身粉骨，功合上淩煙。罇俎風流戰勝，降春睡、開拓愁邊。纖纖捧，熬波濺乳〔二〕，金縷鷓鴣班。　相如雖病渴〔三〕，一觴一詠，賓友群賢〔四〕。爲扶起罇前〔五〕，醉玉頽山。搜攬胸中萬卷〔六〕，還傾動、三峽詞源。歸來晚，文君未寢，相對小妝殘〔七〕。

〔一〕此首又見秦觀《淮海居士長短句》卷中。原無詞題，據《琴趣外篇》卷一補。《能改齋漫録》卷一七云「其後增損其詞，止詠建茶。」

〔二〕熬波：《琴趣外篇》作「研膏」。

〔三〕雖病渴：原作「方病酒」，據《琴趣外篇》改。

〔四〕賓友：《琴趣外篇》作「賓有」。

〔五〕罇前：《琴趣外篇》作「鐙前」。

〔六〕搜攬：《琴趣外篇》作「搜攬」，當從原本。

〔七〕妝殘：《琴趣外篇》作「窗前」。

18 又

明眼空青，忘憂萱草，翠玉閑淡梳妝。小來歌舞，長是倚風光。我已逍遥物外，人冤道、别有思量。難忘處，良辰美景，襟袖有餘香。　鴛鴦頭白早，多情易感，紅蓼池塘。又須得罇前，席上成雙。些子風流罪過，都説與、明月空牀。難拘管，朝雲暮雨，分付楚襄王。

19 又·妓女〔一〕

初綰雲鬟，才勝羅綺，便嫌柳巷花街〔二〕。占春才子，容易託行媒。其奈風流債負〔三〕，煙花部、不免差排。劉郎恨，桃花片片，流水惹塵埃〔四〕。　風流賢太守，能籠翠羽，宜醉金釵。且留取垂楊，掩映廳堦。直待朱幡去後〔五〕，從伊便、窄襪弓鞋。知恩否，朝雲暮雨，還向夢中來。

〔一〕原無詞題，據《琴趣外篇》卷一補。
〔二〕柳巷花街：《琴趣外篇》作「柳陌花堦」。
〔三〕風流：《琴趣外篇》作「風情」。
〔四〕流水惹：《琴趣外篇》作「隨水染」。
〔五〕朱幡：《琴趣外篇》作「朱轓」。

20 又

修水濃青，新條淡緑，翠光交映虚亭。錦鴛霜鷺，荷徑拾幽蘋。香渡欄干屈曲，紅妝映、薄綺疏櫺。風清夜，横塘月滿，水浄見移星。　堪聽微雨過，嫛婗藻荇，瑣碎浮萍。

便移轉胡牀，湘簟方屛。綀靄鱗雲旋滿，聲不斷、簷響風鈴。重開宴，瑶池雪沁，山露佛頭青。

21 驀山溪

山圍江暮，天鏡開晴絮。斜影過梨花，照文星、老人星聚。清罇一笑，歡甚卻成愁，别時襟，餘點點，疑是高唐雨。　無人知處，夢裏雲歸路。回雁曉風清，雁不來、啼鴉無數。心情老懶，尤物解宜人，春盡也，有南風，好便迴帆去。

22 又·贈衡陽妓陳湘

鴛鴦翡翠，小小思珍偶。眉黛斂秋波，儘湖南、山明水秀。娉娉嫋嫋〔一〕，恰近十三餘，春未透，花枝瘦，政是愁時候。　尋芳載酒，肯落誰人後。只恐晚歸來〔二〕，緑成陰，青梅如豆。心期得處，每自不隨人〔三〕，長亭柳，君知否，千里猶回首。

〔一〕嫋嫋：《琴趣外篇》卷一作「嫋嫋」。

〔二〕晚歸：《琴趣外篇》作「遠歸」。

〔三〕不隨人：《琴趣外篇》作「不由人」。

23 又·至宜州作寄贈陳湘

稠花亂葉，到處撩人醉。林下有孤芳，不匆匆、成蹊桃李。今年風雨，莫送斷腸紅，斜枝倚，風塵裏，不帶塵風氣。　微嗔又喜，約略知春味。江上一帆愁，夢猶尋、歌梁舞地。如今對酒，不似那回時，書謾寫，夢來空，只有相思是。

24 又

山明水秀，盡屬詩人道。應是五陵兒，見衰翁、孤吟絶倒。一觴一詠，瀟灑寄高閑，松月下，竹風閒，試想爲襟抱。　玉關遥指，萬里天衢杳。筆陣掃秋風，瀉珠璣、琅琅皎皎。卧龍智略，三詔佐昇平，煙塞事，玉堂心，頻把菱花照。

25 阮郎歸

曾叓文既眄陳湘，歌舞便出其類，學書亦進。來求小楷，作《阮郎歸》詞付之。

盈盈嬌女似羅敷，湘江明月珠。起來綰髻又重梳，弄妝仍學書。　歌調態，舞工夫，湖南都不如。它年未厭白髭鬚，同舟歸五湖。

26 又·效福唐獨木橋體作茶詞

烹茶留客駐雕鞍〔一〕，有人愁遠山〔二〕。别郎容易見郎難。月斜窗外山〔三〕。歸去後，憶前懽。畫屏金博山。一杯春露莫留殘，與郎扶玉山。

〔一〕雕鞍：《琴趣外篇》卷一作「金鞍」。

〔二〕有人愁遠山：《琴趣外篇》作「月斜窗外山」。

〔三〕月斜窗外山：《琴趣外篇》作「有人愁遠山」。

27 又·茶詞〔一〕

歌停檀板舞停鸞，高陽飲興闌。獸煙噴盡玉壺乾，香分小鳳團。雪浪淺，露花圓。捧甌春筍寒。絳紗籠下躍金鞍，歸時人倚欄。

〔一〕此首另見《全芳備祖》後集卷二八茶門，作蘇軾詞。唐圭璋以爲「别又誤作張子野詞，見《張子野詞》卷二」。

28 又·茶詞

摘山初製小龍團，色和香味全。碾聲初斷夜將闌，烹時鶴避煙。　消滯思，解塵煩。金甌雪浪翻。只愁啜罷水流天，餘清攪夜眠。

29 又

黔中桃李可尋芳，摘茶人自忙。月團犀胯鬭圓方，研膏入焙香。　青箬裹，絳紗囊。品高聞外江。酒闌傳盌舞紅裳，都濡春味長〔一〕。

〔一〕都濡：《琴趣外篇》卷一作「都餘」，誤。光緒本原注：「都濡，地名。」

30 又

退紅衫子亂蜂兒，衣寬只爲伊。爲伊去得忒多時，教人直是疑。　長睡晚，理妝遲。愁多懶畫眉。夜來算得有歸期，鐙花則甚知。

31 又

貧家春到也騷騷，瓊漿注小槽。老夫不出長蓬蒿，鄰牆開碧桃。　木芍藥，品題高。一枝煩翦刀。傳杯猶似少年豪，醉紅侵雪毛。

32 定風波·次高左藏使君韻

萬里黔中一漏天，屋居終日似乘船。及至重陽天也霽，催醉，鬼門關外蜀江前。莫笑老翁猶氣岸，君看，幾人白髮上華顛〔一〕？戲馬臺前追兩謝〔二〕，馳射，風情猶拍古人肩〔三〕。

〔一〕白髮：《琴趣外篇》卷一作「黄菊」。
〔二〕臺前：《琴趣外篇》作「臺南」。
〔三〕風情：《琴趣外篇》作「風流」。

33 又

把酒花前欲問溪，問溪何事晚聲悲。名利往來人盡老，誰道，溪聲今古有休時。且共玉人斟玉醑，休訴，笙歌一曲黛眉低。情似長溪長不斷，君看，水聲東去月輪西。

34 又

小院難圖雲雨期，幽懽渾待賞花時。到得春來君卻去，相誤，不須言語淚雙垂。

密約罇前難囑付，偷顧，手搓金橘斂雙眉。庭樹清風明月媚，須記，歸時莫待杏花飛。

35 又·次高左藏韻

自斷此生休問天，白頭波上泛孤船〔一〕。老去文章無氣味，憔悴，不堪驅使菊花前。　聞道使君攜將吏，高會，參軍吹帽晚風顛。千騎插花秋色暮，歸去，翠娥扶入醉時肩。

〔一〕孤船：原作「膠船」，據《琴趣外篇》卷一改。

36 又·荔枝〔一〕

晚歲監州聞荔枝〔二〕，赤英垂墜壓欄枝。萬里來逢芳意歇，愁絶，滿盤空憶去年時。　潤草山花光照座，春過，等閑桃李又纍纍〔三〕。辜負寒泉浸紅皺，銷瘦，有人花病損香肌。

〔一〕原無詞題，據《琴趣外篇》卷一補。
〔二〕監州：原作「鹽州」，據《琴趣外篇》改。
〔三〕桃李：原作「枯李」，據《琴趣外篇》改。

37 又

准擬堦前摘荔枝，今年歇盡去年枝。莫是春光厮料理，無比，譬如痎瘧有休時。

碧甃朱欄情不淺，何晚，來年枝上報纍纍。雨後園林坐清影，蘇醒，紅裳剥盡看香肌。

38 又

上客休辭酒淺深，素兒歌裏細聽沈。粉面不須歌扇掩，閒静，一聲一字總關心。

花外黄鸝能密語，休訴，有花能得幾時斟。畫作遠山臨碧水，明媚，夢爲蝴蝶去登臨。

39 又

客有兩新鬟善歌者，請作送湯曲，因戲前二物。

歌舞闌珊退晚妝，主人情重更留湯。冠帽斜欹辭醉去，邀定，玉人纖手自磨香。

又得樽前聊笑語，如許，短歌宜舞小紅裳。寶馬促歸朱户閉〔一〕，人睡，夜來應恨月侵牀。

〔一〕原注：「一云醉裏還家明亦未。」

40 浪淘沙・荔枝

憶昔謫巴蠻，荔子親攀。冰肌照映柘枝冠。日擘輕紅三百顆，一味甘寒。　重入鬼門關。也似人間。一雙和葉插雲鬟。賴得清湘燕玉面，同倚欄干。

41 看花迴·茶詞

夜永蘭堂醺飲，半倚頹玉。爛漫墜鈿墮履，是醉時風景，花暗燭殘，懽意未闌，舞燕歌珠成斷續。催茗飲、旋煮寒泉，露井缾竇響飛瀑。纖指緩、連環動觸。漸泛起、滿甌銀粟。香引春風在手，似粵嶺閩溪，初采盈掬。暗想當時，探春連雲尋篁竹。怎歸得，鬢將老〔一〕，付與杯中綠。

〔一〕陸貽典等校汲古閣本《山谷詞校語》云：「下缺一字。」

42 惜餘懽·茶詞

四時美景，正年少賞心，頻起東閣。芳酒載盈車，喜朋侶簪合。杯觴交飛勸酬獻〔一〕，正酣飲、醉主公陳榻。坐來争奈，玉山未頹，興尋巫峽。歌闌旋燒絳蠟。况漏轉銅壺，煙斷香鴨。猶整醉中花，借纖手重插。相將扶上、金鞍騕褭，碾春焙、願少延懽洽。未須歸去，重尋艷歌，更留時霎。

〔一〕陸貽典等校汲古閣本《山谷詞校語》云：「獻字上脱一字。」按四庫全書本康熙《御定詞譜》卷三三録作「杯觶交飛，勸酬互獻」。

43 撼庭竹・辛太和日吉州城外作〔一〕

嗚咽南樓吹落梅，聞鴉樹驚飛〔二〕。夢中相見不多時，隔城今夜也應知〔三〕。坐久水空碧，山月影沈西。　買箇宅兒住着伊，剛不肯相隨。如今卻被天嗔你〔四〕，永落雞群受雞欺〔五〕。空恁惡憐伊〔六〕，風日損花枝。

〔一〕《琴趣外篇》卷一詞題作「離別」。

〔二〕驚飛：《琴趣外篇》作「驚栖」。

〔三〕也應知：原校：「一作人相思。」

〔四〕如今卻被天嗔你：《琴趣外篇》作「如今果被天嗔作」。

〔五〕受：《琴趣外篇》作「被」。

〔六〕惡憐：《琴趣外篇》作「可憐」。

44 醉落魄

舊有「醉醒醒醉」一曲云：「醉醒醒醉，憑君會取些滋味。濃斟琥珀香浮蟻，一入愁腸，便有陽春意。須將幕席爲天地，歌前起舞花前睡。從它兀兀陶陶裏，猶勝醒醒、惹得閑憔悴。」此曲亦有佳句，而多斧鑿痕，又語高下不甚入律。或傳是東坡語，非也。與「蝸角虚名」、「解下癡絛」之曲相似，疑是王仲父作。因戲作二篇呈吴元祥、黄中行，似能厭道二公意中事。

陶陶兀兀，罇前是我華胥國。争名争利休休莫。雪月風花，不醉怎歸得〔一〕。　邯鄲一枕誰憂樂。新詩新事因閑適。東山小妓攜絲竹。家裏樂天，村裏謝安石〔二〕。

〔一〕怎歸得：《琴趣外篇》卷三作「怎生得」。

〔二〕原注：「石曼卿自嘲云：村裏黄緇綽，家中白侍郎。」按嘉靖本至光緒本此注「嘲」、「緇」二字均誤倒，據《能改齋漫録》卷一七改。

45　又

陶陶兀兀，人生無累何由得。杯中三萬六千日。悶損旁觀，我但醉落拓〔一〕。　扶頭不起還頽玉，日高春睡平生足。誰門可款新芻熟？安樂、春泉，玉醴、荔枝緑〔二〕。

〔一〕我但醉落拓：《琴趣外篇》卷三作「自我解落魄」。

〔二〕原注：「親賢宅四酒名。」按《琴趣外篇》「緑」作「醁」。

46 又

老夫止酒十五年矣，到戎州，恐惟瘴癘所侵，故晨舉一杯。不相察者乃强見酌，遂能作病，因復止酒。用前韻作二篇，呈吴元祥。

陶陶兀兀，人生夢裏槐安國。教公休醉公但莫。盞倒垂蓮，一笑是贏得。　街頭酒賤民聲樂，尋常行處逢歡適。醉看簷雨森銀燭〔一〕。我欲憂民，渠有二千石。

〔一〕原校：「燭一作竹。」按《琴趣外篇》「燭」作「竹」。

47 又

陶陶兀兀，醉鄉路遠歸不得。心情那似當年日。割愛金荷，一盌淡不拓〔一〕。　異鄉薪桂炊香玉〔二〕，摩挲經笥須知足。明年小麥能秋熟〔三〕。不管經霜〔四〕，點盡鬢邊緑。

〔一〕不拓：《琴趣外篇》卷三作「莫托」。

〔二〕薪桂：《琴趣外篇》作「新桂」，又「香玉」作「蒼玉」。

〔三〕小麥能秋熟：《琴趣外篇》作「細麥能黄熟」。

〔四〕經霜：《琴趣外篇》作「輕霜」。

48 又〔一〕

蒼顔華髮，故鄉歸路無因得〔二〕。舊交新貴音書絶。唯有家人，猶作慇懃別。　離亭欲去歌聲咽。瀟瀟細雨涼生頰。淚珠不用羅巾裛。彈在羅衣〔三〕，圖得見時説。

〔一〕此首别見《東坡詞》卷下。
〔二〕故鄉歸路：嘉靖本作「故山歸計」。
〔三〕羅衣：嘉靖本作「羅衫」。

49 又・茶詞〔一〕

紅牙板歇，韶聲斷六幺初徹。小槽酒滴真珠竭。紫玉甌圓，淺浪泛春雪。　香芽嫩蕊清心骨，醉中襟量與天闊。夜闌似覺歸仙闕。走馬章臺，踏碎滿街月。

〔一〕此首詞原附於卷十四末，今移於此。原注云：「載《草堂詩餘》，補入。」

50 西江月

老夫既戒酒不飲，遇宴集獨醒其傍，坐客欲得小詞，援筆爲賦。

斷送一生唯有〔一〕，破除萬事無過。遠山微影蘸橫波〔二〕，不飲傍人笑我。　花病等閑瘦惡〔三〕，春來没箇遮闌〔四〕。杯行到手莫留殘，不道月明人散〔五〕。

〔一〕斷送：《琴趣外篇》卷三誤作「斷近」。
〔二〕遠山微影蘸横波：《琴趣外篇》作「遠山横黛蘸秋波」。
〔三〕瘦惡：《琴趣外篇》作「瘦弱」。
〔四〕春來没箇：《琴趣外篇》作「春愁没處」。
〔五〕月明：《琴趣外篇》作「月斜」。

51 又·茶詞

龍焙頭綱春早，谷簾第一泉香。已醺浮蟻嫩鵝黄，想見翻匙雪浪。　兔褐金絲寶盌，松風蟹眼新湯。無因更發次公狂，甘露來從仙掌。

52 又

崇寧甲申，遇惠洪上人於湘中。洪作長短句見贈，云：「大厦吞風吐月，小舟坐水眠空。霧窗春色翠如葱。睡起雲濤正擁。往事回頭笑處，此生彈指聲中。玉檖佳句敏驚鴻，聞道衡陽價重。」次韻酬之。時余方謫宜陽，而洪歸分寧龍安。

月側金盆墮水，雁回醉墨書空。君詩秀色雨園葱，想見衲衣寒擁。蟻穴夢魂人世，楊花蹤跡風中。莫將社燕等秋鴻，處處春山翠重。

53 又〔一〕

別夢已隨流水，淚巾猶裛香泉。相如依舊是癯仙，人在瑶臺閬苑。花霧縈風縹緲，歌珠滴水清圓。娥眉新作十分妍，走馬歸來便面〔二〕。

〔一〕唐圭璋云：此詞爲蘇軾作，見《東坡詞》卷上。按四庫本《東坡詞》此首在《西江月·送茶并谷簾與王勝之》後，題作「姑熟再見勝之，次韻前」，又注云「或刻山谷詞」。

〔二〕走：原作「去」，據《東坡詞》改。

54 又

宋玉短牆東畔，桃源落日西斜。濃妝下着繡簾遮，鼓笛相催清夜。轉盻驚翻長袖，低徊細踏紅鞾。舞餘猶顫滿頭花，嬌學男兒拜謝。

55 木蘭花令·當塗解印後一日郡中置酒呈郭功甫

淩歊臺上青青麥，姑熟堂前餘翰墨。暫分一印管江山，稍爲諸公分皂白。江山依舊雲空碧，昨日主人今日客。誰分賓主强惺惺，問取磯頭新婦石。

56 又·竄易前詞

翰林本是神仙謫，落帽風流傾坐席。坐中還有賞音人，能岸烏紗傾大白〔一〕。江山依舊雲横碧，昨日主人今日客。誰分賓主强惺惺，問取磯頭新婦石。

〔一〕紗：原作「沙」，原校：「沙一作紗。」按《能改齋漫録》卷一七引作「紗」，今據改。

57 又·次前韻再呈功甫

青壺乃似壺中謫，萬象光輝森宴席。紅塵鬧處便休休，不是箇中無皂白。歌煩舞倦朱成碧，春草池塘淩謝客。共君商略老生涯，歸種玉田秧白石。

58 又

庚元鎮四十兄，庭堅四十年翰墨故人。庭堅假守當塗，元鎮窮，不出入州縣。席上作樂府長句勸酒。

庚郎三九常安樂，使有萬錢無處著。徐熙小鴨水邊花，明月清風都占卻。朱顔老盡心如昨，萬事休休休莫莫。罇前見在不饒人，歐舞梅歌君更酌〔一〕。

〔一〕原注：「歐、梅，當時二妓。」

59 又·用前韻贈郭功甫

少年得意從軍樂，晚歲天教閑處著。功名富貴久寒灰，翰墨文章新諱卻。是非不用分今昨，雲月孤高公也莫。喜歡爲地醉爲鄉，飲客不來但自酌。

60 又

風開冰面魚紋皺〔一〕，暖入芳心犀點透〔二〕。乍看晴日弄柔條，憶得章臺人姓柳。心情老大癡成就，不復淋浪沾翠袖〔三〕。早梅獻笑尚窺鄰，小蜜竊香如遺壽〔四〕。

〔一〕冰面：《琴趣外篇》卷二作「水面」。

〔二〕芳心：《琴趣外篇》作「草心」。

〔三〕淋浪：《琴趣外篇》作「淋灕」。

〔四〕竊香：《琴趣外篇》作「初來」。

61　又

東君未試雷霆手，灑雪開春春鎖透。帝臺應點萬年枝，窮巷偏欺三徑柳。峰排群玉森相就〔一〕，中有摩圍爲領袖。凝香窗下與誰看，一曲琵琶千萬壽。

〔一〕峰排：《琴趣外篇》卷二作「峰挤」。

62　又

新年何許春光漏，小院閉門風日透〔一〕。酥花入座頗欺梅，雪絮因風全是柳。使君落筆春詞就，應喚歌檀催舞袖。得開眉處且開眉，人世可能金石壽？

〔一〕閉：原作「閑」，據《琴趣外篇》卷二改。

63 又

黄金捍撥春風手〔一〕，簾幕重重音韻透。梅花破萼便春回〔二〕，似有黄鸝鳴翠柳。
曉妝未愜梅添就，玉筍捧杯離細袖〔三〕。會拚千日笑罇前，它日相思空損壽。

〔一〕捍撥：《琴趣外篇》卷二作「捍破」。
〔二〕破萼：《琴趣外篇》作「破落」。
〔三〕細袖：《琴趣外篇》作「鈿袖」。

64 又

黔中士女遊晴晝，花信輕寒羅綺透。争尋穿石道宜男，更買江魚雙貫柳。　竹枝
歌好移船就，依倚風光垂翠袖。滿傾蘆酒指摩圍，相守與郎如許壽。

65 又

可憐翡翠隨鷄走。學綰雙鬟年紀小。見來行待惡憐伊，心性嬌癡空解笑。　紅蕖
照映霜林表。楊柳舞腰風嫋嫋。衾餘枕賸儘相容，只是老人難再少。

66 品令·送黔守曹伯達供備

敗葉霜天曉，漸鼓吹、催行棹。栽成桃李未開，便解銀章歸報。去取麒麟圖畫，要及年少。　勸君醉倒[一]，别語怎向醒時道[二]。楚山千里暮雲，正鎖離人懷抱[三]。記取江州司馬，座中最老。

〔一〕勸君：《琴趣外篇》卷一作「勸公」。

〔二〕向：原脱，據《琴趣外篇》補。

〔三〕正鎖：原作「鎮鎖」，據《琴趣外篇》改。又「懷抱」《琴趣外篇》作「情抱」。

67 又·茶詞

鳳舞團團餅，恨分破、教孤令。金渠體淨，隻輪慢碾，玉塵光瑩。湯響松風，早減了二分酒病。　味濃香永，醉鄉路，成佳境。恰如鐙下，故人萬里，歸來對影。口不能言，心下快活自省。

68 雨中花·送彭文思使君[一]

政樂中和，夷夏宴喜，官梅乍傳消息。待新年歡計[二]，斷送春色。桃李成陰，甘棠少訟，又移旌戟。念畫樓朱閣，風流高會，頓冷談席。西州縱有，舞裙歌板，誰共茗邀棋敵。歸來未得，先霑離袖，管絃催滴。樂事賞心易散，良辰美景難得。會須醉倒，玉山扶起，更傾春碧。

〔二〕雨中花：四庫本《山谷集》作「雨中花慢」。

〔三〕待新年：《琴趣外篇》卷一作「待作新年」。

69 洞仙歌・瀘守王補之生日

月中丹桂，自風霜難老。閲盡人間盛衰草。望中秋，才有幾日十分圓，霾風雨，雲表常如永晝。　不得文章力，白首防秋，誰念雲中上功守。正注意得人雄，静掃河西，應難指〔一〕、五湖歸棹。問持節馮唐幾時來，看再策勳名，印窠如斗。

〔一〕指：《琴趣外篇》卷一作「縱」。

70 念奴嬌

八月十七日，同諸生步自永安城樓〔一〕，過張寬夫園待月。偶有名酒，因以金荷酌衆客。客有孫彦立，善吹笛。援筆作樂府長短句，文不加點。

斷虹霽雨，浄秋空，山染修眉新緑。桂影扶疏，誰便道，今夕清輝不足？萬里青天，嫦娥何處〔一〕，駕此一輪玉？寒光零亂，爲誰偏照醽淥？　年少隨我追涼〔三〕，晚尋幽徑，遶張園森木。醉倒金荷家萬里，難得罇前相屬。老子平生，江南江北，最愛臨風曲。孫郎微笑，坐來聲噴霜竹。

〔一〕諸生：《琴趣外篇》卷一作「諸甥」。
〔二〕嫦娥：《琴趣外篇》作「姮娥」。
〔三〕隨我：《琴趣外篇》作「從我」。

71 醉蓬萊

對朝雲靉靆，暮雨霏微，翠峰相倚〔一〕。巫峽高唐，鎖楚宫佳麗〔二〕。畫戟移春，靚妝迎馬，向一川都會。萬里投荒，一身弔影，成何歡意。　盡道黔南，去天尺五，望極神州，萬重煙水〔三〕。罇酒公堂，有中朝佳士。荔頰紅深，麝臍香滿，醉舞裀歌袂。杜宇催人〔四〕，聲聲到曉〔五〕，不如歸是。

〔一〕翠峰：《琴趣外篇》卷一作「亂峰」。
〔二〕佳麗：《琴趣外篇》作「朱翠」。

〔三〕重，原作「里」，據四庫本《山谷詞》改。按「萬里」與上文重複，又按格律當用平聲字，作「重」爲是。

〔四〕杜宇催人：《琴趣外篇》作「杜宇聲聲」。

〔五〕聲聲到曉：《琴趣外篇》作「催人到曉」。

72 又・竄易前詞

對朝雲靉靆，暮雨霏微，翠峰相倚。巫峽高唐，鎖楚宫佳麗〔一〕。蘸水朱門，半空霜戟，自一川都會。虜酒千杯，夷歌百轉，迫人垂淚。　人道黔南，去天尺五，望極神京，萬種煙水〔二〕。懸榻相迎，有風流千騎。荔臉紅深，麝臍香滿，醉舞裀歌袂。杜宇催人，聲聲到曉，不如歸是。

〔一〕佳麗：原作「佳儷」，據汲古閣本《山谷詞》別首改。

〔二〕種：陸貽典等《山谷詞校語》云：「種應從另一闋作重。」

73 江城子・憶別〔一〕

畫堂高會酒闌珊。倚欄干，霎時間。千里關山，常恨見伊難。及至而今相見了，依舊似，隔關山。倩人傳語問平安。省愁煩，淚休彈。哭損眼兒，不似舊時單。尋得石榴雙葉子，憑寄與，插雲鬟。

〔一〕原無詞題，據嘉靖本補。

74 又

新來曾被眼奚搐。不甘伏，怎拘束。似夢還真，煩亂損心曲。見面暫時還不見，看不足，惜不足。不成歡笑不成哭。覷人目，遠山蹙。有分看伊，無分共伊宿。一貫一文蹺十貫，千不足，萬不足。

75 逍遥樂

春意漸歸芳草。故國佳人，千里信沈音杳。雨潤煙光，晚景澄明，極目危欄斜照。夢當年少。對罇前、上客鄒枚，小鬟燕趙。共舞雪歌塵，醉裏談笑。花色枝枝争好。鬢絲年年漸老。如今遇風景，空瘦損、向誰道。東君幸賜與，天幕翠遮紅遶。休休，醉鄉岐路，華胥蓬島。

76 離亭燕·次韻答廖明略見寄〔一〕

十載罇前談笑，天禄故人年少。可是陸沈英俊地，看即鎖窗批詔。此處忽相逢，潦倒秃翁同調。西顧郎官湖渺，事看庾樓人小。短艇絶江空悵望，寄得詩來高妙。夢去倚君傍，蝴蝶歸來清曉。

〔一〕廖明略：原作「黎功略」，據嘉靖本改。

77 歸田樂引

暮雨濛堦砌。漏漸移、轉添寂寞，點點心如碎。怨你又戀你，恨你惜你，畢竟教人怎生是。前歡算未已。奈向如今愁無計。爲伊聰俊，銷得人憔悴。這裏誚睡裹〔一〕，夢裹心裹，一向無言但垂淚。

〔一〕睡裹：原校：「一作夢裹。」

78 又

對景還銷瘦。被箇人、把人調戲，我也心兒有。憶我又喚我，見我嗔我，天甚教人怎生受。看承幸廝勾。又是鐏前眉峰皺。是人驚怪，冤我忒撋就。拚了又捨了，定是這回休了，及至相逢又依舊。

79 歸田樂令

引調得、甚近日心腸不戀家。寧寧地、思量他，思量他。兩情各自肯，甚忙咱。意思裏、莫是賺人唦。噉奴真箇㖂、共人㖂。

80 望遠行

勾尉有所眄，爲太守所猜，兼此生有所愛，住馬湖。馬湖出丁香核荔支，常以遺生。故戲及之。

自見來，虛過卻、好時好日。這訑尿黏膩得處煞是律。據眼前言定，也有十分七八。冤我無心除告佛。管人閑底，且放我快活㖂。便索些別茶祗待，又怎不遇偎花映月。且與一班半點，只怕你沒丁香核。

81 步蟾宮·妓女〔一〕

蟲兒真箇惡靈利〔二〕。惱亂得、道人眼起。醉歸來、恰似出桃源〔三〕，但目斷〔四〕、落花流水。不如隨我歸雲際〔五〕。共作箇、住山活計。照青溪〔六〕，匀粉面，插山花，算終勝〔七〕、風塵滋味〔八〕。

〔一〕原無詞題，據《琴趣外篇》卷三補。
〔二〕惡靈利：《琴趣外篇》作「忒靈利」。
〔三〕出桃源：《琴趣外篇》無「出」字。
〔四〕目斷：《琴趣外篇》作「目送」。
〔五〕不如：《琴趣外篇》作「何妨」。
〔六〕青溪：《琴趣外篇》作「清溪」。
〔七〕算終：《琴趣外篇》作「也須」。
〔八〕滋味：《琴趣外篇》作「氣味」。

82　鼓笛令・戲詠打揭

酒闌命友閑爲戲，打揭兒、非常愜意。各自輸贏只賭是。賞罰采、分明須記。　小五出來無事，卻跋翻和九底。若要十一花下死，管十三、不如十二。

83 又

寶犀未解心先透，惱殺人、遠山微皺。意淡言疏情最厚。枉教作〔一〕、著行官柳〔二〕。

小雨勒花時候，抱琵琶、爲誰清瘦。翡翠金籠思珍偶，忽拚與、山鷄僝僽。

〔一〕枉：原作「往」，據嘉靖本改。

〔二〕著：原作「着」，據嘉靖本改。

84 又

見來兩箇寧寧地。眼廝打、過如拳踢。恰得嘗些香甜底。苦殺人、遭誰調戲。

臘月望州坡上地。凍著你、影𨉖村鬼。你但那些一處睡。燒沙糖、管好滋味。

85 又

見來便覺情於我。廝守著、新來好過。人道他家有婆婆。與一口、管教𡲢磨〔一〕。

副靖傳語木大，鼓兒裏、且打一和。更有些兒得處囉。燒沙糖、香藥添和。

〔一〕𡲢：四庫本《山谷詞》作「琢」。

86 好女兒·張寬夫園賞梅〔一〕

小院一枝梅，衝破曉寒開。偶到張園遊戲〔二〕，沾袖帶香回〔三〕。　玉酒覆銀杯。盡醉去、猶待重來。東鄰何事，驚吹怨曲〔四〕，雪片成堆。

〔一〕好女兒：《琴趣外篇》卷二作「繡帶子」。
〔二〕偶到張園：《琴趣外篇》作「晚到芳園」。
〔三〕沾袖：《琴趣外篇》作「滿袖」。
〔四〕原校：「曲一作笛。」按《琴趣外篇》作「笛」。

87 又

春去幾時還，問桃李無言。燕子歸棲風勁，梨雪亂西園。　唯有月嬋娟。似人人、難近如天。願教清影常相見，更乞取團圓。

88 又

粉淚一行行，啼破曉來妝。懶繫酥胸羅帶，羞見繡鴛鴦。　擬待不思量，怎奈向、目下恓惶。假饒來後，教人見了，卻去何妨。

89 踏莎行

畫鼓催春，蠻歌走餉，雨前一焙争春長〔一〕。低株摘盡到高株，株株别是閩溪樣〔二〕。碾破春風，香凝午帳，銀瓶雪衮翻匙浪。今宵無睡酒醒時，摩圍影在秋江上。

〔一〕雨前：原作「火前」，據《琴趣外篇》卷一改。又上書「争春」作「誰争」。
〔二〕株株：原作「高株」，據《琴趣外篇》改。

90 又

臨水夭桃，倚牆繁李，長楊風掉青驄尾。罇中有酒且酬春，更尋何處無愁地。明日重來，落花如綺，芭蕉漸展山公啓。欲將心事寄天公〔一〕，教人長對花前醉〔二〕。

〔一〕欲將：《琴趣外篇》卷一作「欲牋」。
〔二〕長對：原作「長壽」，據《琴趣外篇》卷一改。

91 採桑子・送彭道微使君移知永康軍

荔支灘上留千騎，桃李陰繁。宴寢香殘，畫戟森森鎮八蠻。永康又得風流守，管領江山。少訟多閑，煙靄樓臺舞翠鬟。

92 又

虛堂密候參同火，梨棗枝繁。深鎖三關，不要樊姬與小蠻。遥知風雨更闌夜，猶夢巫山。濃麗清閑，曉鏡新梳十二鬟。

93 又

投荒萬里無歸路，雪點鬢繁。度鬼門關，已拚兒童作楚蠻。黃雲苦竹嗁歸去，繞荔支山。蓬户身閑，歌板誰家教小鬟？

94 又

馬湖來舞釵初賜，笳鼓聲繁。賢將開關，威竦西山八詔蠻〔一〕。南溪地逐名賢重，深鎖群山。燕喜公閑，一斛明珠兩小鬟。

〔一〕八詔：原作「公詔」，據《琴趣外篇》卷三改。

95 又・戲贈黃中行

宗盟有妓能歌舞，宜醉罇罍。待約新醅，車上危坡盡要推〔一〕。西鄰三弄爭秋月，邀勒春回。箇裏聲催，鐵樹枝頭花也開。

〔一〕盡：《琴趣外篇》卷三作「儘」。

96 又〔一〕

夜來酒醒清無夢，愁倚闌干。露滴輕寒，雨打芙蓉淚不乾〔二〕。佳人別後音塵悄，銷瘦難拚。明月無端，已過江樓十二間〔三〕。

〔一〕《琴趣外篇》卷二作「醜奴兒」，注云：「此詞或者爲秦少游所作，而公集中亦載，以是姑兩存之。」

〔二〕雨打：原作「兩行」，據《琴趣外篇》改。

〔三〕江樓：《琴趣外篇》作「紅樓」。

97 又

櫻桃著子如紅豆，不管春歸。聞道開時，蜂惹香須蝶惹衣。樓臺鐙火明珠翠，酒戀歌迷。醉玉東西，少箇人人煖被攜。

98 又

春風一面長含笑，偷顧羞遮。分付誰家，把酒花前試問他。　城南城北看桃李，依倚年華。楊柳藏鴉，又是無言颭落花。

宋黄文節公全集·正集卷第十四

詞

1 鵲橋仙·次東坡七夕韻

八年不見，清都絳闕，望銀漢〔一〕、溶溶漾漾。年年牛女恨風波，算此事〔二〕、人間天上。

野麋豐草，江鷗遠水，老夫唯便疏放〔三〕。百錢端往問君平〔四〕，早晚具、歸田小舫。

〔一〕銀漢：原校：「銀一作河。」《琴趣外篇》卷一作「河漢」。

〔二〕算此事：《琴趣外篇》作「拚此事」。

〔三〕夫：《琴趣外篇》作「去」。

〔四〕端往：《琴趣外篇》作「端欲」。

2 又·席上賦七夕

朱樓彩舫，浮瓜沈李，報答風光有處〔一〕。一年鐏酒暫時同，別淚作、人間曉雨。

鴛鴦機綜，能令儂巧，也待乘槎仙去。若逢海上白頭翁，共一訪、癡牛騃女。

〔一〕風光有處：原作「春風有幾」，據《琴趣外篇》卷一改。

3 轉調醜奴兒〔一〕

得意許多時。長醉賞、月下花枝〔二〕。暴風急雨年年有，金籠鎖定，鶯鶵燕友，不被雞欺。

紅旆轉逶迤。悔無計、千里追隨。再來重綰瀘南印〔三〕，而今目下恓惶〔四〕，怎向日永春遲。

〔一〕轉調：原脱，據《琴趣外篇》卷一補。

〔二〕月下：《琴趣外篇》作「月影」。

〔三〕重綰：《琴趣外篇》作「應綰」。

〔四〕恓惶：《琴趣外篇》無此二字。

4 又

濟楚好得些。憔悴損、都是因它。那回得句閑言語，傍人盡道，你管又還，鬼那人吵。

得過口兒嘛。直勾得、風了自家。是即好意也毒害，你還甜殺人了，怎生申報孩兒。

5 菩薩蠻〔一〕

王荆公新築草堂於半山，引八功德水作小港，其上壘石作橋。爲集句云：「數間茅屋閑臨水，窄衫短帽垂楊裏。花是去年紅，吹開一夜風。　梢梢新月偃，午醉醒來晚。何物最關情，黄鸝三兩聲。」戲效荆公作。

半煙半雨溪橋畔，漁翁醉著無人唤。疏懶意何長，春風花草香〔二〕。　江山如有待，此意陶潛解。問我去何之，君行到自知。

〔一〕《琴趣外篇》卷三詞題作「漁父」。

〔二〕花草：《琴趣外篇》作「花木」。

6 又

淹泊平山堂，寒食節固陵録事參軍表弟周元固惠酒，爲作此。

細腰宫外清明雨，雲陽臺上煙如縷。雲雨暗巫山，流水殊未還。　阿誰知此意，解遣雙壺至。不是白頭新，周郎舊可人。

7 鷓鴣天〔一〕

表弟李如篪云：「玄真子《漁父》語，以《鷓鴣天》歌之，極入律，但少數句耳。」因以玄真子遺事足之。憲宗時，畫玄真子像，訪之江湖不可得，因令集其歌詩上之。玄真之兄松齡，懼玄真放浪而不返也，和答其《漁父》云：「樂在風波釣是閑，草堂松桂已勝攀。太湖水，洞庭山，狂風浪起且須還。」此余續成之意也。

西塞山邊白鳥飛〔二〕，桃花流水鱖魚肥。朝廷尚覓玄真子，何處如今更有詩。青箬笠，緑簑衣，斜風細雨不須歸。人間底事風波險〔三〕，一日風波十二時。

〔一〕唐圭璋云：「此首别誤入曾慥本《東坡詞》卷下。」

〔二〕白鳥：《琴趣外篇》卷三作「白鷺」。按宋以下文獻引《漁夫歌》多作「白鷺」，然亦有作「白鳥」者。本書數處引此句均作「白鳥」，姑從之。以詩意觀之，似以「白鷺」爲勝。

〔三〕底事風波險：《琴趣外篇》作「底是無波處」。

8 又·重九日集句

塞雁初來秋影寒，霜林風過葉聲乾。龍山落帽千年事，我對西風猶整冠。蘭委佩，菊堪餐，人情世事半悲歡。但將酩酊酬佳節，更把茱萸子細看。

9 又·坐中有眉山隱客史應之和前韻即席答之

黄菊枝頭破小寒〔一〕，人生莫放酒杯乾。風前横笛斜吹雨，醉裏簪花倒著冠。身健在，且加餐，舞裙歌板盡情懽〔二〕。黄花白髮相牽挽，付與傍人冷眼看〔三〕。

〔一〕破小寒：《琴趣外篇》卷三作「生曉寒」。

〔二〕情：《琴趣外篇》作「清」。

〔三〕傍：《琴趣外篇》作「時」。

10 又·明日獨酌自嘲呈史應之〔一〕

萬事令人心骨寒，故人墳上土新乾。淫坊酒肆閑居士〔二〕，李下何妨也整冠。金作鼎，玉爲餐，老來亦失少時懽。茱萸菊蕊年年事，十日還將九日看。

〔一〕《琴趣外篇》卷三詞題作「重九」。

〔二〕閑：《琴趣外篇》作「狂」。

11 又

紫菊黄花風露寒，平沙戲馬雨新乾〔一〕。且看欲盡花經眼，休説彈冠與整冠〔二〕。甘酒病，廢朝餐，何人得似醉中懽〔三〕。十年一覺揚州夢，爲報時人洗眼看。

〔一〕新乾：原作「聲乾」，據《琴趣外篇》卷三改。

〔二〕整冠：《琴趣外篇》作「挂冠」。

〔三〕「何人」句：《琴趣外篇》作「何鄉得似醉鄉寬」。

12 又

節去蜂愁蝶不知，曉庭環繞折殘枝。自然今日人心别，未必秋香一夜衰。無閑事，即芳期，菊花須插滿頭歸。宜將酩酊酬佳節，不用登臨送落暉。

13 又

聞説君家有翠蛾，施朱施粉總嫌多。背人語處藏珠履，覷得羞時整玉梭。拖遠袖，壓横波，何時傳酒更傳歌。爲君寫就《黄庭》了，不要山陰道士鵝。

14 又〔一〕

吉祥長老設長松湯，爲作。有僧病痂癩，嘗死金剛窟。有人見者，教服長松湯，遂復爲完人。

湯泛冰甆一坐春，長松林下得靈根。吉祥老子親拈出，箇箇教成百歲人。　鐙焰焰，酒醺醺，壑源曾未破醒魂〔二〕。與君更把長生盌，聊爲清歌駐白雲〔三〕。

〔一〕《琴趣外篇》卷三詞題作「茶詞」。

〔二〕破醒：《琴趣外篇》作「醒醒」。

〔三〕聊爲：原作「略爲」，據《琴趣外篇》改。

15 少年心

對景惹起愁悶。染相思、病成方寸。是阿誰先有意，阿誰薄倖。斗頓恁、少喜多嗔。　合下休傳音問。你有我、我無你分。似合歡桃核，真堪人恨。心兒裏、有兩箇人人。

16 又　添字

心裏人人，暫不見、霎時難過。天生你要憔悴我。把心頭從前鬼，著手摩挲。抖擻了、百病銷磨。見説那厮脾鱉熱，大不成我便與拆破。待來時、鬲上與厮噉則箇。温存著、且教推磨。

17　減字木蘭花・登巫山縣樓作

襄王夢裏，草緑煙深何處是。宋玉臺頭，暮雨朝雲幾許愁。　飛花漫漫，不管羈人腸欲斷。春水茫茫，欲渡南陵更斷腸〔一〕。

〔一〕欲渡：原作「要渡」，據《琴趣外篇》卷二改。

18　又

距施州二十里，張仲謀遣騎相迎，因送所和樂府來，且約近郊相見，復用前韻先往。

史君那裏〔一〕，千騎塵中依約是。拂我眉頭，無處重尋庾信愁。　山雲瀰漫，夾道旌旗聯復斷。萬事茫茫，分付澄波與爛腸。

〔一〕史君：《琴趣外篇》卷二作「使君」。

19 又・巫山縣追懷老杜

巫山古縣，老杜淹留情始見。撥悶題詩，千古神交世不知。　雲陽臺下，更值清明風雨夜。知道愁辛，果是當時作賦人。

20 又・次韻趙文儀

詩翁才刃，曾陷文場貔虎陣。誰敢當哉？況是焚舟決勝來。　三巴春杪，客館夢回風雨曉。胸次峥嶸，欲共濤頭赤甲平。

21 又

蒼崖萬仞，下有奔雷千百陣。自古危哉，誰遣西園漝麽來〔一〕。　猨嘑雲杪，破夢一聲巫峽曉。苦唤愁生，不是西園作麽平。

〔一〕原注：「漝音習，影也。」《琴趣外篇》卷二作「清」。

22 又・春〔一〕

餘寒争令，雪共臘梅相照映。昨夜東風，已出耕牛勸歲功。　陰雲冪冪〔二〕，近覺去天無幾尺。休恨春遲，桃李梢頭次第知。

〔二〕原無詞題，據《琴趣外篇》卷二補。

〔三〕陰雲：原作「陰陰」，據《琴趣外篇》改。

23 又·私情〔一〕

終宵忘寐，好事如何猶尚未。子細沈吟，珠淚盈盈濕袖襟。　與君別也，願在郎心莫暫捨。記取盟言，聞早回程卻再圓。

〔一〕原無詞題，據《琴趣外篇》卷二補。

24 又

丙子仲秋，奉陪黔陽曹使君伯達翫月，作《減字木蘭花》，兼簡施州張使君仲謀。

中秋多雨，常是鏵疊狼籍去。今夜雲開，須道姮娥得得來〔一〕。　不知雲外，還有清光同此會。笛在層樓，聲徹摩圍頂上頭。

〔一〕得得：四庫本校云：「一作特特。」

25 又

中秋無雨，醉送月銜西嶺去。笑口須開，幾度中秋見月來。　前年江外，兒女傳杯兄弟會。此夜登樓，小謝清吟慰白頭。

26 又

濃陰驟雨，巫峽有情來又去。今夜天開，不與姮娥作伴來。　清光無外，白髮老人心自會。何處歌樓，貪看冰輪不轉頭。

27 又

丙子仲秋，黔守席上，客有舉岑嘉州《中秋》詩曰〔一〕：「今夜鄜州月，閨中只獨看。遥憐小兒女，未解憶長安。」因戲作。

舉頭無語，家在月明生處住。擬上摩圍，最上峰頭試望之。　偏憐絡秀〔二〕，苦淡同甘誰更有。想見牽衣，月到愁邊總未知。

〔一〕按以下四句出杜甫《月夜》詩，此文當有誤。

〔三〕 絡秀：原作「終秀」，據《琴趣外篇》卷二改。

28 又·戲答

月中笑語，萬里同依光景住。天水相圍，相見無因夢見之。諸兒娟秀，儒學傳家渠自有。自作秋衣，漸老先寒人未知。

29 又·用前韻示知命弟

常年夜雨，頭白相依無去住。兒女成圍，歡笑罇前月照之。阿連高秀，千萬里來忠孝有。豈謂無衣，歲晚先寒要弟知。

30 清平樂·重九〔一〕

黄花當户，已覺秋容暮。雲夢南州逢笑語，心在歌邊舞處。使君一笑眉開，新晴照酒罇來。且樂罇前見在，休思走馬章臺。

〔一〕 原無詞題，據《琴趣外篇》卷二補。

31 又

休推小户，看即風光暮。萸糝菊英浮盌醑〔一〕，報答風光有處。　幾回笑口能開，少年不肯重來。借問牛山繫馬〔二〕，今爲誰姓池臺。

〔一〕糝：《琴趣外篇》卷二作「粉」。又「盌醑」作「緑醑」，原注云：「親賢宅酒名。」

〔二〕繫馬：《琴趣外篇》作「戲馬」。

32 又

舞鬟娟好，白髮黄花帽。醉任傍觀嘲潦倒，扶老偏宜年小。　舞回臉玉胸酥，纏頭一斛明珠。日日梁州薄媚，年年金菊茱萸。

33 又·示知命

乍晴秋好，黄菊欹烏帽。不見清談人絶倒，更憶添丁小小。　蜀娘謾點花酥，酒槽空滴真珠。兄弟四人別住，它年同插茱萸。

34 又

春歸何處？寂寞無行路。若有人知春去處，唤取歸來同住。　春無蹤跡誰知？除非問取黄鸝。百囀無人能解，因風吹過薔薇〔一〕。

〔一〕吹過：《琴趣外篇》卷二作「飛過」。

35 又·飲宴〔一〕

冰堂酒好，只恨銀杯小。新作金荷工獻巧，圖要連臺拗倒〔二〕。　採蓮一曲清歌，急檀催卷金荷。醉裏香飄睡鴨，更驚羅襪淩波。

〔一〕原無詞題，據《琴趣外篇》卷二補。

〔二〕原注：「唐龍朔中，子母相云連臺拗倒，俗謂杯盤爲子母，又盤爲臺。」

36 點絳脣

重九日寄懷嗣直弟，時在涪陵。用東坡餘杭九日《點絳脣》舊韻二首。

濁酒黄花，畫簾十日無秋燕〔一〕。夢中相見，似作枯禪觀〔二〕。　鏡裏朱顔，又減心情半〔三〕。江山遠，登高人健，寄語東飛雁〔四〕。

〔一〕畫簾：《琴趣外篇》卷三作「畫簷」。
〔二〕似作枯禪觀：《琴趣外篇》作「起作南柯觀」。
〔三〕心情：《琴趣外篇》作「年時」。
〔四〕寄語東飛：《琴趣外篇》作「應問西來」。

37 又

幾日無書，舉頭欲問西來燕。世情夢幻，復作如斯觀。自歎人生，分合常相半。戎雖遠，念中相見，不託魚和雁。

38 又

羅帶雙垂，妙香長恁攜纖手。半妝紅豆，各自相思瘦。聞道伊家，終日眉兒皺。不能勾，淚珠輕溜，裛損揉藍袖。

39 謁金門・示知命弟〔一〕

山又水，行盡吳頭楚尾。兄弟鐙前家萬里，相看如夢寐。君似成蹊桃李，入我草堂松桂。莫厭歲寒無氣味，餘生吾已矣〔三〕。

〔二〕《琴趣外篇》卷三詞題作「戲贈知命」。

〔三〕吾已矣：《琴趣外篇》作「今已矣」。

40 南鄉子・重九日涪陵作示知命弟〔一〕

落帽晚風回，又報黄花一番開。扶杖老人心未老，堪咍，謾有才情付與誰？ 芳意正徘徊，傳語西風且慢吹。明日餘罇還共倒，重來，未必秋香一夜衰。

〔一〕《琴趣外篇》卷三題作「知命弟去年重九日在涪陵，作此曲」。彊村叢書本朱孝臧《校記》云：「按下首題意，此詞似爲知命所作，明本題誤。」唐圭璋亦以爲此詞爲黄叔達所作。按《琴趣外篇》之題應於「在涪陵」斷句，「作此曲」之主語應爲黄庭堅本人。又詳詞中云「扶杖老人心未老，堪咍」，分明爲庭堅自道。是此詞仍應爲黄庭堅作。

41 又

今年重九，知命已向成都，感之，復次前韻〔一〕。

招喚欲千回，暫得罇前笑口開。萬水千山還麽去，悠哉，酒向黄花欲醉誰〔二〕？

顧影且徘徊〔三〕，立到斜風細雨吹。見我未衰容易去，還來，不道年年即漸衰。

〔一〕復次前韻：《琴趣外篇》卷三作「次韻」。
〔二〕酒向：《琴趣外篇》作「酒面」。
〔三〕且：《琴趣外篇》作「又」。

42 又

未報賈船回，三徑荒鋤菊卧開。想得鄰舟野笛罷〔一〕，沾衣〔二〕，不爲涪翁更爲誰。　風力嫋萸枝，酒面紅鱗愜細吹。莫笑插花和事老，摧頽，卻向人間耐盛衰。

〔一〕鄰舟：《琴趣外篇》卷三作「鄰船」。又「野笛」作「霜笛」。
〔二〕衣：原作「哀」，據《琴趣外篇》改。

43 又

黄菊滿東籬，與客攜壺上翠微。已是有花兼有酒，良期，不用登臨上落暉〔一〕。　滿酌不須辭，莫待無花空折枝。寂寞酒醒人散後，堪悲，節去蜂愁蝶不知。

〔一〕上：《琴趣外篇》卷三作「恨」。

44 又

重陽日寄懷永康彭道微使君，用東坡韻〔一〕。

卧稻雨餘收，處處遊人簇遠洲。白髮又挨紅袖醉〔二〕，戎州，亂摘黄花插滿頭〔三〕。　青眼想風流，畫出西樓一幓秋〔四〕。卻憶去年歡意舞〔五〕，梁州，塞雁西來特地愁。

〔一〕用東坡韻：《琴趣外篇》卷三作「用彼舊韻」。
〔二〕挨：《琴趣外篇》作「扶」。
〔三〕摘：《琴趣外篇》作「折」。
〔四〕原注：「幓，争去聲，開張書繒。」《琴趣外篇》作「幀」。
〔五〕卻憶：《琴趣外篇》作「還把」。

45 又・重陽日宜州城樓宴即席作〔一〕

諸將説封侯，短笛長歌獨倚樓。萬事盡隨風雨去，休休，戲馬臺南金絡頭。　催酒莫遲留，酒味今秋似去秋。花向老人頭上笑，羞羞，白髮簪花不解愁。

〔一〕「宜」原作「宣」，據《道山清話》所載此詞本事改。

46 南歌子

槐緑低窗暗，榴紅照眼明。玉人邀我少留行，無奈一帆煙雨畫船輕。　柳葉隨歌皺，梨花與淚傾。别時不似見時情，今夜月明江上酒初醒。

47 又

詩有淵明語，歌無子夜聲。論文思見老彌明，坐想羅浮山下羽衣輕。　何處黔中郡，遥知隔晚晴。雨餘風急斷虹横，應夢池塘春草若爲情！

48 又·東坡過楚州見淨慈法師作南歌予用其韻贈郭詩翁二首〔一〕

郭大曾名我，劉翁復是誰〔二〕。入廛能作和鑼椎〔三〕，特地干戈相待使人疑。　秋浦横波眼，春窗遠岫眉。補陁巖畔夕陽遲，何似金沙灘上放憨時〔四〕！

〔一〕《琴趣外篇》卷三作「南柯子」，詞題作《次東坡攜妓見法通韻》。

〔二〕是誰：《琴趣外篇》作「見誰」。

〔三〕入廛：《琴趣外篇》作「入鄽」。又「能」作「還」，「鑼椎」作「羅槌」。

〔四〕放憨：《琴趣外篇》作「放愁」。

49 又

萬里滄江月，清波説向誰〔一〕。頂門須更下金椎，只恐風驚草動又生疑。　金雁斜妝頰，青螺淺畫眉〔二〕。庖丁有底下刀遲，直要人牛無際是休時！

〔一〕清波：《琴趣外篇》卷三作「波清」。

〔二〕青螺：《琴趣外篇》作「青娥」。

50 更漏子・詠餘甘湯

菴摩勒，西土果，霜後明珠顆顆。憑玉兔，搗香塵，稱爲席上珍。　號餘甘，無奈苦〔一〕，臨上馬時分付〔二〕。管回味，卻思量，忠言君但嘗〔三〕。

〔一〕無奈：《琴趣外篇》卷一作「争奈」。

〔二〕上馬：《琴趣外篇》作「馬上」。

〔三〕但：《琴趣外篇》作「試」。

51 又

體妖嬈，鬢婀娜，玉甲銀箏照座。危柱促，曲聲殘，王孫帶笑看。　休休休，莫莫莫，愁撥箇絲中索。了了了，玄玄玄，山僧無盌禪。

52 好事近・湯詞

歌罷酒闌時，瀟灑座中風色。主禮到君須盡，奈賓朋南北。　暫時分散總尋常，難堪久離拆。不似建溪春草，解留連佳客。

53 又・太平州小妓楊姝彈琴送酒〔一〕

一弄醒心絃，情在兩山斜疊。彈到古人愁處，有真珠承睫。　使君來去本無心，休淚界紅頰。自恨老來憎酒，負十分金葉。

〔一〕姝：原作「妹」，據緝香堂本改。

54 又

不見片時霎，魂夢鎮相隨著。因甚近新無據，誤竊香深約。　思量模樣忔憎兒，惡又怎生惡。終待共伊相見，與佯佯奚落。

55 調笑 并詩補云〔一〕

海上神仙字太真，昭陽殿裏稱心人〔二〕。猶思一曲霓裳舞，散作中原胡馬塵。方士歸來説風度，梨花一枝春帶雨。分釵半鈿愁殺人〔三〕，上皇倚欄獨無語。

無語。恨如許。方士歸時腸斷處，梨花一枝春帶雨。半鈿分釵親付。天長地久相思苦，渺渺鯨波無路。

〔一〕調笑：《琴趣外篇》卷三作「調笑歌」。又「并詩補云」作「詩曰」。
〔二〕稱心人：《琴趣外篇》作「稱人心」。
〔三〕分釵：《琴趣外篇》作「分花」。

56 喝火令

見晚情如舊，交疏分已深。舞時歌處動人心。煙水數年魂夢，無處可追尋。昨夜鐙前見，重題漢上襟。便愁雲雨又難尋。曉也星稀，曉也月西沈。曉也雁行低度，不會寄芳音。

57 留春令

江南一雁横秋水。嘆咫尺、斷行千里。回紋機上字縱横，欲寄遠、憑誰是。　謝客池塘春都未。微微動、短牆桃李。半陰才暖卻清寒，是瘦損、人天氣。

58 宴桃源·書趙伯充家小姬領巾

天氣把人僝僽，落絮遊絲時候。茶飯可曾炊〔一〕，鏡中贏得銷瘦。生受，生受，更被養娘催繡。

〔一〕原校：「一本云：去歲迷藏花柳，恰恰如今時候。心緒幾曾炊。」

59 雪花飛

攜手青雲路穩，天聲迤邐傳呼。袍笏恩章乍賜，春滿皇都。　何處難忘酒，瓊花照玉壺。歸嫋絲梢競醉，雪舞郊衢。

60 下水船

總領神仙侣，齊到青雲歧路。丹禁風微，咫尺諦聞天語。盡榮遇。看即如龍變化，一擲靈梭風雨。真遊處。上苑尋春去。芳草芊芊迎步。幾曲笙歌，櫻桃艷裏歡聚。瑶觴舉。回祝堯齡萬萬，端的君恩難負。

61 賀聖朝

脱霜披茜初登第，名高得意。櫻桃榮宴玉墀遊，領群仙行綴。佳人何事輕相戲，道得之何濟。君家聲譽古無雙，且均平居二。

62 青玉案・至宜州次韻上酬七兄

煙中一綫來時路，極目送，歸鴻去。第四陽關雲不度。山胡新囀，子規言語，正在人愁處。憂能損性休朝暮，憶我當年醉時句〔一〕。渡水穿雲心已許。暮年光景，小軒南浦，同捲西山雨。

〔一〕原注：「舊詩云：我自只如常日醉，滿川風月替人愁。」

63 沁園春

把我身心，爲伊煩惱，算天便知。恨一回相見，百方做計，未能猥倚，早覓東西。鏡裏拈花，水中捉月，覷著無由得近伊。添憔悴，鎮花銷翠減，玉瘦香肌。奴兒又有行期〔一〕，你去即無妨我共誰。向眼前常見，心猶未足，怎生禁得，真箇分離。地角天涯，我隨君去，掘井爲盟無改移。君須是，做些兒相度〔二〕，莫待臨時。

〔一〕又：原作「乂」，據四庫本《山谷詞》改。

〔二〕些：原作「清」，據四庫本《山谷詞》改。

64 千秋歲〔一〕

少游得謫，嘗夢中作詞云：「醉卧古藤陰下，了不知南北。」竟以元符庚辰，死於藤州光華亭上。崇寧甲申，庭堅竄宜州，道過衡陽，覽其遺墨，始追和其《千秋歲》詞。

苑邊花外，記得同朝退。飛騎軋，鳴珂碎。齊歌雲繞扇，趙舞風回帶。嚴鼓斷，杯盤狼籍猶相對。　灑淚誰能會？醉卧藤陰蓋。人已去，詞空在。兔園高宴悄，虎觀英遊改。重感慨，波濤萬頃珠沈海。

〔一〕此詞又誤收入晁補之《琴趣外篇》。

65 又〔一〕

世間好事，恰恁厮當對。昨夜永〔二〕，涼天氣。雨稀簾外滴，香篆盤中字。長入夢，如今見也分明是。　歡極嬌無力，玉軟花攲墜。釵罥袖，雲堆臂。鐙斜明媚瞢〔三〕，汗浹瞢騰醉。奴奴睡，奴奴睡也奴奴睡。

〔一〕唐圭璋云：此詞別又誤作賀鑄詞，見《詞的》卷三。
〔二〕咋：嘉靖本作「乍」。
〔三〕媚瞢：《古今詞統》卷一〇作「媚眼」。

66 河傳

有士大夫家歌秦少游「瘦殺人、天不管」之曲，以「好」字易「瘦」字，戲爲之作。

心情老懶。對歌對舞，猶是當時眼。巧笑靚妝，近我衰容華鬢。似扶著、賣卜算。　思量好箇當年見。催酒催更，只怕歸期短。飲散鐙稀，背鎖落花深院。好殺人、天不管。

67 望江東

江水西頭隔煙樹，望不見、江東路。思量只有夢來去，更不怕、江闌住。　　鐙前寫了書無數，算没箇、人傳與。直饒尋得雁分付，又還是、秋將暮。

68 桃源憶故人

碧天露洗春容浄，淡月曉收殘暈。花上密煙飄盡，花底鶯聲嫩。　　雲歸楚峽厭厭困，雨點遥山新恨。和淚暗彈紅粉，生怕人來問。

69 卜算子

要見不得見，要近不得近。試問得君多少憐，管不解、多於恨。　　禁止不得淚，忍管不得悶。天上人間有底愁，向箇裏、都諳盡。

70 蝶戀花

海角芳菲留不住。筆下風生，吹入青雲去。仙籍有名天賜與，致君事業安排取。

要識世間平坦路。當使人人，各有安身處。黑髮便逢堯舜主，笑人白首耕南畝。

71 漁家傲

余嘗戲作詩云：「大葫蘆挈小葫蘆，惱亂檀那得便沽。每到夜深人静後，小葫蘆入大葫蘆。」又云：「大葫蘆乾枯，小葫蘆行沽。一住金僊宅，一往黄公壚。有此通大道，無此令人老。不問惡與好，兩葫蘆俱倒。」或請以此意倚聲律作詞，使人歌之，爲作《漁家傲》。

踏破草鞋參到老〔一〕，等閑拾得衣中寶。遇酒逢花須一笑。重年少〔二〕，俗人不用嗔貧道。　是處青旗誇酒好〔三〕，醉鄉路上多芳草。提著葫蘆行未到〔四〕。風落帽，葫蘆卻纏葫蘆倒。

〔一〕老：《琴趣外篇》卷三作「了」。

〔二〕重：《琴趣外篇》作「長」。

〔三〕是：《琴趣外篇》作「何」。

〔四〕行：《琴趣外篇》作「猶」。

72 又

江寧江口阻風，戲效寶寧通禪師作古《漁家傲》〔一〕，王環中云：「廬山中人頗欲得之。」試思索，始記四篇。

萬水千山來此土，本提心印傳梁武。對朕者誰渾不顧。成死語，江頭暗折長蘆渡。面壁九年看二祖，一花五葉親分付。隻履提歸葱嶺去〔二〕。君知否〔三〕，分明忘卻來時路。

〔一〕通：原作「勇」，據《琴趣外篇》卷三改。
〔二〕提歸：《琴趣外篇》作「西歸」。
〔三〕否：《琴趣外篇》作「不」。

73 又

三十年來無孔竅，幾回得眼還迷照。一見桃花參學了。呈法要，無絃琴上單于調〔一〕。　摘葉尋枝虛半老，拈花特地重年少〔二〕。今後水雲人欲曉〔三〕。非玄妙，靈雲合被桃花笑〔四〕。

〔一〕單于：《琴趣外篇》卷三誤作「單丁」。

〔三〕拈花：《琴趣外篇》作「看花」。

〔三〕人欲曉：《琴趣外篇》作「無欲曉」。

〔四〕合被桃花：《琴趣外篇》作「合被夭桃」。

74 又

憶昔藥山生一虎〔一〕，華亭船上尋人渡。散卻夾山拈坐具。呈見處，繫驢橛上合頭語。

千尺垂絲君看取，離鉤三寸無生路。蓦口一橈親子父〔二〕。猶回顧，瞎驢喪我兒孫去〔三〕。

〔一〕憶昔：《琴趣外篇》卷三作「憶得」。

〔二〕蓦口：《琴趣外篇》作「蓦尸」。

〔三〕瞎驢：《琴趣外篇》作「軸轆」，又「喪我」作「載我」。

75 又

百丈峰頭開古鏡，馬駒踏殺重蘇醒〔一〕。接得古靈心眼淨。光炯炯，歸來藏在袈裟影。

好箇佛堂佛不聖，祖師沈醉猶看鏡。卻與斬新提祖令。方猛省，無聲三昧天皇餅。

〔一〕踏殺：《琴趣外篇》卷三作「踏破」。

76 浣溪沙〔一〕

飛鵲臺前暈翠蛾，千金新買帶青螺，最難如意爲情多。幾處淚痕留醉袖，一春愁思近横波，遠山低盡不成歌。

〔一〕此首又見晏幾道《小山詞》。

77 又

一葉扁舟捲畫簾，老妻學飲伴清談，人傳詩句滿江南。林下猨垂窺滌硯，巖前鹿卧看收帆，杜鵑聲亂水如環。

78 又〔一〕

張志和《漁父》云：「西塞山邊白鳥飛，桃花流水鱖魚肥。青篛笠，緑簑衣，斜風細雨不須歸。」此語絶妙，恨今人莫能歌者，故增數語，今以《浣溪沙》歌之。

西塞山邊白鳥飛〔二〕，散花洲外片帆微，桃花流水鱖魚肥。自庇一身青篛笠，相隨到處緑簑衣，斜風細雨不須歸。

〔一〕此首又見《東坡詞》卷下。按宋吴曾《能改齋漫録》卷一六引黄庭堅外甥徐俯所述蘇軾、黄庭堅改張志和《漁父》詩爲詞的故事，此首爲東坡作，下首乃爲黄庭堅作。宋葉夢得《巖下放言》卷上所述亦同。然《苕溪漁隱叢話》後集卷三九引北宋鮑慎由《夷白堂小集》以此詞爲庭堅所作。慎由爲庭堅友，此詞作者仍存疑。

〔二〕鳥：《能改齋漫録》《巖下放言》作「鷺」。

79　又〔一〕

新婦磯頭眉黛愁〔二〕，女兒浦口眼波秋，驚魚錯認月沈鉤。青箬笠前無限事，緑簑衣底一時休，斜風細雨轉船頭〔三〕。

〔一〕唐圭璋云：此首别誤作周邦彦詞，見《古今詩餘醉》卷一五。

〔二〕磯頭：《古今詩餘醉》作「灘頭」。

〔三〕細雨：《古今詩餘醉》作「吹雨」。

80 訴衷情

小桃灼灼柳鬖鬖，春色滿江南。雨晴風暖煙淡，天氣正醺酣。山潑黛，水挼藍，翠相攙。歌樓酒旆，故故招人，權典青衫。

81 又

在戎州登臨勝景，未嘗不歌漁父家風，以謝江山。門生請問先生家風如何，爲擬金華道人作此章。

一波纔動萬波隨，蓑笠一鉤絲。金鱗政在深處〔一〕，千尺也須垂。吞又吐，信還疑，上鉤遲。水寒江淨，滿目青山，載月明歸。

〔一〕金鱗：《琴趣外篇》卷三作「錦鱗」。

82 又

旋揎玉指著紅靴，宛宛鬭彎訛。天然自有殊態，供愁黛、不須多。分遠岫，壓橫波，妙難過。自欹枕處，獨倚欄時，不奈顰何。

83 又〔一〕

珠簾繡幕卷輕霜，呵手試梅妝。都緣自有離恨，故畫作、遠山長。　思往事，惜流水〔二〕，恨難忘。未歌先斂，欲笑還顰，最斷人腸。

〔一〕四庫本注云：「是六一詞，删去。」唐圭璋亦以此詞爲歐陽修所作，見《近體樂府》卷一。今仍存原文。

〔二〕流水：校本《山谷詞》作「流光」。

84 晝夜樂

夜深記得臨岐語。説花時、歸來去。教人每日思量，到處與誰分付。其奈冤家無定據。約雲朝、又還雨暮。將淚入鴛衾，總不成行步。　元來也解知思慮。一封書、深相許。情知玉帳堪歡，爲向金門進取。直待腰金拖紫後，有夫人縣君相與。争奈會分疏，没嫌伊門路。

85 一落索

誰道秋來煙景素，任遊人不顧。一番時態一番新，到得意、皆歡慕。　紫萸黄菊繁華處，對風庭月露。愁來即便去尋芳，更作甚、悲秋賦。

86 促拍滿路花〔一〕

往時有人書此詞於州東酒肆壁間，愛其詞，不能歌也。二十年前，有醉道士歌於廣陵市中，群小兒隨歌得之，乃知其爲《促拍滿路花》也。俗子口傳，加釀鄙語，政敗其好處。山谷老人爲録舊文，以告深於義味者。〔二〕

秋風吹渭水，落葉滿長安。黄塵車馬道，獨清閑。自然鑪鼎，虎繞與龍盤。九轉丹砂就，琴心三疊蘂宫看，舞胎仙。任萬釘寶帶貂蟬，富貴欲薰天。黄粱炊未熟，夢驚殘。是非海裏，直道作人難。袖手江南去，白蘋紅蓼，又尋湓浦廬山。

〔一〕此詞又見《豫章先生遺文》卷一一。

〔二〕按《苕溪漁隱叢話》前集卷五八載：「山谷云：『（即此詞，略）往三十年，有人書此曲於（湖）州東茶園酒肆之柱間。或愛其文指趣，而不能歌也。中間樂工或按而歌之，輒以俚語竄入，睟然有市井氣，不類神仙中人語也。十年前，有醉道士歌此曲廣陵市上，童兒和之，乃合其時語。此道士去後，乃以物色迹逐之，知其爲呂洞賓也。』」與此處之序略同。據此文字可知，此詞非黄庭堅作。《全唐詩》卷九〇〇收於呂巖（洞賓）名下。實則應是無名氏之作。

宋黄文節公全集·正集卷第十五

序

1 胡宗元詩集序

士有抱青雲之器，而陸沈林皋之下，與麋鹿同群，與草木共盡，獨託於無用之空言，以爲千歲不朽之計。謂其怨邪，則其言仁義之澤也；謂其不怨邪，則又傷己不見其人。然則其言，不怨之怨也。夫寒暑相推，草木與榮衰焉。慶榮而弔衰，其鳴皆若有謂，候蟲是也；不得其平，則聲若雷霆，澗水是也；寂寞無聲，以宫商考之則動而中律，金石絲竹是也。維金石絲竹之聲，《國風》《雅》《頌》之言似之；澗水之聲，楚人之言似之；至於候蟲之聲，則末世詩人之言似之。今夫詩人之玩於詞，以文物爲工，終日不休，若舞世之不知者〔一〕，以待世之知者。然而其喜也，無所於逢；其怨也，無所於伐。能春能秋，能雨能暘，發於心之工伎而好其音，造物者不能加焉，故余無以命之，而寄於候蟲焉。清江胡宗元，自結髪迄于白首，未嘗廢書，其胸次所藏，未肯下一世之士也。前莫輓，後莫推，是以窮於丘壑。然以其耆老於翰墨，故後生晚出，無不讀書而好文。其卒也，子弟門人次其詩爲若干卷。宗元之子遵道嘗與予爲僚，故持其詩來求序于篇首。觀宗元之詩，好賢而樂善，安土而俟時，寡怨之言也。可以追次其平生，見其少長不倦，忠信之士也。至於遇變而出奇，因難而見巧，則又似予所論詩人之態也。其興託高遠，則附于《國風》；其忿世疾邪，則附于《楚辭》。後之觀宗元詩者，亦以是求之。故書而歸之胡氏。

〔一〕舞：原校：「一作怨。」

2　畢憲父詩集序

河南畢公憲父，以事功知名，治郡甚得民，所去民思之。然不知其能詩也。憲父没後，其子平仲得其平生詩若干篇，以示豫章黄庭堅，且曰：「爲我序其先後之次。」庭堅持歸，讀之三日，夜漏常下三十刻所，乃盡得其所謂。因以郡縣爲類，少壯耆艾爲次，秩序爲三卷，歸使藏其家，而告之曰：此公自以爲不逮其意，故未嘗多以示人也者。庭堅實始以吏事至於廬陵，奉簿領上府，比它吏屢得燕見，聽説條理，貫穿六藝百家，下至安成、虞初之記，射匿、候歲、種魚、相蠶之篇，鼻嚏耳鳴之占，劾召鬼物之書，無不口講指畫，使疑者冰開，虚心者滿懷，歸而未嘗不歎也。今觀公詩，如聞答問之聲，如見待問之來。按其筆語，皆有所從來，不虛道，非博極群書者，不能讀之昭然。公世家吏治與所藴崇，不爲人知。庭堅既作銘詩，刻之下宫，又論其學問如此，載之家集。

3 王定國文集序

元城王定國，灑落有遠韻，才器度越等夷。自其少時，所與游盡丈人行，或其大父時客也。生長富貴，其嗜好皆老書生事而不寒乞，諸公多下之。其爲文章，初不自貴珍，如落涕唾，時出奇壯語驚天下士。坐大臣子不慎交游，奪官流落嶺南。更折節，自刻苦，讀諸經，頗立訓傳，以示得意〔一〕。其作詩及它文章，不守近世師儒繩尺，規摹遠大，必有爲而後作，欲以長雄一世。雖未盡如意，要不隨人後，至其合處，便不減古人。定國富於春秋，崎嶇嶺海，去國萬里，脱身生還。邂逅江濱，斗酒相勞苦，但以「罪大責輕，未有以報君」爲言，鬱然發於文藻，未嘗私自憐。此其志未易爲俗人道之。王良秣驥子而問途，氣已無萬里矣。恐觀者以爲定國之所以垂世傳後者，如是而已，故爲序見之。定國名鞏，文正公之孫，懿敏公之子。癸亥八月壬辰序。

〔一〕得意：原作「意得」，據叢刊本乙正。

4 小山集序

晏叔原，臨淄公之莫子也，磊隗權奇，疏於顧忌。文章翰墨，自立規摹。常欲軒輊人，而不受世之輕重。諸公雖愛之〔二〕，而又以小謹望之，遂陸沈於下位。平生潛心六藝，玩思百家，持論甚高，未嘗以沽世。余嘗怪而問焉，曰：「我盤跚教窣，猶獲罪於諸公，憤而吐之，是唾人面也。」乃獨嬉弄於樂府之餘，而寓以詩人句法，清壯頓挫，能動摇人心。士大夫傳之，以爲有臨淄之風爾，罕能味其言也。予嘗論：「叔原固人英也，其癡亦自絶人。」愛叔原者皆愠，而問其目，曰：「仕宦連蹇，而不能一傍貴人之門，是一癡也；論文自有體，不肯一作新進士語，此又一癡也；費資千百萬，家人寒饑，而面有孺子之色，此又一癡也；人百負之而不恨，己信人，終不疑其欺己，此又一癡也。」乃共以爲然。雖若此，至其樂府，可謂狹邪之大雅，豪士之鼓吹。其合者《高唐》《洛神》之流，其下者豈減《桃葉》《團扇》哉！予少時間作樂府，以使酒玩世，道人法秀獨罪余以筆墨勸淫，於我法中當下犁舌之獄，特未見叔原之作邪！雖然，彼富貴得意，室有倩盼慧女，而主人好文，必當市購千金，家求善本，曰：「獨不得與叔原同時邪！」若乃妙年美士，近知酒色之娱，苦節臞儒，晚悟裙裾之樂，鼓之舞之，使宴安酖毒而不悔，是則叔原之罪也哉！

〔二〕愛：《小山詞》卷首作「稱愛」。

5 陳公廙説病詩序

熙寧丁巳五月，河北路轉運副使、尚書金曹陳公知儉公廙，出按部大河左，並海而還。衝暑飲冷，愛護小失宜，而得赤目疾。其初可以調御膳飲，時節起居，而無疾也。創之欲蚤愈，故中更兩醫，而例無善狀，其治劑皆大寒。蒙翳左目，幾廢司明之官，而已迺瘖。盡逐諸醫，屏去湯熨之劑，還藥其本，蓋十數日而後平。因説身疾，爲人破迷，列爲十章，邪徑旁行，至於大道。司南既正，四方晏然，歷階升堂，親履實地，不立正位，寂寥無依。此所謂困於心、衡於慮而後作，形於色、發於聲而後喻者也。

6 龐安常傷寒論後序

龐安常自少時善醫方，爲人治病，處其生死，多驗，名傾江淮諸醫。然爲氣任俠，鬭鷄走狗，蹴鞠擊毬，少年豪縱事，無所不爲。博弈音技，一工所難，而兼能之。家富多後房，不出户而所欲得。人之以醫聘之也，皆多陳其所好，以順適其意。其來也，病家如市；其疾已也，君脱然不受謝而去之。中年乃屏絶戲弄，閉户讀書，自神農、黄帝經方〔一〕，扁鵲

《八十一難》，《靈樞》《甲乙》，葛洪所綜緝百家之言，無不貫穿。其簡策紛錯，黄素朽蠹，先師或失其讀；學術淺陋，私智穿鑿，曲士或竄其文，安常悉能辨論發揮。每用以視病，如是而生，如是而不治，幾乎十全矣。然人以病造，不擇貴賤貧富。便齋曲房，調護以寒暑之宜；珍膳美饘，時節其饑飽之度。愛其老而慈其幼，如痛在己也。未嘗輕用人之疾，嘗試其所不知之方。蓋其輕財如糞土而樂義，耐事如慈母而有常。似秦漢間游俠而不害人，似戰國四公子而不争利。所以能動而得意，起人之疾，不可縷數，它日過之，未嘗有德色也。其所論著《傷寒論》，多得古人不言之意。其所師用而得意於病家之陰陽虚實，今世所謂良醫，十不得其五也。余始欲掇其大要，論其精微，使士大夫稍知之。適有心腹之疾，未能卒業。然未嘗游其庭者，雖得吾説而不解，誠加意讀其書則過半矣〔二〕。故特著其行事，以爲後序云。其前序，海上道人諸爲之，故虚右以待。元符三年三月，豫章黄某序〔三〕。

〔一〕黄帝：原作「皇帝」，據《傷寒總病論》卷首改。

〔二〕其：原作「書」，據叢刊本改。

〔三〕「元符」以下原無，據《傷寒總病論》補。

7 道臻師畫墨竹序

墨竹出於近世，不知其所師承。初，吴道子作畫，超其師楊惠之。於山川崖谷，遠近形勢，虎豹蛇龍，至於蟲蛾草木之四時，日月列星風雨水火雷霆之神物，軍陳戰鬬斬馘奔北之象，運筆作卷，不加丹青，已極形似。故世之精識博物之士，多藏吴生墨本，至俗子乃衒丹青耳。意墨竹之師，近出於此。往時天章閣待制燕肅，始作生竹，超然免於流俗。近世集賢校理文同，遂能極其變態，其筆墨之運，疑鬼神也。韓退之論張長史喜草書，不治它技。所遇於世，存亡得喪，亡聊不平，有動於心，必發於書；所觀於物，千變萬化，可喜可愕，必寓於書。故張之書，不可端倪，以此終其身而名後世。與可之於竹，殆猶張之於書也。嘉州石洞講師道臻，刻意尚行，欲自振於溷濁之波，故以墨竹自名。然臻過與可之門而不入其室，何也？夫吴生之超其師，得之於心也，故無不妙；張長史之不治它技，用智不分也，故能入於神。夫心能不牽於外物，則其天守全，萬物森然出於一鏡，豈待含墨吮筆槃礴而後爲之哉！故余謂臻：欲得妙於筆，當得妙於心。臻問心之妙，而余不能言。有師範道人出於成都六祖，臻可持此往問之。

8 翠巖真禪師語録序

石霜山中有三角虎，孤游獨坐，萬木生風，至於千里無人，草深一丈。有一人料其頭而得道，是爲黄龍慧南；有一人履其尾而得道，是爲翠巖可真。南之子孫，江西、湖南，若揭日月；而真得子晚，所乳之子，是爲潙山道人慕喆。林棲谷隱，堅密深静，霜露果熟。諸聖推出枯木朽株，雲行雨施，然後翠巖之道光明。蓋翠巖之入石霜，適遭一吼，凡聖情盡。參承咨決，徹佛徹祖；行住坐卧，亘古亘今。行川之水，無不盈之科；走盤之珠，無可留之影。十聖三賢當路，亦須草偃風行；四方八面俱來，無不投戈散地。金章玉句，具在可知。然明月夜光，多逢按劍；陽春白雪，難爲賞音。維黄龍罷參之客，必遺之曰：百鍊真金，直須入翠巖鑪韛。今坐鎮諸方、龍吟虎嘯者，無不稱翠巖室中之句，以接大根器，凡夫而叢林號爲真點胸者。蓋同門數老，雖目視眈眈，文采炳焕，似從慈明法窟中來，實不解石霜上樹之機耳。各夢同牀，不妨殊調；冷灰爆豆，聊爲解嘲云耳。

9 雲居祐禪師語録序

佛言：我於一切法，無執報得，常光一尋，身真金色。乃至三十二大人相〔一〕，八十種隨形好，一一皆對妙因。固知釋迦、老子，不會祖師禪。今有人灰頭土面，而種種光明徧照；卑濕重遲，而進道猛利，超過百萬阿僧祇劫。哆哆啝啝，而法音如雷如霆，慧辯如雲如雨；跛跛挈挈，而十二時中，遍往十方國土，調伏衆生。如來油花脱子〔三〕，全無用處。不可是超佛知見，倒用如來印也。此語若傳山北山南，必且懷疑起諍。若問是誰，但向道，是雲居祐老子。若有人問：言句内識此老子？言句外識此老子？不可道。不即言句，不離言句，對諸方説如來禪也。我觀此老子，雖不設陷虎之機，大空升堂，小空入室；雖不結羨魚之網，鳥鵲遷巢，龍蛇避宅。子湖狗口裏刺得手袐，魔巖叉下有出身路。所以鏡有山鬼之形，妙於不見；骨銜波旬之鏃，本自無瘡。若人信得及，萬株杉裏方藏影；若信不及，五老峰前又出頭。此老子是無爲無事人，何須鄙夫百千偈贊。諸人還會麼：巨鼇莫戴三山去，吾欲蓬萊頂上行。

〔二〕人：原校：「一作圓。」

〔三〕脱：原校：「一作腔。」

10 大潙喆禪師語録序

喆禪師烹佛祖鑪鞴，鍛十地鉗椎，坐大潙山，孤峰萬仞。倒用魔王之印，追大軍於藕絲孔中；全提金翅之威，取毒龍於生死海底。擊毒塗鼓，死卻偷心傳法蝮蛇命；與雪山藥，吐卻室中密語野狐涎。若相如之璧無瑕，不但二十五城，十方一契，盡爲祖業。驢負麟角，羊蒙虎皮，來者峥嶸，皆納敗闕。向潙山去者，合如是去；從潙山來者，吾則有以驗之。昔石霜山中生三虎，其一爲黃蘗南，其一爲翠巖真。黃蘗之虎乳數子，皆哮吼一方，弭伏百獸；而翠巖之虎生一夔，是爲喆禪師。余不能盡贊其道，而以印於余心者，書之《潙山語録》之後。後世僧中有董狐，深知正法眼藏之樞紐，能持直筆，使《雅》《頌》各得其所，必將有取於斯文。

11　翠巖悦禪師語録後序

翠巖悦禪師者，青山白雲，開遮自在；碧潭明月，撈漉方知。鐵石霜崖，强弓劈箭〔一〕。不受然鐙記莂〔二〕，自提三印正宗；假令古佛出頭〔三〕，須下一椎定當。前則激惠南老子，出泐潭死水，而印慈明；後則勸祖心禪師，撥大愚寒灰〔四〕，而見黃蘗。看儂兩著，雖天下碁客受先；破此一塵，與四海禪宗點眼。有懷疑者，是不肯山谷道人；擬欲全提，且救取無爲居士。

〔一〕「鐵石」至「劈箭」：《古尊宿語録》卷四一作「鐵石崩崖，霜弓劈箭」。

〔二〕 蒴：原無，據《古尊宿語録》補。
〔三〕 頭：原無，據《古尊宿語録》補。
〔四〕 愚：原校：「一作潙。」

12 福州西禪暹老語録序

佛以無文之印，密付摩訶迦葉，二十八傳而至中夏。初無文字言説可傳可説，真佛子者即付即受，必有符證，印空同文。於其契會，雖達摩面壁九年，實爲二祖鑄印。若其根器不爾，雖親見德山，棒如雨點，付與臨濟，天下雷行，此印陸沈，終不傳也。今其徒所傳文字典要，號爲一四天下品，盡世間竹帛不能載也。蓋亦如蟲蝕木，賓主相當，偶成文爾。若以爲不然者，今有具世間智、得文字通者，自可閉户無師，讀書十年，刻菩提印而自佩之矣。故曰「神而明之，存乎其人，苟非其人，道不虚行」。怡山暹老，初寄瓶鉢於古田，時人不識也。曾福州子固拔於稠人之中，授以西禪，而道俗皆與之，蒲團曲几，於今十二年矣。暹之徒浄圓，以其言句求予爲序引。予問浄照禪師，以爲其人有道心。知子莫若父也，聞予此言，必不驚也。至於録開堂升座之語，以續祖鐙，則其門人之志也。

宋黄文節公全集·正集卷第十六

記

1 仁宗皇帝御書記

臣某元祐中待罪太史氏，竊觀金匱石室之書論載：仁宗皇帝在位四十有二年，幼小遂生，至於耆老，安樂田里，不憂不懼。百姓皆如芻狗，無謝生之心。又言：上天德純粹，無聲色畋游之好。平居時御筆墨，尤喜飛白書。一書之成，左右扶侍，争先乞去，稍稍散落人間。慶雲景星，光被萬物，士大夫家或得隻字片紙，相與傳玩，比於《河圖》《洛書》，敬愛所在，如臨父母。此豈與周人思召伯愛其甘棠同年而語哉！恭惟昭陵復土，垂四十年，至今父老言之，未嘗不竇涕，後生聞説前朝事，無不踴躍，恨不身當其時。嗚呼，可謂有德君子者邪！竊嘗深求太平之源，而仁祖在位時，未嘗出奇變古，垂衣拱手，以天下之公是非進退大臣，而百官修職，四夷承風。臣亦不能識其所以然。故祕閣校理臣張公裕所藏書，其子臣浩以示臣，臣昧冒論著如此。譬天地之高厚，贊日月之光華，臣自知其不能也。

2 伯夷叔齊廟記

伯夷、叔齊墓在河東蒲坂雷首之陽，見於《水經》、地志，可考不妄。其即墓爲廟，則不知所始。以二子之賢，意其爲唐、晉之典祀也舊矣。元祐六年，予同年進士臨菑王闢之爲河東縣，政成，乃用四年九月大享赦書，以公錢七萬，及廢徹淫祠之屋，作新廟，凡三十有二楹。貴德尚賢，聞者興起，貌象祠器，皆中法程。某月某甲子有事於廟，乃相與謀記歲月，乞文於豫章黄庭堅。謹按：伯夷、叔齊，有國君之二子，逃其國而不有者也。予嘗求其説。伯夷之不得立也，其宗與國人必有不説者矣；叔齊之立也，其宗與國人必有不説者矣。於是時，紂又在上，虐用諸侯，則二子之去，亦以避紂邪？二子雖去其國，其社稷必血食如初也；雖不經見，以曹子臧、吴季札之傳考之，意其若是也。故孔子以爲「不降其志，不辱其身」，「身中清，廢中權」，「求仁而得仁，又何怨」。又曰：「齊景公有馬千駟，死之日，民無德而稱焉。伯夷、叔齊餓於首陽之下，民到于今稱之。」孟子以爲「非其君不事，非其民不使」，「不立於惡人之朝，不與惡人言」，「故聞伯夷之風者，貪夫廉，懦夫有立志。」此則二子之行也。至於諫武王，不用，去而餓死，則予疑之。陽夏謝景平曰：「二子之事，凡孔子、孟子之所不言，可無信也。其初蓋出莊周，空無事實。其後司馬遷作《史記·列傳》，韓愈作《頌》，事傳三人，而空言成實。若三家之學，皆有罪於聖人者也。徒以文章擅天下，學者又弗深考，故從而信之。」以予觀謝氏之論，可謂篤信好學者矣，然可爲智者道也。予觀今之爲吏，愒日玩歲，及爲政者鮮矣。政且不舉，又何暇於教民？今河東爲縣，吏治膚敏，政成而舉典祀以教民，可謂知本矣。故樂爲之書，并書予所聞二子事，以告來者。六月丙申，豫章黄庭堅記〔一〕。

〔一〕「六月」以下原無，據《金石萃編》卷一四〇補。

3 鄂州通城縣學資深堂記

通城縣學宫資深堂，前縣令臨川鄒君餘損道之所作也。通城，故崇陽之聚也，民病於隸崇陽，求專達於武昌，故熙寧五年詔割崇陽之三鄉爲通城縣，以六安曹君登子漸爲令。曹君爲吏嚴〔一〕，能知所先後。其作邑，民勸趨之。官府足以鳩民，則致力於學宫。因其溪山之陽，作夫子廟，爰及諸生之舍，以待其秀民興焉。未遑教事而曹君去。由是閲數令，方貸民出子錢，併役兼任，而藏其雇庸之奇以爲最，歲上丁釋奠，府吏執事趨如令則止。及令東平王君定民佐才之時，病其邑子之不學，頗理曹君之緒，執經以待問，而士不至。雖然，曹君之功不遂隳墮，亦王君之力也。鄒君始下車，聞艾城戴君輿耆艾有德而明經術，以書幣聘焉。戴君至，而士大夫有所矜式。鄒君曰：「講堂者，利於群居而不利於燕居，使賢者退而與諸生雜處，吾懼賢者之不安席也。」乃因民之餘力而作斯堂。於是投耒耜而挾書、棄惰游而受業者日至焉。頃之，夙夜於其家者知貴老，出入於其鄉者知尚齒。于市于田，見儒衣者皆肅然。父老乃相與歎曰：「毀我財而成我子弟，勞我力而逸我耆老，蓋學之功邪！」繼鄒君者，臨川吴君履中與權。吴君發政甚愛民，而論政先養士。其獄犴平矣，曰：「此俗吏之所能也。」於是復以書幣聘海昏李君亮采，李君應之。則與李君分職曰：「子典其教事，而我知其政。」李君力學以待舉，修己以致人，士皆樂好之。吴君公事退，則來燕于堂，左經右律，靡日不勤。凡宫室不能風雨，器用不可薦羞，皆彌縫補苴使無憾。於是通城之學，可以責士之不來，而士得師友，並興於學矣。夫性者，民所自有也，彼其怙富滅德，放貧爲濫，强有力者嚚，柔良者不立，豈獨民之罪哉？長上不勸學也。今自曹君以來，有勸學之心，而猶待四人，然後其政行，善政之難也如此夫！昔者鄒君甚愛斯堂，嘗以書抵京師，求予記之。會予不暇，及是吴君爲之請焉。予謂鄒君者名斯堂不空語，諸生從事焉，不可不知也。淺聞寡見者之教也，不能引之至於道，故學者皆得一而暖暖姝姝。彼其得一也，非自得之故也。孟子曰：「君子深造之以道，欲自得之也。」

見異端而不能弗畔，居之不安也；趨下流而失其本，資之不深也。今夫水，決之東則東流，決之西則西流，背原而往矣。左之右之，而常逢其原〔二〕，亦必有道矣。夫教者欲速效而不使人自得之，學者欲速化而不求自得之，皆孟子之罪人也。故表章鄒君之意，以曉諸生。若夫挈楹計工，述其襟帶溪山之觀，則非兩令之屬予者，故不書。

〔一〕曹君：原脱，據叢刊本補。

〔二〕常：原作「當」，據叢刊本改。

4 閬州整暇堂記

無事而使物物得其所，可以折千里之衝，之謂整；有事而以逸待勞，以實擊虛，彼不足而我有餘，之謂暇。夫不素備而應卒，可以徼幸於無患，而其顛沛狼戾者，十常八九也。豈唯人事哉！天之於物，疾風震雷，伏於土中者皆萌動，然後皋蓄而成夏；落其實而枯其枝，然後閉塞而成冬。夫惟整故能暇，上天之道也。昔者晉欒鍼使於楚，楚執政問晉國之勇，對曰：「好以衆整。」又問：「如何？」曰：「好以暇。」雖晉楚爭盟，務以辭相勝，充其情，楚豈能與中國抗衡哉！今之郡守，古諸侯也，提千里之兵以守關要。平居燕安，拙者奉三尺而有餘；至於倉卒變故，巧者應事機而不足。此惟不知素整暇故也。滎陽魚侯仲修〔一〕，仁宗時御史中丞魚公家也，儒素有風力，其家法存焉。爲閬中太守，知學問爲治民之源，知恭儉爲勸學之路，先本後末，右經而左律。在官二年，内明而外肅，吏畏而民服，乃作堂以燕樂之。表裏江山，不知風雨，於以燕賓客，講問闕遺，沈沈翼翼，千里之觀也。堂成而魚侯甚愛之，問名於江南黄某。某曰：「若魚侯，可謂能整能暇矣。」故名之曰「整暇」，所以美其成功而勸其未至也。《詩》曰：「迨天之未陰雨，徹彼桑土，綢繆牖户。今此下民，或敢侮予。」可謂能整矣。又曰：「來歸自鎬，我行永久。飲御諸友，炰鼈鱠鯉。侯誰在矣，張仲孝友。」可謂能暇矣。前所敘説，以告後人；後作賦詩，以爲魚侯壽，故并記之。

〔一〕滎陽：原作「滎陽」，據叢刊本改。魚：原作「魯」，據同本改，下同。下句「御史中丞魚公」即魚周詢。

5 冀州養正堂記

冀州古信都，有漢爲安平侯國，地當河漳之間一都會。民習懻忮，任俠自武，四方遊手之民，囊槖其間，不事本業，其淫俗猶班班見於載籍。無名山大川以爲要關，其地四戰之國也。自中原有事於兵革，此邦未嘗不與焉，故其民空匱憔悴，甚於他州。我聖人撫有四海〔一〕，天下屬安，丁壯耕桑，老弱不任事，百有餘年。而民未知休息生養之利，歲一艱食，可望以恩義者，不能相救，蓋其地産瘠鹵，人不根著故爾。于今爲州，在國北門，堅壁重兵，樓櫓險壯，外夷賓客朝賀有期會所由出入，故守者常用士大夫之選。元豐元年十一月，詔用扶風魯侯。魯侯忠信豈弟，不鄙其州，拊循鰥寡，動用禮法。民奮于田，士興于學，迺遑暇於燕息之地。太守居故有便堂，權輿於都水監昌言仲謨〔二〕，而魯侯爲築屋四旁，與堂周旋。風雨寒暑，有所遷就，而堂事告備。魯侯隱几以休詩書，酌酒以御賓客，巾履徜徉木陰鳥語之中，思所以爲邦之本，而有得焉。謂其堂曰「養正」，是在《易》之《頤》「貞吉，觀頤，自求口實」者也。齊王之子，亦人子也，居富貴之養，而氣體與人殊，況能自求其心，居天下之廣居，則其所養宜何如！呼於垤澤之門者，非宋君也，而聲似之，以其居相似也；其居與古人相似，而病不及古人，吾則不信也。夫惟不言不笑不取，是非物之情；飄風暴雨，天地不能持久也。未同而言，脅肩諂笑，苟可以得車，所治每下而不恥者，吾不知也。至於時然後言，樂然後笑，義然後取，彼其中必有以信之。《詩》云：「鼓鐘於宮，聲聞於外。」夫事其事而小大得情，語默當物，齋心服形於宮庭屋漏之間，而民氣和於耕桑隴畝之上。彼其於性命之情，必有不蘄於規矩準繩而正者焉。嘉魯侯之不鄙其州，知律民者在己，得己者在心。其居民上，不以一日忘所以養源者，故極言其致遺魯侯，鑱石壁間，使信都之士師魯侯之好學以成其材，其民知魯侯之用心而勸其事，又使來者得鑒觀焉。魯侯名有開，字元翰，肅簡公之子〔三〕，能世其家者也。

〔一〕我聖人：叢刊本作「真人」。
〔二〕監：原作「藍」，據《宋文鑑》卷三一改。按昌言指宋昌言，熙寧中知冀州，入判都水監，見《宋史》卷二九一本傳、《續資治通鑑長編》卷二八四。
〔三〕肅簡：原作「簡肅」，據《宋史》卷二八六《魯宗道傳》乙正，魯有開實乃宗道弟宗顔之子。

6　北京通判廳賢樂堂記

待外物而適者，未得之，憂人之先之也；既得之，憂人之奪之也。故雖有榮觀，得之亦憂，失之亦憂，無時而樂也。自適其適者，無累於物，物之去來，未嘗不樂也。故古之人觀乎儻來若寄，於我如浮雲之外物〔一〕，亦正其名曰：「賢者而後樂此，不賢者雖有此不樂也。」常山賈春卿來佐北都留守，政成有暇日，始作新堂，治燕息之地。豫章黃庭堅名之曰「賢樂」，其義蓋以謂：去前日之上庳下陋，塵蒙蛛絲，隅角黮闇，鳥鼠之宅，而爲今日之軒楹高明，户牖通達，便齋曲房，兩宜寒暑，井陰高槐，風聽修竹，賓僚尊酒，笑語詩書，是宜爲賢者有也。春卿遂以名堂，而屬爲記。黃庭堅曰：魏都，國北門，通守，上佐也，事無所不關決。雖留守大人鉅公，游刃於無事，内外晏然，而十三縣之政日交於前，簿書期會幾於不勝聽也。加以外夷賓客之道，濁河隄防之守，呼吸變故，不擇時節，舉别都會府號爲難治者，皆出大名下。故異時任此責者，以夜繼晝，爲吏牘所埋没，不得出氣。雖親戚慶弔，人情所不能休者，有不暇顧省，至其解官去而後已。今春卿辦了公家事，小大斬斬，又有力以燕樂，親戚僚友，講問缺遺，則斯堂之主人，不既賢乎！夫人之賢，豈有類哉！德每進而終無已者也。我名斯堂，既嘉主人賢，又以爲來者之勸也。春卿名青，故太尉侍中魏公子也。精敏通事情，見首知尾。自其少時，老姦吏不敢弄以事。嘗以使節京西，吏畏其明。其失職，以議法不合，不以不稱職也。其於政事，天材絶人遠甚。不以其能驕人，好賢不倦，不爲得失顧計者也。

〔一〕之：叢刊本作「方」。

7 忠州復古記〔一〕

忠州，漢巴郡之臨江、墊江縣也。其治所在臨江，故梁以爲臨州，後周以爲南賓郡，唐貞觀八年始爲忠州。其地荒遠瘴癘，近臣得罪，多出爲刺史、司馬。故劉尚書以刺史貶一年死，陸宣公以别駕貶十年死，李忠懿公以刺史居六年，白文公以刺史居二年。其後喜事者，以四公俱賢，圖象爲四賢閣：故相、贈司徒、鄭州刺史南華劉晏士安，故相、贈兵部尚書嘉興陸贄敬輿，中書侍郎、平章事、贈司徒安邑李吉甫弘憲，刑部尚書致仕、贈右僕射下邽白居易樂天。由開元以來，訖于會昌，四君子相望，凜然猶有生氣。忠民嘗以此自負，而郡守至者必矜式焉。紹聖三年正月，知州事營丘王君闢之聖涂，下車問民疾苦，曰吏驚而民困。故聖涂爲州，拊養柔良，知其飽饑，鉏治姦猾，幾於傷手，治聲翕然。邑中豪吏故時受賕舞文法者相與謀曰：「屬且無類。」即以智籠小駿吏，群訴於部使者。聖涂不爲變，且歎曰：「白頭老翁，安能碌碌畏吏苛民邪！」亦會部使者審吏爲姦。而聖涂治郡政成，時休車騎野次，咨問故老，訪四賢之逸事，而三君之政，寂寥無聞。蓋士安既賜死，而敬輿別駕不治民，弘憲雖在州六年，亦默耳。樂天由江州司馬除刺史，爲稍遷，故爲郡最豫暇，有聲迹，又其在州時詩見傳。東樓以宴賓佐，西樓以瞰鳴玉溪，登龍昌上寺以望江南諸山，張樂巴子臺以會竹枝歌女，東坡種花，東澗種柳，皆相傳識其處所。於是一花一竹，皆考於詩〔二〕，復其舊貫，種荔支數百株，移木蓮且十本。忠於一時遂爲三峽名郡。聖涂乃以書詩涪翁曰：「爲我記之。」涪翁曰：「聖涂急鰥寡之病，使遠方民沐浴縣官之澤，可謂知務矣。掃除四賢之室，思欲追配古人，可謂樂善矣。樂天去忠州，於今爲二百七十有九年。在官者鰓鰓然，常憂瘴癘之病已，數日求去，故樂天之遺事蕪没欲盡。聖涂齊人也，蓋不能巴峽之風土，又其擊强撥煩，材有餘地，而晚暮爲遠郡守，乃能慨然不倦，興舊起廢，使郡中池觀花竹鬱然，如元和己亥時。追樂天而與之友，聖涂於是賢於人遠矣。聖涂爲州之明年六月，而涪翁爲之記。

〔一〕此篇《方輿勝覽》卷六一及《全蜀藝文志》卷三四均題作《四賢閣記》。

〔二〕考：原作「放」，據叢刊本改。

8 吉州廬陵縣令題名記

昔皇甫湜持正言，廬陵户餘二萬，有地三百里，縣當刺史理所，令日兩趨衙，退則祇承，録判將校，事相關臨，煩言易生，煩事難專。於今户籍號稱七萬，刺史府官屬與唐體勢不同〔一〕，所以病令使政難工者猶不除也〔二〕，故廬陵令稱治者常少〔三〕。按求版籍，由太平興國改元而上無傳焉，由馬達下訖李景元三十有七人。歲月官資，以能右選，格應入遠，罷不以理，或以故去，皆可款識。今令陳適用汝器始辦刻石，以圖永久。維三十七人，其政之爐惡，則遺民老吏之言猶在。去而顯於朝，其能否則載於士大夫，蓋不必書。適用資直方，行事如破竹，不能爲人下。其擊伐人，不避豪貴；其爲政，老姦吏縛不能展手；其牧民，善去敗群者；其簿籍，如謹細書生所抄書。予欲考馬君以來政事，與適用度長比短，差其功最，使并刻之，而未暇。以廬陵之難爲令而稱治，其才可知已。

〔一〕唐體勢：原作「郡伯子」，據叢刊本改。

〔二〕「政」原作「役」，「除」原作「二」，並據叢刊本改。

〔三〕故廬陵令：原作「素不乏令」，據叢刊本改。

9 黔州黔江縣題名記

黔江縣治所，蓋楚開黔中郡時，哥羅蠻聚落也。於今爲縣，一鄉七里，户千有二百，其秋賦雇庸不登三十萬錢，以地産役於公者八十有五，其義軍二千九百，招諭夷自將其衆者五百七十。其役於公之人，質野畏事，大約與義軍夷將領不殊也。使之非其義，或跳梁不爲用；決訟失其情，或虜掠以償直。暗則小智者亦溷疆畔而爲欺，懦則細黠吏亦能用其柄。市麝臍以百計，市蜂蠟以千計，則夷以長吏爲侮。寬則以利啗胥徒而苟免，猛則鳥獸駭而奏箐中矣。至今得其人，櫛垢爬痒，民以按堵。而異時號爲難治，吾不知其説也。膠西逢興文爲黔州軍事判官，會王君任以憂去，二年不除代，有司以興文署令〔一〕，遂以治聲聞。蓋其人練達吏道，故不以假攝爲一切之政；老於憂患，故雖攝事彌年而不倦。事事舉以詔條，將去如始至，府庫簿書，如墉如櫛，不鄙夷其民，子弟教之。故其政無六疾，而夷夏安之。縣舊無題名記，興文愍其太陋，求之故府與其老吏，乃自熙寧庚戌得趙君洙以來十人刻石，以爲後觀，而屬予記之。子産曰：「抑人有言曰，蕞爾國，夫有社稷、民人、王事均也，豈可忽哉！」興文之舉，於是合矣。後之人有此六疾而求治，吾不知也；無此六疾而邑不治，吾則不信也。故悉書之，以告來者。

〔二〕署：叢刊本作「攝」。

10 筠州新昌縣瑞芝亭記

晉陵邵君叶爲新昌宰，視事之三月，靈芝五色十二生于便坐之室，吏民來觀，無不動色，相與言曰：「吾令君殆將有嘉政以福我民乎！山川鬼神其與知之矣，不然，此不蒔而秀，不根而成，非人力所能致而自至者，何也？」乃相與廓其室，四達爲亭，命曰「瑞芝」，奔走來謁記於豫章黄某。某曰：予觀《神農草木經》，青芝生泰山，赤芝生衡山，黄芝生嵩山，白芝生華山，黑芝生常山。皆久食而輕身，延年而不老。蓋序列養生之藥，不言瑞世之符。又其傳五芝曰：赤者如珊瑚，白者如截肪，黑者如澤漆，青者如翠羽，黄者如紫金，皆光明洞徹如堅冰。而世之所名芝草，不能若是也。故嘗考於信書，自先秦之世，未有稱述芝草者。及漢孝武厭飫四海之富貴，求致神仙不死，天下騷然。元封中乃有芝草九莖連葉，生甘泉殿齋房中，於是赦天下，作《芝房之歌》。孝宣興於民間，勵精萬事，事無過舉，然廟享數有美祥，頗甘心焉，故復修孝武郊祀，以瑞記年。元康中，金芝九莖又産函德殿銅池中。然此芝不生於五嶽，果《神農經》所謂芝者邪？予又竊怪漢世既嘉尚芝草，而兩漢循吏之傳未有聞焉，何也？豈其所居民得其職，所去民思其功，生則羽儀於朝，没則烝嘗於社，則是民之鳳凰麒麟醴泉芝草也邪？抑使民田畝有禾黍，則不必芝草生户庭；使民伏臘有鷄豚，則不必麟鳳在郊棷〔一〕。黠吏不舞文，則不必虎北渡河；里胥不追擾，則不必蝗不入境。此其見效優於空文也邪？昔黄霸引上計吏問興化之條，有鶡雀來自京兆舍中〔二〕，飛集丞相府上，霸以爲皇天降下神雀，欲圖上奏。京兆尹張敞言：「郡國計吏竊笑丞相之仁厚智略有餘，而微信奇怪也。恐丞相興化之條，或長詐僞，以敗風俗。」天子嘉納焉。劉昆爲江陵令，連年火災，昆輒向火叩頭，多能反風降雨。遷弘農太守，驛道多虎，崤澠不通，昆爲政三年，虎負子渡河。乃召入爲光禄勳。詔問昆：「江陵反風滅火，弘農虎北渡河，行何德政而致是？」對曰：「偶然耳。」左右皆笑其質，帝歎曰：「是乃長者之言。」由君子觀之，張敞之篤論，世祖之知言，建成之文，不如光禄之質也。雖然，新昌之吏民愛其令君，將徼福焉，焉可誣也？又嘗試論之，古之傳者曰：上世蓋有屈軼指佞，蓮莆扇庖，蓂莢紀曆，嶰竹生律，既不經見，後世亦不聞有之，則前世之有芝草〔三〕，特未定也。

邵君家世儒者，諸父兄皆以文學行義表見於薦紳。邵君又喜能好修，求自列於循吏之科。故即其氣燄而取之〔四〕，異草來瑞。使因是而發政於民，慘怛而無倦，民將盡力於田，士將盡心於學，則非常之物，不虛其應，且必受賜金增秩之賞，用儒術顯於朝廷矣，豈獨夸耀下邑而已乎！故并書予所論芝草、循吏之實，使歸刻之。

〔一〕椒：原作「梧」，據叢刊本改。按「椒」同「藪」。

〔二〕雀：原脱，據叢刊本補。

〔三〕前：原脱，據《全芳備祖》後集卷一一補。

〔四〕即：原無，據《全芳備祖》後集補。

11 河陽揚清亭記

河陽縣令治盟津，西晉潘岳安仁所治縣也。慶曆中，著作郎、知縣事鮮于亨慕潘令治民有聲〔一〕，相傳以爲父老不伐其桃李，於是築亭於其囿，曰「聯芳」；架閣於其沼，曰「揚清」，意若同循吏之臭味，有激於貪濁云。才四十年，來者不嗣，垝垣汙泥〔二〕，民吏歎息。元祐三年某月，宣德郎、知縣事高元敏求父，吏事膚敏，不深鞭罰而政和。乃浚沼開囿，陸藝桃李，水植菱藕，稍繕故址，作亭，用其名曰「揚清」。名因其舊，不揜前人之善也；土木之功不若前人，愛民力之不易也。既落成，伐石乞文於予。予爲作詩，詩曰：「邑有社稷，古千户侯。吏不自喜，以歲月偷。高侯爲邦，民不吏賕。吏姦輒得，有距有鉤。去其螟蝨，麥禾既秋。與民憂之，與民樂之。安我燕居，民勸作之。匪我自逸，前人度之。草木茂止，鳧雁于水。賓贊士子，于食酒醴。男耕不遲，女桑孔時。高侯燕喜，去其思之。」

〔二〕于：原作「子」，據叢刊本改。

〔三〕垣：原作「坦」，據叢刊本改。

12 東郭居士南園記

以道觀分於嶄巖之上，則獨居而樂；以身觀國於蓬蓽之間，則獨思而憂。士之處汙行以辭禄，而友朋見絶，自聾盲以避世，而妻子不知，况其遠者乎！東郭居士嘗學於東西南北，所與居游，半世公卿，而東郭終不偶。駕而折軸，不能無悶；往而道塞，不能無愠。退而伏於田里，與野老並耡，灌園乘屋，不以有涯之生，而逐無隄之欲。久乃蘧然獨覺，釋然自笑。問學之澤雖不加於民，而孝友移於子弟；文章之報雖不華於身，而輝光發於草木。於是白首肆志，而無彈冠之心。所居類市隱也，總其地曰南園，於竹中作堂曰「青玉」。歲寒木落而觀其色，風行雪墮而聽其聲，其感人也深矣。據群山之會，作亭曰「翠光」。逼而視之，土石磊砢，繚以松楠；遠而望之，攬空成色，下與黼黻文章同觀。其曰「翠微」者，草木金石之氣邪；其曰「山光」者，日月風露之景邪。不足以給人之欲，而山林之士甘心焉，不知其所以然而然也。因高作閣曰「冠霞」，鮑明遠詩所謂「冠霞登綵閣，解玉飲椒庭」者也。蟬蛻於市朝之溷濁，翳心亭之葉，而乾没之輩不能窺，是臞儒之僊意也。其宴居之齋曰「樂静」，蓋取兵家《陰符》之書曰「至樂性餘，至静則廉」。《陰符》則吾未之學也，然以予説之，行險者躁而常憂，居易者静而常樂，則東郭之所養可知矣。其經行之亭曰「浩然」。委而去之，其亡者莎鷄之羽；逐而取之，其折者大鵬之翼。通而萬物皆授職，窮而萬物不能攖，豈在彼哉！由是觀之，東郭似聞道者也。東郭聞若言也，曰：「我安能及道，抑君子所謂『困於心衡於慮而後作』者也。我爲子家婿，軒冕不及門，子之姑氏懟我不才者數矣，殆其能同樂於丘園，今十年矣。可盡記子之言，我將劖之南園之石。他日御以如臯，雖不獲雉，尚其一笑哉！」予笑曰：「士之窮乃至於是夫！」於是乎書東郭之鄉族名字，曰新昌蔡曾子飛。作記者豫章黄庭堅。

13 大雅堂記〔一〕

丹稜楊素翁，英偉人也，其在州閭鄉黨有俠氣，不少假借人，然以禮義，不以財力稱長雄也。聞余欲盡書杜子美兩川夔峽諸詩刻石，藏蜀中好文喜事之家，素翁粲然，向余請從事焉，又欲作高屋廣楹庥此石，因請名焉。余名之曰「大雅堂」，而告之曰：由杜子美以來四百餘年，斯文委地，文章之士隨世所能，傑出時輩，未有升子美之堂者，況室家之好邪！余嘗欲隨欣然會意處，箋以數語，終日汨没世俗，初不暇給。雖然，子美詩妙處，乃在無意於文。夫無意而意已至，非廣之以《國風》《雅》《頌》，深之以《離騷》《九歌》，安能咀嚼其意味、闖然入其門邪！故使後生輩自求之，則得之深矣。使後之登大雅堂者，能以余説而求之，則思過半矣。彼喜穿鑿者，棄其大旨，取其發興，於所遇林泉人物、草木魚蟲，以爲物物皆有所託，如世間商度隱語者，則子美之詩委地矣。素翁可并刻此於大雅堂中。後生可畏，安知無涣然冰釋於斯文者乎！元符三年九月涪翁書。

〔二〕《補續全蜀藝文志》卷二七此文起首一段作：「余謫居黔州，盡書子美夔峽兩川諸詩以遺丹稜楊素翁，俾刻諸石，使大雅遺音，久湮没而復盈三巴之耳。素翁乃作高屋廣楹，以庇此石，因請名焉。余名之曰『大雅堂』，仍爲作記，其略云：『由子美來四百餘年，（中略）則子美之詩委地矣。』」

14 松菊亭記

期於名者入朝，期於利者適市，期於道者何之哉？反諸身而已。鐘鼓管弦以飾喜，鈇鉞干戈以飾怒，山川松菊所以飾燕閑者哉！貴者知軒冕之不可認而有，收其餘日以就閑者矣；富者知金玉之不可守而有，收其餘力以就閑者矣。蜀人韓漸正翁，有范蠡、計然之策，有白圭、猗頓之材，無所用於世，而用於其楮中，更三十年而富百倍，乃築堂於山川之間，自名「松菊」。以書走京師，乞記於山谷道人。山谷逌然笑曰：韓子真知金玉之不可守，欲收其餘力而就閑者。予今將問子，斯堂之作，將以歌舞乎，將以研桑乎？將以歌舞，則獨歌舞而樂，不若與人樂之；與少歌舞而樂，不若與衆樂之。夫歌舞者豈可以樂此哉〔一〕！恤飢問寒以拊孤，折券棄責以拊貧，冠婚喪葬以拊宗，補耕助斂以拊客，如是則歌舞於堂，人皆粲然相視，曰：韓正翁而能樂之乎！此樂之情也。將以研桑，何時已哉！金玉之爲好貨，怨入而悖出，多藏厚亡。他日以遺子孫，賢則損其志，愚則益其過。韓子知及此空爲之哉！雖然，歌舞就閑之日，以休研桑之心，反身以期於道，豈可以無孟獻子之友哉！孟獻子以百乘之家，有友五人，皆無獻子之家者也。必得無獻子之家者與之友，則仁者助施，義者助均，智者助謀，勇者助決，取諸左右而有餘，使宴安而不毒，又使子弟日見所不見，聞所不聞，賢者以成德，愚者以寡怨。於以聽隱居之松風，裛淵明之菊露，可以無愧矣。

〔一〕夫：原作「去」，據叢刊本改。

15 黔南道中行記

紹聖二年三月辛亥，次下牢關，同伯氏元明、三山尉辛紘堯夫，傍崖尋三游洞。繞山行竹間二百許步，得僧舍，號大悲院，才有小屋五六間。僧貧甚，不能爲客煎茶。過大悲，遵微行高下二里許，至三游洞〔一〕。一徑棧閣繞山腹，下視深谿悚人；一徑穿山腹，黮闇，出洞乃明。洞中略可容百人，有石乳，久乃一滴。中有至處，深二丈餘，可立。嘗有道人宴居，不耐久而去。厥壬子，堯夫舟先發不相待，日中乃至蝦蟆碚。從舟中望之，頤頷口吻，甚類蝦蟆也。予從元明尋泉源入洞中，石氣清寒，流泉激激，泉中出石，腰骨若虬龍糾結之狀。洞中有崩石，平闊可容數人宴坐也。水流尋蝦蟆背，垂鼻口間，乃入江耳。泉味亦不極甘，但冷熨人齒，亦其源深來遠故邪？壬子之夕，宿黄牛峽。明日癸丑，舟人以豚酒享黄牛神，兩舟人飲福皆醉。長年三老請少駐，乃得同元明、堯夫曳杖清樾間，觀歐陽文忠公詩及蘇子瞻記丁元珍夢中事，觀隻耳石馬。道出神祠背，得石泉，甚壯急。命僕夫運石去沙，泉且清而歸。陸羽《茶經》紀黄牛峽茶可飲，因令舟人求之。有媪賣新茶一籠，與草葉無異，山中無好事者故耳。癸丑夕，宿鹿角灘下，亂石如囷廩，無復寸土。步亂石間，見堯夫坐石據琴，兒大方侍側，蕭然在事物之外。元明呼酒酌，堯夫隨磐石爲几案牀座。夜闌，乃見北斗在天中，堯夫爲《履霜》《烈女》之曲。已而風激濤波，灘聲洶洶，大方抱琴而歸。初，余在峽州，問士大夫夷陵茶，皆云䊪澀不可飲。試問小吏，云：「唯僧茶味善。」試令求之，得十餅，價甚平也。攜至黄牛峽，置風鑪清樾間，身候湯，手揃得味。既以享黄牛神，且酌元明、堯夫，云不減江南茶味也。乃知夷陵士大夫但以貌取之耳，可因人告傅子正也〔二〕。

〔一〕洞：原作「間」，據上下文改。

〔二〕傅：原作「傳」，據《名山勝概記》卷四四改。

宋黄文節公全集·正集卷第十七

記

1 江州東林寺藏經記

元豐三年夏四月，提點寺務司言：大相國寺星居院，六十區，院或有屋數楹，接棟寄檐，市井犬牙，庖煙相及，風火不虞。請合東西序爲僧舍八區，以其六爲律院，以其二爲禪坊。詔可之，賜祠部度僧牒二百，給其費。其六年秋七月落成，賜兩禪院名，其東曰「慧林」，其西曰「智海」。尚書禮部言：浄因院僧道臻奉詔選舉可住持慧林、智海院者，今選於四方，得蘇州瑞光院僧宗本、江州東林寺僧常總。詔所在給裝錢，上道聽乘驛。於是常總固稱老病山野，不能奉詔。禮部以聞，詔勿奪其志。總公天下大禪師，門人常數百，或千人。方京師虚慧林、智海以擇士也，禪林之子弟皆願其師得之。及總公不出，而道俗傾動，相與謀曰：「吾師不肯爲西用，又將棄東林，而追之於窮山。凡可以安總公者，皆盡心力爲之。」於是能者致力，巧者獻工，富者輸財，辯者勸施。數年之間，爲夏屋千楹，其廢興則自有記。最後度爲轉輪《蓮華經》藏。屋未及成，而遣其徒永邦來乞予記。予見邦之爲藏經，其物材無苦，調護墨工，是正板籍，積書如山，盡歷邦手，如數一二，予以謂能成總公所商度無疑也。予問邦：「夫用力則外巽而不來，用智則物猜而不應。不用智與力，物歸之無極，此其故何哉？」邦之言曰：「《蓮華》藏，世界海，非人非天，虎嘯於陘，震風薄木，龍鳴于川，大雲垂空，若有召之者，而不知其所從來。吾師之道，芒乎昧乎，物故萃乎。」予應之曰：「如總公之不應詔而西也，似若有謂，未必直其妙處。然而來者芸芸，豈真知之者邪！子勉之。藏成，予爲若作記。」元祐六年某月，既没總公之世，而經櫝猶在寓舍。及其門人思度時，邦與後來主事者枘鑿有不合，因謝去。久之，度來告曰：「轉輪藏及藏殿今有六，乞士發心猛烈，殆將化成。惟是藏經者，邦有勛焉，而先師之手澤也。願終先師之志，刻石記之。」黄庭堅曰：方總公盛時，化蟻穴蜂房爲廣厦百區，何其易也！比其晚節末路，度成一經藏，而身不及見，又何其難也！所謂「强弩之末不能穿魯縞」「行百里者半九十」者乎？抑物而有者，其成壞自有數，當成於度之世者，雖總公亦不得物而有之邪？古之得道者，閲世或餘百年，而棲遲蓽門之下，雖有大檀越，不聽增一草。蓋知三界一切法，衆生俱煩惱，即是道場堅固法，在此不在彼邪！

2 南康軍開先禪院修造記

廬山開先華藏禪院，江南李氏中主所作也。初，中主年十五，先主秉楊氏國柄鎮金陵，留中主與宋齊丘參廣陵政事。中主年少好文，無經世之意，喜物外之名，問舍於五老峰下，欲蟬蜕冠冕之間，鳳鳴林丘之表。有野夫獻地焉，山之勝絶處也，萬金買之，以爲書堂。時方多故，未暇。會先主開國，身任世子，稍駸駸於富貴，然語其舊僚，未嘗一日忘廬山也。其後中主嗣國數年，乃即書堂爲僧舍。蓋方其富盛時，傾國服爲之，亦推野夫獻地爲己有國之祥，故名曰「開先」，以了山道人紹宗主之，所謂拾枯松、煮瀑布者也。及中主作洪都，蓋嘗弭節雍容，故榻與畫像存焉。太平興國二年，又賜名曰「開先華藏」，然其主僧率以行義者老。至善暹時乃有衆數百人，所謂海上横行暹道者也。於是開先始爲禪林矣。由宗十四傳，而今行瑛出焉。自瑛之前，有道行者或不屑於世務，有幹局者或義不足以感人，故其補敝支傾，僅僅有之，不足言。瑛得道於東林常總，其材器能立事，任人役物如轉石於千仞之溪，無不如意。初苦痰癖，屢求去而不可。卧病坊者餘三年，乃作意一新之，惟表章李氏時佛屋一區，以其壯大簡古，留爲後觀；後人所作僧堂一區，亦高深安隱，視佛屋，兄弟也，故不毁。開先之屋無慮四百楹，成於瑛世者十之六，窮壯極麗，迄九年乃即功。方來之衆與其勤舊，雖千人宴坐，經行冬夏，無不得其所願。賓客之有事於四方者，雖數百人夜半而過門，無不得其所求。蓋廬山開先、棲賢、歸宗、圓通四禪院，飯游客常居飯僧之半。而瑛以其餘與遺化於四方之所入，興舊起廢，其成功也難。故其落成也，乞記於豫章黄庭堅。庭堅曰：「夫沙門法者不任資生，行乞取足，日中受供，林下託宿。故趙州以斷薪續禪牀，宴坐三十年；藥山以三篋繞腹，一日不作則不食。今也毁中民百家之産而成一屋，奪農夫十口之飯而飯一僧，不已泰乎！夫不耕者燕居而玉食，所在常數百〔一〕，是以有會昌之籍没；窮土木之妖，龍蛇虎豹之區化爲金碧，是以有廣明之除蕩，可不忌邪？」瑛曰：「然，有是也。今法王真子爲世界主，佛母浄聖同轉道樞，泰山之雲雨，天下河海，潤極千里，何憂魔事邪？雖然，廣明之盗，三災彌綸，一切共業影響，豈特末法比丘之罪邪？會昌之詔，吾又有以訂之，其説不過人其人，火其書，廬其居。夫毗盧遮那宫殿樓閣充徧十方，普入三世，於諸境界，無所分别，彼又安能廬吾居？有大經卷量等三千大千世界，藏在一微塵中，彼又安能火吾書？無我、無人、無佛、無衆生，彼又安能人吾人？雖然，妙莊嚴供，實非我事，我於開先，似若夙負，成功不毁，夫子强爲我記之。我住此山十有二年，隨緣所作，窮於是矣。我將煮東溪之菜，縣折脚木牀，以待夫子解腰而共飯。」黄庭堅曰：「此上人者，蓋如來藏中之説客，菩提場中之游俠邪！」欲作記者，亦窮於是，因自書使刻之。

〔一〕數百：叢刊本作「千數百」。

3 洪州分寧縣雲巖禪院經藏記

江西多古尊宿道場，居洪州境内者以百數，而洪州境内禪席居分寧縣者以十數。二十年來，住持者非其人，十室而八也；其有户籍而單丁住持上官租者，十室而五也。分寧縣中，惟雲巖院供十方僧。山谷道人自爲童兒時數之，未嘗得人，其號十方，名存而實亡矣。元祐末，山谷以憂居里中，有玉山僧法清尸此禪席，而十方僧往來，不得展鉢託宿。清聞山谷嘗道雲巖初無藏經，慨然欲辦此緣。其人才智足以興事，而道行不能感人，論者紛紛而中廢，清亦得罪去矣。韶陽老人得道於黄龍祖心禪師，被褐懷玉，隱約山間，二十餘年矣。自言山野不解世事，無出山爲人意。邑中賢士大夫及其耆宿商度曰：「欲興雲巖法席，必得本色道人，若是則莫宜韶陽公。」於是逼致之。韶陽公幡然受請，入居方丈之東死心寮中。居數月，粥魚齋鼓，隱隱訟訟，聞者動心；升堂入室，肅肅雍雍，觀者拱手。韶陽公曰：「與十方人作粥飯，緣則可矣，非老人爲道而來之意。古人云：我若一向舉揚宗乘，法堂前草深一丈。吾恐雲巖門外荆棘生焉。不得已，衆竭力爲我置藏經，且於末法中作佛事。」衆亦不解老人語，而謀爲轉輪《蓮華經》藏，庇以華屋；大爲經堂，嚴以金碧。有山者獻木，有田者獻穀。如此且閲三歲，檀化爲魔，種種沮壞。韶陽壁立，不戰不怖。諸魔所攝，去魔即佛。作大莊嚴，遠近傾倒。魔復爲檀〔一〕，自謝負墮，鳴鼉伐鼓，相我成功。於是四方來觀者乃曰：「江東西經藏凡十數，未有盛於雲巖者也。而此經藏者，發端於山谷，不得不爲之記。」山谷曰：「物之成壞，蓋自有數，要以有道者爲所依，然後崇成。韶陽所以不得已而置藏經，是中有正法眼句，禪子自當於死心寮中求之。」凡此藏經，主工者僧悟機，如京師印經者僧希文。韶陽老人者，大長老悟新；山谷道人者，謫授涪州别駕戎州安置黄庭堅。

〔一〕復：原脱，據叢刊本補。

4　洪州分寧縣青龍山興化禪院記

幕阜山之東，黄龍山之下曰青龍山。背山而向溪，有道場曰興化禪院，相傳以爲隋初有頭陀卜築此山，得名曰靈臺院，至會昌而籍没。大中再許度人，有利相禪師，實化草萊，皆爲金碧，號澄心院。嗣興者曰伏虎禪師，歲遠失其名。蓋常以道行伏虎，鄉民生敬其經行，死奉其塔廟，至今遺基巋然，水旱猶請禱之。此後子孫食其田宅而已。至慶曆中，賜名興化禪院。於今七世，無赫赫可紀。紹聖丙子歲，衆請漳州僧以弼住持。弼嘗入黄龍心、溈潭文之丈室，自以爲聞得力句於東林常總禪師，不能補壞支傾，偷過歲月，鋭意興作，必欲自我一新之。尚有東林之規摹，又得長沙僧志秀爲之佐，故七年而大厦彌山，凡所以尊崇經像，安養聖賢，包容作務，館穀賓客，無不稱事，高明顯融。又栽杉十萬，以關盛衰。蓋方事之初，民慎展者，家有古墳櫧林，相其材可大用，而人以爲不可得。已而櫧林之中，夜聞鐘梵，或以告弼，試往喻之。慎氏四十餘院，欣然同施，人歆其祥。於是傾財獻力，遂崇成耳。惟積敝難振，大緣難成，非其時不興，非其人不能。夫更六世，而補破支壞，粗合苟完，可謂積敝矣。空山之間，四旁去州縣遠，徹故作新，費以鉅萬，可謂大緣矣。櫧林鐘梵，非所應有而驚動，此其興之時也。弼以浄行而主此緣，秀又爲之竭力，凡一切作務，病者不悔，死者不怨，皆曰：今我盡心盡力，必將惠我三昧，其人又能也。夫東林千歲之功，發地除之，不遺一像一室，爲屋千楹，成壞無不如意，然未及以道接十方也而化去。今弼尚未老，訖臻厥成，尚行總公之道哉！故爲之記，記其興廢而勸請之。

5 太平州蕪湖縣吉祥禪院記

太平州蕪湖縣吉祥院者，考之載籍，不知其所本。父老言，曩猶有石刻云院基於晉永和二年〔一〕，而忘其名。又言，江南李昪初爲徐温乞子〔二〕，時徐知訓不能容昪，置酒伏劍士，欲殺之。行酒吏刁彦能知其故，以手爪語昪〔三〕。昪悟，起走，伏於此院北山間古松下以免。及昪有國〔四〕，名院曰「永壽」云。其後僧紹熙焚巢毀像，掃地幾盡。天聖初，知縣事太常博士董黄中逐紹熙，以授僧自元，而院中興。景祐大饗帝於明堂，賜院名曰「吉祥」。元之徒繼主事者曰可旻，亦有道行俗緣，以故其佛事崇成。上北山，斬竹開屋，凡數十楹。旻死，其弟可云、可暹，敗隳寺居，略如紹熙時，鐘魚不鳴，像設風雨。云等不能有，乃求以十方人主事，閲知縣事晉陵胡宗質、開封李士高，始以邑中士大夫耆老之願，起宣州廣教禪院僧慶餘傳法住持。蕪湖未嘗有十方院，院又蕪廢，不可措手，人以爲興之難。而餘以元豐八年五月二十八日來就法席，是日竹筍彌山，人以爲瑞〔五〕。有屠者故凶忍，於是方欲解牛〔六〕，三夕不能奏刀。已而牛見夢：「送我吉祥院。」屠以語市中人，市中人則共買牛與吉祥，至今以供麥磑。方念作經藏，而法鼓自鳴〔七〕。餘亦不知寒暑，日乞於市上，風饕雪虐，道無行人，而夫須襏襫，出作佛事，故邑人動心焉。其耆老亦有修禪奉律，信有是道者，以是坐賈行商、與田間著姓，破慳捨有，日月至焉。然餘自貧士一錢而乞之〔八〕，而人有施四十萬者。故歲行八周，興舊起廢，於今可以安方來、禮勤舊，下逮冗從，皆有舍區。又爲大轉輪藏經，其費鉅萬。方歲之不易，居民薦菑於水火，若不可爲；而餘之立志如山，不可回奪。餘之言曰：「蕪湖古大縣，嘗爲丹陽郡治所，直中江之會，舳艫相屬，千里連檣，輔我者衆，則吾事當有濟時。百足之蟲，至死不仆，吾以是没，吾世爲之，以成難成〔九〕，遂濟登茲。」庭堅曰：此山蓋爲永壽院者幾百年，爲吉祥院者又五十年矣。今乃蔚爲禪居，再閱廢興，可爲累歎。物之成壞相尋，馮虛而責實，蓋難爲功。今餘之功緒且終，是必將齋心服形，退藏于密，延四方之有道者爲之法供養，豈使法鼓虛鳴，反爲磑下牛所笑哉！故爲之記其所從來，使後有考焉。餘蓋授法於太平州興國修睦，而其同學弟仲珪實左右之。

〔一〕永和：原作「承和」，按晉無「承和」年號，據叢刊本改。

〔二〕昪：原作「昇」，據叢刊本改。下文同。

〔三〕爪：原無，據叢刊本補。按馬令《南唐書》卷一《先主書》、《新五代史》卷六二《南唐世家》二述此事，俱云「以手爪掐之」，是當有「爪」字。

〔四〕「有」字下原注「缺」，叢刊本此處無缺字，今從之。

〔五〕人：原校：「人一作道俗。」

〔六〕方：原作「坊」，據叢刊本改。

〔七〕鼓：原作「教」，據叢刊本改。

〔八〕自：原作「貞」，據叢刊本改。

〔九〕以成難成：原校：「一作是故能成難成。」叢刊本作「以能難成」。

6 南康軍都昌縣清隱禪院記

發豫章下流，略鄱陽之封，據彭蠡上游，距落星灣輿行一舍，舟行百里，有大聚落，是爲古之鄡陽，今爲都昌縣治所。山悠而水遠，能陰而善晴，升南山而望之，如李成、范寬得意圖畫。蓋南山之於都昌，如娟秀人，直其眉目清明處也。其東則謝康樂繙經臺，其西則石壁精舍，見於康樂之詩。石壁之灣洄，古木怪石，又陶桓公之釣臺也。野老巖之下，盤折爲隈隩，其土泉甘而繁松竹，曰「清隱寺」者，唐泰陵皇帝所賜名也。其後縣令陳杲用咸通赦書，改築於南山之陽。自爾餘百年，閲廢興多矣，守者非其人，至無用庇風雨以食。熙寧甲寅，令王師孟初得廬山僧建隆主之，遂爲南山清隱禪院。乙卯丙辰而隆卒，長老惟湜自廬山來，百事權輿，願力成就，而僧太奇實爲之股肱〔一〕。於今八年，宫殿崇成，凡所以安衆作佛事者，靡不斬新。松竹欣欣，安樂雨露，而無斧斤。引高泉以致日用，器械奇巧，如人血脈周流於百體也。陰房薜壁，户牖通達。昔者蟲蛇之寢廟，虎豹之燕居，無不畚築丹堊。糞其寬衍以爲園蔬，老者有所休，壯者有所游，少欲而常足，無聚禄而望人之腹。余得意於山川以來，隨食南北二十年矣，未嘗不愛樂此山之美，故嘉歎清隱之心，賞風月而同歸。清隱曰：「吾與子同與不同，付與五湖雲水，惟是艱難以至燕樂，强爲我記之。」清隱出於福清林氏，飽諸方學，最後入浮山圓鑒法遠之室〔二〕。浮山，臨濟七世孫，如雷如霆，觀父可以知子矣。

〔一〕太奇：叢刊本作「太琦」。

〔二〕法遠：原作「決遠」，據叢刊本改。

7 吉州隆慶禪院轉輪藏記

維物外禪師沖日有道行，以江南楊氏順義中築室於廬陵郡之仁山〔一〕，其言傳，故院不廢，至于今爲隆慶禪院。熙寧乙卯，禪師利儼自黄龍慧南道人所來，樂仁山而駐錫焉。儼器宇重深，才智能任事。其初舉事緣，占邦人心〔二〕，告以刻《華嚴》經論板書，經費鉅萬，人勸其功，期月而成。儼曰：「黄龍知見之香，可以普薰斯人矣。」於是安意莊嚴此山，即以其書告衆人曰：「吾師云：五十六億萬歲，當有大丈夫來自善足天，於龍華菩提木下三轉法輪，度諸有緣人，稱所有施法佛及僧，是爲將來聽法種子。其會盟以二月十九日。」至元豐三年其日，遠近皆會，有異僧來吃飯〔三〕，忽不知所如，道俗振動。四年六月，會者傾江西、湖南，而僧迦浮圖出光明相照此會，人無不歸心。故儼因此會供施，轉化多人，爲轉輪經藏。木石金碧妙天下之材，百工妙天下之手，閱二歲而崇成〔四〕。機發於踵，大車左旋，人天聖凡，東出西没，鬼工神械，耀人心目。其費無慮二千萬，皆人自勸，非機巧智力所能。儼之言蓋如此。豫章黄庭堅曰：夫一缾一鉢，行若飛鳥，而宴坐十年，荆棘草萊，化爲金碧，歲無豐凶，施者常滿門。彼非有大才智鼓舞斯人，安能若是？因其落成爲之記。

〔二〕江南：原作「江西」，據叢刊本改。

〔三〕邦：原作「卻」，據叢刊本改。

〔三〕吃：叢刊本作「訖」。

〔四〕二歲：叢刊本作「三歲」。

8 懷安軍金堂縣慶善院大悲閣記

直金堂縣南有山如城壁，東西行者，風雨以爲保障，是謂金堂山。有一峰，發於其麓，自北而南，出絶峰上極，得地坦平，表裏見其江山，縣之爽塏處也。縣南故有僧房曰天王院，天聖中賜名曰慶善，爲舍五百楹，成於僧化之師文紀。至化之，乃度作千手眼大悲菩薩閣於峰頂。規摹之初，智者笑之，愚者排之，化之意益堅。其求於人，不避寒暑雨雪；其受人施，不計貧富多寡。積十五年而功乃成，於是又即山南北而爲宮，與大悲閣高下相望，爲屋將百楹矣。初，其匠事未能半，而壯麗宏敞，動人心目。於是笑之者皆助之謀，排之者皆借之力。已而檀施傾數州，其用錢至一千萬，然後聖像圓滿。千手所持，多象犀珠金，間見增出，無一臂不用，不以人功歲計所能辦也。觀者傾動，或至懺悔涕泣。於是化之自武其功，因余外兄張子安，乞余文記之。子安亦言：「化之醇樸不琱鐫，盡心於佛事，所作殊勝，可紀也。」按千手眼大悲菩薩者，觀世音之化相也。維觀世音應物現形，或至於八萬四千手眼。昔楊惠之以塑工妙天下，爲八萬四千不可措手，故作千手眼相，曰：「後世雖有善工，不能加也。」已而果然。今之作者皆祖惠之云。金堂本廣漢郡之新都聚邑，至唐咸亨中，以金堂山而名其縣，化之其縣人也。子安，通直郎，知金堂縣事張君禔也。大悲閣作元祐二年之九月，將落成於新天子改元之某月。

9 瀘州大雲寺滴乳泉記

瀘州大雲寺西偏崖石上，有甘泉滴瀝，一州泉味皆不及也，余名曰「滴乳泉」。然寺僧宗惠埋其上，泉滴來不汲汲，似爲死骨所觸。余聞《葬書》，死而葬泉源者，其子孫皆當病水瘇而死〔二〕，其毒數世不已。惠若有子孫，可忠告之，遷以避數世之禍。

〔二〕瘇：原作「瘴」，據叢刊本改。

10 吉州西峰院三秀亭記

廬陵比缺守，輒以它吏攝承，託宿傳舍。吏胥視民爲俎豆，執鞭者衆，羊失其牧，歲歲仍饑饉，夜有枹鼓，不治聲聞京師。元豐六年春，詔用壽春魏侯。魏侯有家法，以吏能名一世。至則引見官吏，問救敝所先。下書教民，諭以苦語；獎拔才能，昭勸不勉；戒敕宿負，聽以功除。按行州左右曹三獄，累械至三百餘，決其得情引慝，釋其黠染攀牽，唯上請須報、遠逮證左與繫輕而捕重者，乃付有司。其所裁遣，蓋去三分之二，人氣以和。下車之十二日，芝草二本産於州院獄門之東，其後得一本於郡齋便坐之室，而最盛於西峰僧舍之秀野亭。一月之間，凡産芝二十餘，磊落權奇，人物象成。最後寺僧來獻黄芝，異本同穎。黄者慶色，異本同穎者不争之祥。今郡侯樂士愛民，天澤優渥，五穀順成，鈔盜其將衰息，健訟之民且化爲慈祥弟友；魏侯亦將鴻漸於臺省，以受福民之慶。則靈芝之生，不獨爲吉瑞。魏侯因改秀野亭以爲三秀，屬豫章黄庭堅記之。魏侯名綸，字君俞。其歲之六月甲戌記。

11 吉州慈恩寺仁壽塔記

吉州東山慈恩寺，治平皇帝賜名也。寺有江南李氏保大中刻石，曰龍興寺。而《高僧傳》言，仁壽舍利塔在發蒙寺。寺三易名，其歲月皆失款識。其傳曰：隋文皇帝方隱約時，有異人以舍利一掬遺之，曰：「以此福蒼生。」因忽不見。帝以示僧曇遷，置堂中。閲數日，數有盈縮，遷曰：「吾聞法身過於數量，非世智所及，此未可量。」有尼智遷數大言〔一〕，人以爲狂而不信，陰謂帝曰：「象教堙沈，一切鬼神皆西，兒當父母天下。」其後周失其牧，隋文受命，仁壽改元，迺詔分舍利三十，置浮圖於天下高爽地，所至皆發祥下瑞。三年，又以所餘舍利五十有三，分置五十三州，皆選有道行僧調護至其州，卜吉地爲浮圖。吉州發蒙寺，其一也，實以西京光明道場僧慧最將命。發地八尺，得豫章板古瓴甓中，置銀甖舍利，觀者皆震動。唐天祐中，夜雷雨大晦冥，厥明視之，浮圖左旋，殆且盈尺，故基宛然，不相函，蓋非人力所及。靈瑞傳聞，崇奉傾數州。由天聖以來，屢見光景，志怪者或過其實，而曲士持議以爲無是。道彼恢詭譎怪，流俗喜傳，無以爲有；寡見淺聞，又裁耳目之外，謂之不然。故曰「夏蟲不信冰霜，醯鷄斷無天地」，彼何足論大方之家！故咨考實録，遺主塔僧師慧，以告來者。師慧喜事，有經論學，樂以余言勒之金石。

〔一〕智遷：叢刊本作「智僊」。

12 天鉢禪院準禪師舍利塔記

維東福勝，故號天鉢。有來鎡錤，在同光之末。令初堂堂，大覺印可。干戈日尋，禪子宴坐。真人開宋，六合爲家。時維令準，以弟繼初〔一〕，持臨濟家法，鼓板鐘魚。寂寥百年，有僧父子。父餬其鄰，子乞于市。文慈重元〔二〕，海岱維清。如雷如霆，十州震驚。盲者得眼〔三〕，檀者傾施。日飯三百，猶故不賜〔四〕。覺海若沖，提印了空。雪山醍醐，法示一味，飲者不同。沖子智航，蓋士夫選。諸根猛利，透出魔罥。昔在天鉢，風雨及牀。瓶鉢三世，冬温夏涼。有窣堵波，畚築所開。發函得骨，莫詔其誰。稽首摩拂，舍利涌出。銜齒附骨，如珠瑟瑟。迺考圖記，準實藏此。壽七十五，同光之季。累甓莊嚴，鐘唄威儀。使見聞發心，維航智悲。林下家問，得意自足。蒿萊荆棘，不純不縟。因時成文，證德訓俗。如象遇雷，如龜藏六。攻石作銘〔五〕，閲世陵谷。

〔一〕繼：原作「纖」，據叢刊本改。

〔二〕文慈：叢刊本作「文惠」。

〔三〕盲者得眼：原作「育者得眠」，據叢刊本改。
〔四〕故：原脱，據叢刊本補。
〔五〕攻：原作「孜」，據叢刊本改。

13 自然堂記

佛者惠言，吾同郡人，自豫章來，客於湖陰，將二十年。其居故屋數間，舊開東軒於鄰室之籬角，黰黑漸洳，不堪人居，蝸涎蛛網，經緯几席。有以改作告之者，則應之曰：「未遑也。」間而徘徊其下，徜徉乎旁，久乃得之。因其舊蓋，不易一瓦，塞故嚮以爲壁，搴故壁以爲明，不加一木而堂成。知言師而來者，莫不粲然油然忘其歸。予獨嘉其意近於自然，爲之名曰「自然堂」，且爲道其所以名曰：動作寢休，頹然於自得之場，其行也不以爲人，其止也不以畏人，時損時益，處順而不逆，此吾所謂自然也。彼體弱而健强，名辱而羨榮，汩汩然日有是心，然且取混沌之術而假修之者，自然尚能存乎？雖然，凡此者近之矣，而未也。若夫道之妙者，則吾不能爲若言之。而使若得之也，亦不能爲吾言之矣。言師善鼓琴丹青，而不有其能，讀經論多自得其意，不事外飾，如山野人，可與言者也。

宋黃文節公全集・正集卷第十八

書

1 上蘇子瞻書

庭堅齒少且賤，又不肖，無一可以事君子，故常望見眉宇於衆人之中，而終不得備使令於前後。伏惟閣下學問文章度越前輩，大雅愷弟約博後來。立朝以直言見排退，補郡輒上課最，可謂聲實相當，内外稱職。凡此數者，在人爲難兼，而閣下所蘊，海涵地負，特所見於一州一國者耳。惟閣下之淵源如此，而晚學之士，不願親炙光烈，以增益其所不能，則非人之情也。使有之，彼非用心於富貴榮辱，顧日暮計功，道不同不相爲謀，則淺漏自是，已無好學之志〔一〕，「訑訑予既已知之」者耳。庭堅天幸，早有聞於父兄師友，已立乎二累之外。然獨未嘗得望履幕下，則以齒少且賤，又不肖耳。知學以來，又爲禄仕所縻，聞閣下之風，樂承教而未得者也。今日竊食於魏，會閣下開幕府在彭門，傳音相聞，閣下又不以未嘗及門，過礜斗筲，使有黄鍾大吕之重。蓋心親則千里晤對，情異則連屋不相往來，是理之必然者也，故敢坐通書於下執事。夫以少事長，士交於大夫，不肖承賢，禮故有數，似不當如此。恭惟古之賢者，有以國士期人，略去勢位，許通草書，故竊取焉。非閣下之豈弟素處〔三〕，何特不可，直不敢也。仰冀知察，故又作古風詩二章，賦諸從者。《詩》云：「我思古人，實獲我心。」心之所期，可爲知者道，難爲俗人言。不得於今人，故求之古人中耳。與我並時而能獲我心，思見之心宜如何哉！《詩》云：「既見君子，我心寫兮。」今則未見，而寫我心矣。氣候暄冷失宜〔三〕，不審何如，伏祈爲道自重。

〔一〕「道不」至「之志」句：叢刊本作「道不同於謀，則愚陋是已，無好學之志」。《新編事文類聚翰墨大全》辛集卷二作「道不同不相爲謀，則淺隘自是，已無所學之志」。

〔三〕素處：叢刊本作「單素處顯」。

〔三〕氣候：叢刊本作「春候」。

2　又

庭堅再拜。自往至今，不承顏色，如懷古人。頃不作書，且置是事。即日不審何如？伏惟坐進此道，如聽浮雲之去來。客土不給伏臘，尚可堪忍否？夫忠信孝友，不言而四時並行，晏然無負於幽明，而至於草衣木食，此子桑所以歌不任其聲，求貧我者而不得也。且聞燕坐東坡，心醉六經，滋味糟粕，而見存乎其人者，頗立訓傳，以俟後世子雲，安得一見之？昨傳得寄子由詩，恭儉而不迫，憂思而不怨，可願乎如南風報德之絃，讀之使人凜然增手足之愛，欽仰欽仰！公擇、莘老，頗嗣音否？師厚詩語氣益謹嚴，極似鮑明遠，但因來不多復，未果録寄耳。比以職事在山中食筍，得小詩，輒上寄一笑。旁州士大夫和詩，時有佳句，要自不滿人意，莫如公待我厚，願爲落筆，思得申紙疾讀，如老杜所謂「一洗萬古凡馬空」者。朝夕須報，惟君子之四時，體道一致，神明相之。

3 寄蘇子由書

庭堅頓首再拜。誦執事之文章而願見，二十餘年矣。宦學匏繫一州輒數歲，迄無參對之幸。每得於師友昆弟間，知執事治氣養心之美，大德不踰，小物不廢，沈潛而樂易，致曲以遂直，欲親之不可媟，欲疏之不能忘，雖形迹闊疏，而平生咏歎，如千載寂寥，聞伯夷、柳下惠之風而動心者。然惟小人不裕於學，彷徉塵垢之外，樸拙無所可用，既已成就，雖造物之鑪錘不能使之工也。得邑極南，幸執事在旁郡，且當承教，爲萬金良藥，使痼疾少愈。而到官以來，能薄不勝事劇，陸沈簿領中，救過不暇，筆墨不足以寫心之精微，故欲作記而中休。時因過賓有高安行李，必問動静。以其所言，參其所不能言，承典司管庫之鑰，卒職不怠，懷璧混貧，舍者争席，良以自慰。比得報伯氏書詩，過辱不遺，緒言見及。敢問不肖既全於拙矣，於事無親疏，不干人之愛憎，人謂我疏愚非所恤，獨不知於道得少分否？恭惟聞道先我，爲世和扁，有病於此，初固聞而知之，因來尚賜藥石之誨。抱疾呻吟，仁者哀憫。秋冷，不審體力何如？惟願强飯自重。

4 又〔一〕

流落七年，蒙恩東歸，至荆州，病幾死，失一弟一妹及亡弟二子。早衰氣索，非復昔時人也。性本疏懶，鞭策不前，以是未嘗得附動静。忽奉十二月二十四日所賜教，存問勤重。伏審憂患之餘，台候萬福，開慰無量。端明二丈，人物之冠冕，道德文章足以增九鼎之重，不謂遂至於此，何勝殄瘁之悲！況手足之情，平生師友之地，荼毒刲割之懷，何可堪忍，奈何！所賴諸子有所立，而季子文學，幾於斯人之不亡也。庭堅病起荒廢，恐不能辨事，欲引去而未敢。太平遂請，義當一往。來夏秋間若病不再作，尚可祈見。無階承教，臨書懷仰。

〔一〕此篇及下篇重收于本書《續集》卷八，今删彼存此。

5 又

伏承端明二丈窀穸有期，天下失此偉人，何勝霣涕！石刻得三丈論撰，無憾矣。不審幾時得刻石，託誰書丹？若未有人，不肖輒爲託名其上；若自有人，即已矣。萬一不用不肖書〔一〕，則用家弟尚質所篆蓋，别託一相知人名可也。三兩日即拏舟下巴陵，出陸至雙井，六日爾。至，即令家弟書篆，攜至荆渚，二月末可復來也。小子相娶石諒之女，蒙齒記，感激感激！

〔一〕不肖：原無，據本書《續集》卷八補。

6 見張文定公書

豫章黄庭堅再拜獻書致政宣徽少師閣下：《詩》云：「瞻彼淇澳，緑竹猗猗。有斐君子，如切如磋，如琢如磨。瑟兮僩兮，赫兮喧兮。有斐君子，終不可諼兮。」維古之德人，其高明有臨，其靚深有威，其潤澤在下，其光暉在上，使人望之而鄙吝之意消，亦不容聲矣。恭惟閣下道尊德貴而載之，從來飯糗桑樞而山立，乘軒委佩而超然，出入諸公間，如砥柱之屹中流也。問學文章，冰消彼己，惟道以爲體；白首日新，夙夜德人之事，如川之發源。

某貧無行義之儲〔二〕，不見比數於時輩，無以爲左右重。顧有事賢之心，取與自信甚篤。嘗與深識士大夫咏嘆盛德，相講勸以爲歸，而身賤遠，未得有足跡於門牆之下。今日掃舍人之門，非敢以小人固陋，僭求言論風旨；拜於庭而承顧盼，進几杖而見嚬呻，得所以不言而飲人者，則《淇澳》之所歌，昔聞其聲，今見其實。操豚蹏以祝，雖所欲者奢而可笑，先至後去，以分東壁之餘光，不可謂無意者也。蒙冒清重，俯以聽命。不宣。某再拜。

〔二〕如川之發源某：叢刊本作「庭堅」。

7　答晁元忠書

元忠足下〔一〕：未識足下之面，因諸昆弟得足下之詩。興託深遠，不犯世故之鋒，永懷喜怨，鬱然類《騷》，想見足下豈悌於學問。故頃追韻，寫意於無能之辭。雖仰高尚友，發於呻吟，而文章闇昧，不敢以過雷門。不謂堯民即以奉寄，廼辱已來書及詩，傾囊竭篋，不祕金玉，悉以相畀，幸甚幸甚！惟是盛見稱許，愛而忘其醜，欲俎豆不肖於諸公之間，豈不願盗名，恐累足下知言爾。往多故，不作報，度已察。南來拘窘吏事，雖江山相映發，心不在焉，如牆壁間作詩文，與俗俯仰，不足紀録。得顯臣兄弟時持書册來講問，撥置簿領，一解顔爾。承去歲不利秋官，居閒當有自娱，即日體力勝否？昨所諭怨與不怨，論事似不當耳。苟志於仁矣，其餘存乎其人，不可聽以一律。《君子陽陽》《考槃》與《北門》《褰裳》同爲君子之詩。夫争名者於朝，争利者於市，觀義理者固於其會，怨與不怨，去道遠矣。莊周所謂九萬里則風斯在下矣，足下以爲如何？無階從容，合并十詩，仰報盛意，因以當面。願自保重。

〔一〕元忠足下：叢刊本此句上有「庭堅百拜」四字。

8 答郭英發書

庭堅頓首。發春即治僦舍，悉謝遣公家人，唯兩僕夫備使令，事事躬親，所以不能嗣音。更兩日僦舍亦畢工矣，然自遠方來督書者凡七人，又當作書累日，甚覺勞敝也。辱書，承侍奉吉慶爲慰。雙井有可與同味者乎？兒輩煩記憶，大者讀書，小者踉蹡，幸無它耳。舍弟未來，聞正初到魚洞矣，純上座歸嘉州將一月，唐道人亦且行矣。《七佛偈》誰所作，猶問《五子之歌》誰所作也。五觀，佛語也；爲士大夫開此觀，山谷語也。東溪老，廬山開先長老行瑛。歷陽公，王安上純父，是時爲和州。宗叔粲、宗少文，《南史》有傳。陸探微，畫與顧凱之可並驅争先。少文、茂深，略同時也。西臺，禮部員外郎李建中，名士也，國初權西京御史臺，故時號「李西臺書」。蛛絲，所謂「蠨蛸在户」者。煤尾，屋塵，屋塵合墨，醫方謂之烏龍尾。銀鈎蠆尾，晉征西長史索靖妙得崔、張筆法，自言「吾書如銀鈎蠆尾」。山芥、紫稘，計是佳蔬，但恨爲聚蚋之味所敗耳。銅丱研少留意，幸甚。烏豆粥，大烏豆一升，隔宿洗浄，用七升水浸，明日入油一斤，炭火煨至晚，當糜爛，可煮三升米，米極熟下豆，入白糖一斤，和勻，入細生薑棋子四兩，是謂粥矣。纏頭事不能記其人姓名，未可得信。三子名字訓，作書忙，又未能就。庭堅再拜。

9 答何静翁書

庭堅再拜，何君足下：去年辱惠書，過有稱述，意足下隨世毁譽，未必自得之耳。又多病之餘，嬾慢成性，鮮自源歸時不能即奉答。亦以今世民之師師不知行道以先覺覺民，學校之教不知明道以啓迪後進，故學者不知重道而尊師，士亦不復論學而取友，因以卜足下誠有意於兹事否也。專使來，繼辱書問，勤懇不倦，愛一世之所棄，敬衆人之所慢，足下真自得之者邪！所寄詩醇淡而有句法，所論史事不隨世許可，取明於己者而論古人，語約而意深。文章之法度，蓋當如此。如足下之所已得者，而能充其所未至，生乎千載之下，可以見千載之人也。然江出汶山，水力才能泛觴，溝渠所并，大川三百，小川三千，然後往而與洞庭、彭蠡同波，下而與南溟、北海同味。今足下之學，誠汶山有源之水也，大川三百，足下其求之師；小川三千，足下其求之友。方將觀足下之水波，能徧與諸生爲德也。不肖去戎州，或在秋冬之間，大概已具王觀復書中矣。無階從容，望風懷仰。千萬强學自重，他日拭目觀足下頡頏於青雲之上也。

10 答李幾仲書

庭堅頓首，幾仲司户足下：昨從東來，道出清湘八桂之間，每見壁間題字，以其枝葉占其本根，以爲是必磊落人也。問姓名於士大夫與足下一游舊者，皆曰是少年而老氣有餘者也。如是已逾年，恨未識足下面耳。今者乃蒙賜教，稱述古今，而歸重於不肖。又以平生得意之文章，傾囷倒廩，見畀而不吝。秋日樓臺，萬事不到胸次，吹以木末之風，照以海濱之月，而詠歌呻吟足下之句，實有以激衰懦而增高明也，幸甚！庭堅少孤，窘於衣食，又有弟妹婚嫁之責，雖蚤知從先生長者學問，而偏親白髮，不得已而從仕。故少之日得學之功十五，而從仕之日得學之功十三，所以衰懦不進，至今落諸公之後也。竊觀足下天資超邁，上有親以爲之依歸，旁有兄弟以爲之佽助，春秋未三十，耳目聰明，若刻意於德義經術，所至當不止此耳。非敢謂足下今日所有不足以豪於衆賢之間，但爲未及古人，故爲足下惜此日力耳。天難於生才，而才者須學問琢磨，以就晚成之器，其不能者則不得歸怨於天也。世實須才，而才者未必用。君子未嘗以世不用而廢學問，其自廢惰歟，則不得歸怨於世也。凡爲足下道者，皆在中朝時聞天下長者之言也。足下以爲然，當繼此有進於左右。秋熱雖未艾，伏惟侍奉之慶。龍水風土比湖南更熱，老人多病眩。奉書草草，唯爲親爲己自重。

11 答王補之書

庭堅再拜，補之使君閣下：治平中在場屋間，嘗與李師載兄弟游，因熟知閣下才德。此時方以見聞寡淺，日夜刻意讀書，未嘗接人事，故不得望顔色。其後從仕東西，憂患潦倒，每見師載，猶能道補之出處。今者不肖得罪簡牘，棄絶明時，萬死投荒，一身弔影，不復齒於士大夫矣。所以雖聞閣下近在瀘南，而不敢通書。忽蒙賜教，禮盛而使勤，詞恭而意篤，所以奉王公大人者，投之禦魑魅苟活人之前，始懼而不敢當，讀之赧然。惟是先公全州之政，名實相權，重以李誠之所論譔，可信不疑。顧流人罪垢不可洗湔〔一〕，雖强顔稱述，但污辱先公耳。惟閣下文武不疚，治邊郡有聲，是將震耀功伐，自昭於青雲之上，以篤前人之烈，宜當屬之王公大人得意之士，而自貶損，託名於不肖〔二〕，何哉？在中朝時，挾文章、有名譽、居庭堅之右者甚衆，閣下不取諸彼而取諸此，何好惡酸鹹，與時異哉？平居其言不見信於人，況於罪戾有言不信之時，閣下何取焉？加以憂患之餘，神明去幹，舊所記書，昏忘略盡，窮鄉又無書史可備尋繹，提筆臨紙〔三〕，茫然不知所云。而辱諉託丁寧，期於必得，勉輒成命，書其大略。言語昧陋，安能增光輝萬一，以慰孝子之思，以滿全人之意？遽授來使，病於夏畦。庭堅再拜。

〔一〕顧流人：原作「以治人」，據叢刊本改。

〔二〕託：原作「記」，據叢刊本改。

〔三〕提：原校：「一作捉。」

12 答王子飛書

陳履常正字，天下士也。讀書如禹之治水，知天下之絡脈，有開有塞，而至於九川滌源、四海會同者也。其作詩淵源，得老杜句法，今之詩人不能當也。至於作文，深知古人之關鍵。其論事救首救尾，如常山之蛇，時輩未見其比。公有意於學者，不可不往掃斯人之門。古人云：「讀書十年，不如一詣習主簿。」端有此理。若見，爲問訊，千萬。

13 與王庠周彦書

東坡先生遂捐館舍，豈獨賢士大夫悲痛不能已，「人之云亡，邦國殄瘁」者也，可惜可惜！立朝堂堂，危言讜論，切於事理，豈復有之？然有自常州來，云東坡病亟時，索沐浴，改朝衣，談笑而化，其胸中固無憾矣。所惜子由不得一見，又未得一還鄉社，使後生瞻望此堂堂爾。欲作詩文道其意，亦未能成。秦少游没於藤州，傳得自作祭文并詩，可爲霣涕。如此奇才，今世不復有矣。所寄詩文，反覆讀之，如對談笑也。意所主張，甚近古人，但其波瀾枝葉不若古人耳。意亦是讀建安作者之詩，與淵明、子美所作，未入神爾。見東坡《書黄子思詩卷後》，論陶謝詩、鍾王書，極有理，嘗見之否？孫伯遠善論文章之美惡，嚴君可長在筆下，公能致此二士館之，當有得耳。

14 與王子予書

比來不審讀書何似？想以道義敵紛華之兵，戰勝久矣。古人有言：「并敵一向，千里殺將。」要須心地收汗馬之功，讀書乃有味，棄書策而游息，書味猶在胸中，久之乃見。古人用心處如此，則盡心於一兩書，其餘如破竹節，皆迎刃而解也。古人嘗喻植楊，蓋楊，天下易生之木也，縱植之而生，横植之而生。一人植之，一人拔之，雖千日之功皆棄。此最善喻。顧衰老，終無益於高明，子予以謂如何？

15 與歐陽元老書

蒙書，喜比來起居不爽調護，開慰無量。寄示東坡嶺外文字，今日方暇徧讀，使人耳目聰明，如清風自外來也。亦改正數字，今遣觀復手鈔一通。承肩輿與黄冠師衝冒山行，又蔬食，不把酒，乃復勝健，良助歡喜。大概世俗之事，於道術中擇可喜者行之，譬如觳觫君聞滄浪之水則藐之，見汙泥臭濁能生蓬葦則眼明，蓋其無明，習氣使之耳。而高論自抗，便謂不可染汙，但可哀爾。高明之士，要須以聲爲律，而身爲度也。所論仲良刻石，敢不敬承。如仲良於不肖，親厚無可言者，但日太逼，未能即成。餘具季康書中。

16 與唐坦之書〔一〕

頃得瀘州報，承一藤已過趙市，復還城中，初亦不解，然道人行止如雲，蓋多如此，遂不復念耳。辱書，乃知寓史子山家，主人恩意不倦，遂因循度夏。鷺鷥割股，何可使瘡久不合邪？解夏遂東歸邪？亦處處乘流則逝，得坎則止乎？張祖祺便舟〔二〕，可惜失此一快也。二親倚門十年，妻兒有攻苦食淡之歎，亦能久伏忍邪？樂義堂中與兄弟共觀之銘，孰大於是乎！既要注脚行之，而心中自以爲宜，推之於人而人以爲宜，則是義也。有人亦若是，無人亦若是，正信調直，終不覆藏，則是樂也。臨財毋苟得，臨難毋苟免，古人之義也。君子坦蕩蕩，古人之樂義也。古人所謂爲治不在多言，顧力行何如耳。深根固蔕，外慕休息，空手到家，啜菽飲水，誰不欣然？瀘戎間三伏中瘴癘方作，更希珍愛。

〔一〕叢刊本題下注云：「履字坦之，取《履》之九二：『履道坦坦，幽人貞吉。』若不犯家諱，請即用之。」

〔二〕祺：原作「棋」，據叢刊本改。

17 與王觀復書

庭堅頓首啓。蒲元禮來，辱書勤懇千萬，知在官雖勞勩，無日不勤翰墨，何慰如之！即日初夏，便有暑氣，不審起居何如？所送新詩，皆興寄高遠，但語生硬，不諧律吕，或詞氣不逮初造意時，此病亦只是讀書未精博耳。「長袖善舞，多錢善賈」，不虚語也。南陽劉勰嘗論文章之難云：「意翻空而易奇，文徵實而難工。」此語亦是沈、謝輩爲儒林宗主時，好作奇語，故後生立論如此。好作奇語自是文章病，但當以理爲主。理得而辭順，文章自然出群拔萃。觀杜子美到夔州後詩，韓退之自潮州還朝後文章，皆不煩繩削而自合矣。往年嘗請問東坡先生作文章之法，東坡云：「但熟讀《禮記·檀弓》，當得之。」既而取《檀弓》二篇，讀數百過，然後知後世作文章不及古人之病，如觀日月也。文章蓋自建安以來，好作奇語，故其氣象衰薾，其病至今猶在。唯陳伯玉、韓退之、李習之、近世歐陽永叔、王介甫、蘇子瞻、秦少游乃無此病耳。公所論杜子美詩，亦未極其趣，試更深思之。若入蜀下峽年月，則詩中自可見。其曰「九鑽巴巽火，三蟄楚祠雷」，則往來兩川九年，在夔府三年可知也。恐更須改定，乃可入石。適多病少安之餘，賓客妄謂不肖有東歸之期，日日到門，疲於應接。蒲元禮來告行，草草具此，世俗寒温禮數，非公所望於不肖者，故皆略之。三月二十四日。

18 又

庭堅頓首。辱書勤懇千萬，委之以九鼎之重，顧尪羸不能勝也。所寄詩多佳句，猶恨雕琢功多耳。但熟觀杜子美到夔州後古律詩，便得句法。簡易而大巧出焉，平淡如山高水深〔一〕，似欲不可企及，文章成就，更無斧鑿痕，乃爲佳作耳。報静翁鄉行之美，甚副此意。所問勸静翁求師取友，而不以教觀復者，蓋觀復知此有餘耳〔二〕。如公才識，禪家所謂朝生王子者也，但要琢磨盡圭角耳〔三〕。任象、李渭，不知何時人，此二賢者，使得師友，皆不易得也。所寄唐人諸詩，皆有佳處，甚慰觀覽也。魯使君所欲作記，極不敢辭。以既往青神見家姑，欲行人事，賓客會集衮衮，過日愈不暇，留來人多日，竟未能成。史彦直既到官，渠當數有人還眉州，令自此來取信，甚易致也。茶詞及爲東坡與不肖所作十韻，皆欲奉答而未成，但未知他日寄達所在耳。策問十篇，思深慮遠〔四〕，佳作也，亦恨雕文勝耳。不肖在巴峽間所得人，有李仔任道〔五〕，本梓人，而寓江津二十餘年，其人言行有物，參道得其要，老成人也。有王庠周彦，榮州人，行己有恥，不妄取與，其外家連戚里向氏，屢當得官，固辭以與其弟，或及族人；作詩文雖未成就，要爲規摹宏遠。此君又東坡之兄婿也，故亦有淵源耳。有趙績子智者，榮人，作文皆道實事，要爲有用之言，然觀其作人，未可知也。蔡相次律、張溥寬夫，自不肖到戎州，朝夕相親近，然次律事事優於寬夫，他日或可望爲中州名士也。有廖鐸宣叔者，嘗東學京師，才性明利，甚不在人下，來相師用之意甚篤，然憂其質不甚美，韓退之所謂籍、湜輩，雖屢指教，不知果能不畔去否。庭堅既以江漲不能下峽，則欲至青神見老家姑，以是人事賓客猥至，今日方能作書遣來人。作書又草草，千萬照悉。公至吏部改官，且還營丘乎？因書示諭。

〔一〕如：叢刊本作「而」。

〔二〕知：原作「如」，據叢刊本改。

〔三〕盡：原脱，據叢刊本補。

〔四〕慮遠：原作「遠慮」，據叢刊本乙。
〔五〕任道：原作「仁道」，據叢刊本改。

19 又

庭堅頓首。公決行在幾時？此別不足恨，中原亭驛如流，雖南北，可數書，不比劍外及牂柯、夜郎之洪荒無詔也。前卒還，附書謝何静翁，不草草，而静翁乃云不得不肖書，試爲根究，恐小人輒以貨取之耳。今年戎州荔子歲登，一種柘枝頭出於遏臘平，大如鷄卵，味極美，每斤才八錢。日飫此品，凡一月，此行又似不虚來。恨公不同此味，又念公無罪耳，一笑一笑。

20 答洪駒父書

駒父外甥推官：得手書，知還家侍奉吉慶爲慰。新婦諸孫想履夏具宜。既不免應舉，亦須温習文字，詩酒須少輟也。自頃嘗見諸人論甥之文學，它日當大成，但願極加意於忠信孝友之地。甘受和，白受采，不但用文章照映今古，乃所望者。熙紹不知發源自何來〔一〕，又不知所葬者是何舍利？以此難作文。景雲又不知是禪是律，有師承無師承。可究問一二疏來。玉父不及書，想鉤深索隱，日有新功。比又爲弟姪草數篇六韻詩，適意思不堪，未能寫寄。鴻父更加意舉業，須少入繩墨乃佳。前要文字，猶未暇作。新書室政在大槐安國中邪？師川應舉否？頗解作舉業乎〔三〕？盎父蓬生麻中，不得不直，比來翰墨亦可觀否？老舅既免喪，哀痛無已，日在墓次，亦苦多病，未緣相見。千萬强學自重。不具。老舅庭堅白。

〔二〕發源：叢刊本作「法源」。

〔三〕乎：原脱，據叢刊本補。

21　又

駒父外甥教授：別來三歲，未嘗不思念。閑居絶不與人事相接，故不能作書，雖晉城亦未曾作書也。專人來，得手書，審在官不廢講學，眠食安勝，諸稺子長茂，慰喜無量。寄詩語意老重，數過讀不能去手，繼以歎息。少加意讀書，古人不難到也。諸文亦皆好，但少古人繩墨耳。可更熟讀司馬子長、韓退之文章。凡作一文，皆須有宗有趣，終始關鍵，有開有闔，如四瀆雖納百川，或匯而爲廣澤，汪洋千里，要自發源注海耳。老夫紹聖以前，不知作文章斧斤，取舊所作讀之，皆可笑。紹聖以後，始知作文章，但已老病，惰懶不能下筆也。外甥勉之，爲我雪耻。《駡犬文》雖雄奇，然不作可也。東坡文章妙天下，其短處在好駡，慎勿襲其軌也。甚恨不得相見，極論詩與文章之善病。臨書不能萬一，千萬强學自愛，少飲酒爲佳。

22 又

所寄《釋權》一篇，詞筆從横，極見日新之效。更須治經，探其淵源，乃可到古人耳。青瑣祭文，語意甚工，但用字時有未安處。自作語最難，老杜作詩，退之作文，無一字無來處，蓋後人讀書少，故謂韓、杜自作此語耳。古之能爲文章者，真能陶冶萬物，雖取古人之陳言入於翰墨，如靈丹一粒，點鐵成金也。文章最爲儒者末事，然既學之，又不可不知其曲折，幸熟思之。至於推之使高如泰山之崇，崛如垂天之雲，作之使雄壯如滄江八月之濤，海運吞舟之魚，又不可守繩墨，令儉陋也。

23 與運判朱朝奉書 彦博

庭堅再拜。不學無術，得邑僻左，承前逋滯之餘，簿書期會，糾紛熟爛，不可掇拾。健訟之民，一不得氣，詆郡刺史，訕訐官長長短。視遠者常得其影，類多見聽，追逮證左，桁楊相推，因繫索情，溢出牢户之外。聽事以來，於今八月，惟是智度短淺，裁割未有見效，夙夜履冰。須譴訶至，則免冠就訊，歸伏丘壑，以安無能之分。加以山野不曉事，與中朝士大夫不相知聞，故於門牆無一日之雅，進寸退尺，終不敢驟以書通。今者豈有以不肖欺左右者乎？乃蒙過聽，識拔於衆人之中，以備使令。承命悸然，恐不任鞭策，以負高明之舉也。然伏思閣下才品卓越，簡在欽明，將朝廷不異遠方之寄，來作雷雨，下車未幾，惠威載於江西。竊嘗訪之親識間，決事若流。誠得執鞭走趨，陪輔千慮之一，實所欣慕。大旆按行，將臨下邑，當以職事待罪，輒自達小人之情。秋暑尚爾，伏祈調護行李，爲國自重。

24　與胡少汲書

庭堅頓首。辱書勤懇，并惠示參前堂詩，詞意深遠，欽歎。霜後頗寒，不審彼氣候何如？即日想進學不怠，體力清勝。遠寄山薑，甚副所須。蓋比居山堂中，晨起常氛霧蒙遠近，日高乃相辨，故須此耳。舉道者碑甚佳，不知彼方猶能傳舉道者語録否？試爲尋訪，舊於文字中似見有之耳。公家與不肖薄有瓜葛，又是年契，不但以令兄游從，故爲兄弟，丈人行非所以見處，幸改之。百冗，奉狀草率。

25 又

庭堅叩頭。頃得相見，甚愛風度高明，恨未得款語耳。前年辱寄佳句并蘄簟，適遭大故，哀荒幾死。天幸扶護，歸次鄉里，山川如昔，觸緒隕心，多病多故，不復能與人事。又賓客未嘗去門，以是去年復辱書，亦未能作答。然間獨思念，公於不肖，勤勤懇懇，非有他求，特以草木臭味同爾。相求於一世之所棄，故雖淡薄如此，想必不凝滯於胸次也。承以令兄之哀，疾苦復作，幸即輕安。家事所寄，憂責未艾，唯寬懷自重。

26 又

庭堅叩頭。晁嫂必孝友解事，家居唯雍睦，則不以細故傷大義，亦使亡者無憾於泉下矣。念兄當此多難，能自奮發否？公道學頗得力邪？治病之方，當深求蟬蛻，照破死生之根，則憂畏淫怒，無處安腳，病既無根，枝葉安能爲害？投子聰老是出世宗師，海會演老道行不愧古人，皆可親近，殊勝從文章之士，學妄言綺語，增長無明種子也。聰老尤喜接高明士大夫，渠開卷論説，便穿得諸儒鼻孔。若於義理得宗趣，卻觀舊所讀書，境界廓然，六通四闢，極省心力也。然有道之士，須以至誠懇惻歸向，古人所謂下人不精，不得其真，此非虛語。

27 又

庭堅頓首。辱書，逼在邑中，以故未得即歸。又當往府中謝諸公，所以未得如前約，録近文奉寄爾。因州中歸，冬夜長，可手寫數篇往也。二年來，尤覺眼力不足。數日來，漫服椒，乃似有益，冀漸得力，冬夜可觀書耳。年垂五十，百衰相現，故思如少汲，政好勤學爾。所報令兄房兒女詳悉，甚慰。誨諭存心處，竊願公如此耳。古人學問亦無别用處，舉斯心以加諸彼而已。

宋黄文節公全集·正集卷第十九

書

1 與徐師川書 元符元年

師川外甥奉議：辱書，恩意千萬。審官守厭管庫之煩，得宫觀之禄以奉親，杜門讀書有味，欣慰無量。即日想家姊郡君清健，新婦安勝。兒女今幾人？書中殊不及此，何邪？所寄詩，超然出塵垢之外，甚善。恨君知刻意於學問時，不得從容朝夕耳。承以鄉中歲歉，寓居同安。同安美俗，里中有佳士，又四旁有禪老，皆可人。居必擇鄉，游必就士，今兩得之矣。士大夫多報吾甥擇交不妄出，極副所望。詩政欲如此作。其未至者，探經術未深，讀老杜、李白、韓退之詩不熟耳。江季恭不幸，可惜！此君不死，可髣髴孫莘老也。潘邠老居憂，莫不貧否？胡少汲甚有志，欲慕古人，不知今何如？相望萬里，臨書增懷，千萬珍重。

2 又 崇寧元年

庭堅頓首。每見賢士大夫及林下得意人，言師川言行之美，未嘗不歎息也。所寄詩，正忙時讀數過，辭皆爾雅，意皆有所屬，規模遠大。自東坡、秦少游、陳履常之死，常恐斯文之將墜。不意復得吾甥，真頹波之砥柱也。續當寫魏鄭公《砥柱銘》奉寄。甥能忍夏蚊之噆膚而從螢中遊，真曠世之奇事也。蒙諭當塗不可作久計，誠然，似聞已別有命。須近詩，漫往數篇，老拙豈能如所云，觀一節可以知其侏儒也。

3 又

庭堅拜手。辱書，審涉夏以來，同呂新婦侍奉八姊郡君萬福，諸兒女無恙，甚慰懷想。承螢中便向吴中，失此淵對，何能不悵然？老舅六月九日領太平事，十七日奉朝旨送吏部，即日解船至江口，以嗣文同行，遂爲遠別。亦大風，不可行，留連方欲訣去，會駒父奉其大母來，又爲之留七日。閏月十一日分手，亦衝東風至蕪湖矣。吏部告示作初任通判人陞一季名次，指射優便差遣，三兩日間亦漫投一狀也。將家到荆南謀居，居定，或從容玉泉、鬼谷之間，以須闕耳。相望似不遠，無因會面，神往形留，千萬珍重。十三日，庭堅頓首。

4 又

見邸報，承已除鄧州簽判，想是所干乞，但不知尚待闕否？駒父才器不凡，但未周於世事。九娘甚競爽，諸兒皆渾厚，有外家風氣，其中必有可望者。庭堅雖貧，然將家向荆州，亦粗爲餬口之計，不至狼狽也。《砥柱銘》寫去，盛暑異於常年，煩倦都無筆意。小詩時有之，未去故郡，尚苦人事，未能手鈔。它日因書可時寄，亦少思不工耳。

5 與潘子真書

庭堅叩頭，子真足下：累辱惠書及詩，竊伏天材高妙，鍾山川之美，有名世之資，未嘗不歎息也。黄鵠一舉千里，非荆鷄之材所能啄菢，以是久未知所答。雖然，有一於此，可少助萬分之一。致遠者不可以無資，故適千里者三月聚糧。又當知所向，問其道里之曲折，然後取塗而無悔。鉤深而索隱，温故而知新，此治經之術也。經術者，所以使人知所向也。博學而詳説之，極支離以趨簡易，此觀書之術也。博學者，所以使人知道里之曲折也。夫然後載司南以適四方而不迷，懷道鑒以對萬物而不惑。曾子曰：尊其所聞，則高明矣；行其所知，則光大矣。聞道也，不以養口耳之間，而養心，可謂尊其所聞矣。在父之側，則願如舜、文王，在兄弟之間，則願如伯夷、季子，可謂行其所知矣。欲速成，患人不知，好與不己若者處，賢於俗人則可矣，此學者之深病也。齋心服形，静而後求諸己，若無此四病者則善矣。若有似之，願留意也。

6 又

大門養道丘園，冥居數十年，其明於天下之義理必深矣。試以不肖之説請之，儻以爲然，足下加意垂聽，幸甚。若夫發揮樂善之心，吹嘘詩句之美，推之諸公之前，挽之青雲之上，雖無不肖之助，當世君子皆當爲足下羽翼也。若足下亟知小道不足以致遠，發憤忘食，追配古人，則九萬里風斯在下矣。古人有言：「三折肱知爲良醫。」不肖嘗病於是，故不敢不以告，惟照察，幸甚。

7 與胡秀才書 次仲

庭堅頓首。往辱先公游致不疏，今觀吾子問學自將，出入鄉黨，有老成忠厚之氣，開慰不可言也。屢屈軒蓋，迫留日淺，不能一詣齋閣，負負曷已。所須詩録上，又以二小詩答貺，愧不工耳。少年恨太輕俊，老人恨太重遲，不鞭其後，此張軍之敝也〔一〕，願加意以立門地。

〔一〕軍：原作「單」，據叢刊本改。

8 與秦少章覯書

庭堅頓首。頃兩見少游，皆承在天壽前自外歸。及承見過，相待甚久，惜不款晤也。惠示與晁十書，筆勢駸駸可喜。庭堅心醉於詩與楚詞，似若有得，然終在古人後。至於論議文字，今日乃當付之少游及晁、張、無己，足下可從此四君子一二問之。前日王直方作楚詞二篇來，亦可觀。嘗告之云：如世巧女，文繡妙一世；設欲作錦，當學錦機，乃能成錦。足下試以此思之。

9 又

辱惠教，審安勝爲慰。學問之本，以自見其性爲難。誠見其性，坐則伏於几，立則垂於紳，飲則列於尊彝，食則形於籩豆，升車則鸞和與之言，奏樂則鐘鼓爲之說。故見己者，無適而不當。至於世俗之事，隨人有工拙者，君子雖欲盡心，夫有所不暇。相見乃盡之。

10 與洪甥駒父

駒父外甥：昨得書，見筆札已眼明，及見詩，歎息彌日，不謂便能入律如此，可謂江南澤中産此千里駒也。然望甥不以今所能者驕穉人，而思不如舜、禹、顔淵。禹七年三過其門而不入，觀《禹貢》之書，厥功茂矣，然而終不伐，此必有長處。寡怨寡言，是爲進德之階，千萬留意。猶望官下勤勞俗事勿懈。古人之言，猶鉤其深，彼俗吏事，聰明者少加意，即當書最。既以立家爲事，榮及手足爲心，當念如此。夜二十刻，許大郎來，言黄人不肯留，呼鐙作此，極草草，續别爲問。九舅白。

11 又

鴻父不果别作書，凡欲與二甥道者，意不殊也。往日所作玉父倦殻軒詩，極知不負老舅所期。既食貧，不免仕宦，古人所謂「一人乘車，三人緩帶」，此亦不可不勉。賦自是中郎父子舊業，更須留意作五言六韻詩，若能此物，取青紫如拾芥耳。老舅往嘗作六七篇，曾見之否？或未有，當謾寄。大體作省題詩，尤當用老杜句法。若有鼻孔者，便知是好詩也。二何常相見否？爲致意。寄蜀紙、茶托，多謝，何須爲爾！烏田馬牙一百，謾寄。書大字，縣手書，勿令欹斜失威儀，乃佳耳。

12 與徐甥師川

師川外甥奉議：别來無一日不奉思〔一〕。春氣暄暖，想侍奉之餘，必能屏棄人事，盡心於學。前承示諭「自當用十年之功，養心探道」，每咏嘆此語，誠能如是，足以追配古人，刷前人之耻。然學有要道，讀書須一言一句，自求己事，方見古人用心處，如此則不虚用功。又欲進道，須謝去外慕，乃得全功。古人云，縱此欲者，喪人善事，置之一處，無事不辦。讀書先浄室焚香〔二〕，令心意不馳走，則言下會理。少年志氣方强，時能如此，半古之人，功必倍之。甥性識穎悟，必能解此，故詳悉及之。夏初或得相見，因五舅行，作記草〔三〕。

〔一〕無一日：嘉靖本作「無日」。
〔二〕先：嘉靖本作「須」。
〔三〕作記：原無，據嘉靖本補。

13 又

比遣李掾人報書，滅裂及今。欲一二作書，臨頭眩，意緒可知也。累日得雨，天氣差涼，雖阻江山，風氣不殊。比來八姊郡君尊候何似？甥讀書益有味否？須精治一經，知古人關捩子，然後所見書傳，知其旨趣，觀世故在吾術内。古人所謂「膽欲大而心欲小」，不以世之毁譽愛憎動，此膽欲大也；非法不言，非道不行，此心欲小也。文章乃其粉澤，要須探其根本，本固則世故之風雨不能漂摇。古人特立獨行者，蓋用此道耳。洪、潘皆是佳少年，但未得嚴師畏友，追琢其相耳。忠信孝友，立則見其參於前，在輿則見其倚於衡，當久而後能安之。若但繡其鞶帨，又安能美七尺之軀哉！非甥輩有可以追古人之才，老舅不出此語也。未緣趣席，千萬强學自重。

14 與俞清老

三十年不通寒温，邂逅得面，慰喜非復常理。薄於官期，行李匆匆，終日遂别，唯耿耿耳。清老根慧韻勝，已有退聽返聞之功，加以師友問學，當於古人中相求耳。游戲神通，似是道力堅固事，吾輩正當滴水滴凍爾。須詩文意，求之故紙中，類是戲論，不足傳，更不録去。今寄此數篇，結般若緣，幸時觀省。惟冀不捨鼻繩，好看水牯。

15 與潘邠老〔一〕

得手教，承行李到淮陽安穩，甚慰。俗間酒中亦得磊落人知此道者否？不肖沈埋塵土中，已成流俗人，時時夢想，猶有曩時江湖雲月爾。思欲弄舟風煙之外，嬰縛似未有脱期，永懷方外之人，自是宿債輕，不可更作繭自纏縛也。相望千里，無緣奉面，惟强飯自愛。

〔二〕嘉靖本《别集》卷一四題作《與俞清老》。

16 又

某頓首。辱以少儀見推一日之長，雖荷傾倒之意，不獲終辭。顧德薄而道不明，何以當此？愧竦愧竦！訪逮所疑，尤愧，叩之則窮也。嘗謂求之藝，賜之達，由之勇，師之莊，皆聖人之一也。由夫子觀之，其人性學之蔽如此爾，猶言伯夷之隘，柳下惠之不恭。孔子曰：「如有用我者，吾其爲東周乎！」故陳常弑其君，請討之耳，非以敵國相征也。孟子曰：「今以燕伐燕，何爲勸之？」其可不疑也。禹菲飲食，惡衣服，卑宫室，堯舜之禮有所行；周公誅管、蔡，舜之義不得申也。執一而廢百，小道，故大人弗爲。故曰：膠於物之迹也，離乎性矣。夫愛而哭之，性也；畏而哭之，利也。明於故，然後可以知性。故雖非性，而可以求性也。不避礙而鑿險阻，以求必行，此老氏以智爲賊也。妄意如此，不審然否。

17　又

某頓首。得之則喜，失之則悲，是爲喜晝而悲夜也。不能不晝夜，天地尚然，而況於人乎！死生亦大矣，而不得與之變，況此舉奇不勝其耦者乎！凡所爲問學琢磨，舉而措之，以吾常行而物變之中故也。今遇小變，不超於其蚊睫，已磊磊柴於胸次，則行乎争名干戈之間，泛乎衆口風波之上，其能立我以宰制萬物使得其職邪？邠老幸熟思之。京師三大節，開市井蒲博之禁。比三日，而得喪大相懸，有懟而殺身者，聞者未嘗不笑也。由今舉子觀之，豈不在可笑之域邪！尊府所欲書，亦未寫得，可徑附遞至吉文間，十日中當必作〔一〕。大門石刻當附駒父及十輻往矣。若尚能少留，今晚幸過我，濯去俗士患失之塵而後行，亦佳耳。

〔一〕十日：嘉靖本作「十月」。

18　又

某頓首。累辱手記，以退食輒奉老人寢膳，或至中夜得息，故不果每作報。大谷公石刻已奉許作，但未得暇耳，數事已喻。駒父詩中多佳句，甚歎服也。晉主夏盟而予楚，非所以爲民也〔一〕，然其勢不得不予楚〔二〕，司馬侯之言以告諸侯，則有詞矣。文公之知趙衰也，不特壺飧從徑而不食也，舉是以爲原大夫〔三〕，所以令群大夫也〔四〕。晏子曰：「大者不踰閑，小者出入可也。」蓋君子斟酌世故〔五〕，以制行則如此，非所以觀其私也。若夫觀其私，則德無小大，忠信而已矣。故君子有悔而無吝也。西方之書論聖人之學，以爲由初發心，以至成道，唯一直心，無委曲相，此最近之。承與季共日以講學爲事，甚善甚善。多謝季共，不果別作啓。

〔一〕民：原作「盟」，據嘉靖本改。
〔二〕予：原作「與」，據嘉靖本改。
〔三〕是：原作「足」，據嘉靖本改。
〔四〕群：原作「君知」，據嘉靖本改。
〔五〕世：原作「也」，據嘉靖本改。

19 又

平居極欲奉款曲，而出入公私事亦相尋來，終日不了眼前，以此中休。窮年音問不通，雖交舊間頗相委悉，無簡賢慕勢之嫌，然亦自覺俗狀可憎也。辱教獎借太甚，加以恩意存問老少，知公見愛深也，顧鄙陋何能有益左右萬一？其言過稱，不敢當。其臭味同者，切喜此道有佽助爾。所惠詩卷，疾讀數回，詞意相得，皆奇作也。自頃未嘗得見筆墨緒餘，不謂公已能至此，欽歎之未足。此心此文，乃如明月夜光，終不可掩，豈待不肖推挽？然願公終所以而後載言，其上使長者知公不徒爲言，而後生有述焉。此報左右之勤懇。客至，草草。

20 王立之承奉 直方

辱教，審侍奉熙慶爲慰。雨氣差涼，頗得近文字，但苦爲俗士所奪耳。寄《寂齋賦》，語簡，秀氣鬱然，大爲佳作，欽歎欽歎！然作賦須要以宋玉、賈誼、相如、子雲爲師，略依倣其步驟，乃有古風。老杜《咏吴生畫》云：「畫手看前輩，吴生遠擅場。」蓋古人於能事不獨求跨時輩，須要於前輩中擅場爾。

21 與徐彦和

再拜。比因太和普覺院人回，寓書信，左右當已呈徹。專人辱手誨勤懇，審監郡草偃風行，又得從容於文字。推惻怛以惠鰥寡，忠實以教官吏，力行所聞，不以才高位下而自貶損，神之聽之，實百福之所會。惠示《壇經》淺訓，極見用心之美。今時道俗往往不護言行，斯文之作，實不虛費翰墨。若欲究竟兹事，更須退步，損之又損。恨不得相見爾，謹奉狀，臨書懷想。

22 又

頓首。前附隆慶人拜書，當已徹几下。自頃多病，不能嗣音，即日不審何如？伏惟監理甚辦，内外嶃嶃，黠吏無所措手，頗甄别官曹人物精確，定不使玉石俱焚也。所寄詩文，久乃得熟觀之，極見琢磨之功。奉想丹墨之暇，左右經史，時以古人用心處，一浣刀筆之塵也。未緣參承，惟有懷想，不宣。

23 與景温都運

再拜。伏蒙賜教勤懇，感慰無量。冰雪寒冷，不審按部所止台候何似？伏惟旌旆偃息，文武能否皆效於前。鰥寡得職，神明相之，動静燕譽。尚阻參侍，臨紙懷仰，伏祈爲國自重。謹上啓。

24 與人

前承諭作《木山記》跋尾。以明允公之文章，如天地之有元氣，萬物資之而春者也，豈可復刻畫藻繪哉！往年歐陽文忠公作《五代史》，或作序記其前，王荆公見之，曰：「佛頭上豈可著糞？」竊深歎息，以爲明言。凡作序引及記，爲無足信於世，待我而後取重爾。足下深諒之。

25 答王觀復

承問所以尊名者，輒奉字曰「觀復」。維亨嘉之會，草木亦樂其生；天地否塞，君子有失其所。故曰：「天地變化，草木蕃；天地閉，賢人隱。」君子所以處窮通如寒暑者何哉？方萬物芸芸之時，已觀其復矣。比來嘗苦心痛，略無三日不發時，故懶作文字，且寄奉字之意如此。

26 答陳敏善

陳君足下：因江季共辱書勤懇，然戔敬逾禮，見處以丈人行，則不敢當。往在場屋，與喬卿同年年相近，故相視爲兄弟，實以丈人拜先大夫也。又書辭所推與太過，亦非所敢當。古人有言：天下有名丘五，其二在河南，其三在河北。涉乎陳衛淮晉之郊，所見碌碌諸丘，便謂足以當之，恐不免爲大方之家所笑耳。雖然，與足下草木臭味相近也，故不得不相語。越鷄之不能爲鵠，材不足故也。若不肖之才，又安能及此？豹藏於南山之霧，而文章爲國器者，不可掩故也。若足下之文，何患不赫赫於世也！所惠别卷詩，詞意清麗，讀之使人亹亹。足下年少，方日新而未已也，他日不肖方當望奔軼絶塵而歎耳。河出崑崙墟，雖其本原高遠矣，然渠并千七百，然後能經營中國，而達於四海。願足下思四海之士以爲友，增益其所不能，毋務速化而已。暑雨方作，淮南已卑濕，不審比來何如？伏惟侍奉萬福。季共來，趣報書，匆匆才能作此語。

27 又

奉親趣官，期得侍奉，恨不款然望見風度，蓋已使人意消，況聞諸餘臧否人物之戒，謹當奉以周旋。爲政之務，慮不厭熟則寡過，睦僚佐則事舉。大雅之爲人謀至深遠矣，立參於前，坐倚於衡，何日忘之？時節寒冷，勤加調護，省思慮，可以已疾。陽德之亨，願君子受祉，敦厚風俗。小詩歸賦高明，以見傾倒之意。

28 答知郡大夫

再拜啓。霜氣日嚴，伏承尊候康和，慰喜無量。奉賜教，曲折憐問，感服至深。家信上煩頤旨，愧不可言。某官局勉以不瘝，幸親老在都下，善眠食，兄弟無他，以爲慰。惟是欽仰齋閣，無緣承請耳。蒙誨諭，意思不佳。三界無安，愛爲根本，惟洗心於道者，不受纏縛。不審頗觀佛書否？若於此有味，即能化煩惱境界，超然安樂。尚阻親近，輒以食芹之美，獻諸左右。率易，恐悚上狀，不宣。

29 答曹荀龍

辱書勤懇，感慰。承奉親在江湖間，縣僻無事，何樂如之？在康莊塵埃中，常苦人事奪光陰，得岑寂處，可讀書作字，佳耳。讀書勿求多，唯要貫穿，使義理融暢，則欲下筆時，不寒乞也。阻面，故云此。

30 又

辱書，并惠崑山紙，極副所乏，銀魚脯亦佳。荷遠意勤懇，承侍奉萬福。邑中既屏人事，頗得學問，想有日新之功，恨未得面見所造詣爾。自去年三月後多病，不復能作詩，舊詩數篇謾往。果有山川之勝，楚漢間遺事，有可温尋者乎？有新作，宜因以來。賦題不必甚高，衆人所同用便足，要於題中下少功夫爾。頃有數篇六韻詩，爲姪輩戲作，欲奉寄，適有少憒憒事，未辦檢録，後信可往。作賦要讀《左氏》《前漢》精密，其佳句善字，皆當經心，略知某處可用，則下筆時，源源而來矣。

31 又

頓首。廬陵之别，忽復四年，雖書問不通，時得動静彷彿於南方親舊間耳。人來，伏奉教賜勤懇，感慰無量。仕宦不遠鄉里，定省之樂，不廢親側，又以文字爲職，何慰如之！往者行李道塗淹留，不及永樂之事，天於公至仁厚矣。想能夙夜文事，以銷往者好武之祟，以爲尊府君之壽。學官既無吏責，頗得一意於文史。想數有論著，能遠寄，以慰懶惰不進者，幸甚幸甚！某碌碌中祕書，幸得窺金櫃石室所藏。但老懶，無復日新，又衆口食貧，思得一江湖差遣，使老幼温飽耳。

32 又〔一〕

承欲作《初食苦菜》詩，還能落筆否？大率作詩，因時記事，不專爲小物役思，乃佳耳。

前日承往歲所作三詩，皆以食菜，斐然而成，欲手録呈，數日冗甚未了，續當送不伐處也。欲封兩割俸券，并作書送通判，所封未畢，續附行軒也。

〔一〕本書《續集》卷一《與人》與此篇重複，已删。

33 與王謹中環中昆仲

某頓首。累屈車馬，欲一至舍所問動静，常以休日有賓客慶弔事，力不暇給，非特相愛有以忘其不肖，豈敢爾邪？承朝夕遂出都，臨風依依，願道途善護行李。至山中，便有登臨之樂，豈與奔走塵埃中者同味邪？然鄙夫於此處興復不淺，山中有新作，不惜時見寄也。前示兩軸，皆高秀，有江南山川之雲氣。前攜至館中，欲示數同社，輒溷在群書間，檢尋未了，他日檢得，謄下本，當寄還也。環中所要子瞻《日日出東門》及陶家《佚老堂》詩，偶檢本不得，亦當别寫寄。三二日若未行，尚可約慧林一面邪？謹奉狀。

34 又〔一〕

頓首。伏蒙賜教，存問勤懇。審比來萬福如常，實慰企仰。豈弟君子，退處閑散，每與知者共歎。得所賜委喻累紙，但增歎耳。方朝廷每事循軌轍，又知公者多不在人材之地，故尚爾淹留。造物者常因其材而篤焉，如公夙夜靖共，豈久廢者邪！願進德不怠，以綏百禄。

〔一〕本書《續集》卷一《與人》與此篇重複，已删。

35 與王及之賢良

頓首。前辱車馬屈臨，匆匆未得參候。重承書詞稱述，如後進見先達之禮，不肖自視歉然，實不敢當，但愧恐爾。高文二篇，蒙不以交淺，傾囷賜之，恩意甚厚。爛然盈目，未能得其味，但欽服爾。《繡川集》計多有本，輒乞取藏之。《春秋論策》借留熟觀。對客上答，不如禮。

36 與濟川姪

濟川姪：夜來細觀所作文字，甚有筆力，他日可爲諸父雪恥。但須勤讀書令精博，極養心使純静，根本若深，不患枝葉不茂也。所留紙卷〔一〕，寫退之一篇不盡，三十五行尚餘十行未了，更續五幅乃可，不知有此紙否。

〔一〕「所留紙」以下諸句原無，據嘉靖本補。

37 與宜春朱和叔

承頗留意於學書，修身治經之餘，誠勝他習。然要須古人爲師，筆法雖欲清勁，必以質厚爲本。古人論書，以沈着痛快爲善。唐之書家，稱徐季海書如怒猊抉石、渴驥奔泉，其大意可知。凡書之害，姿媚是其小疵，輕佻是其大病，直須落筆一一端正。至於放筆，自然成行，草則雖草，而筆意端正，最忌用意裝綴，便不成書。

38 與人

拜手。奉手筆，喜承起居輕安。齋罷欲到城中，借人馬來，因爲調老駒可也。隕隊、霣墜、磒隊，義皆同耳。昔人自有憂官家養底橐佗夜間無睡處，但是識量不同，亦不必怪也。非敢抗答，但據理論之耳。

39 與六姨

前蒙手作《嶺外十竹》遠寄，以來勢飛動，即與坐客同觀之，無不斂衽欽嘆。當每竹記數句語標軸，它時與中州士大夫共此奇觀也。但恨未盡識此竹體性之所宜，或能因暇筆示，幸甚。竹族類最多，而《神農本草》《齊民要術》、戴安道《竹譜》皆不能盡其種相體性，常欲疏記，恨所識未博耳。所寄紙軸，猶未暇落筆，寒夜就鑪或可作，即上寄。至親間時有可快快者，但願純以慈悲喜捨視之，則冤憎氣消，心意安樂，白頭受福，以庇孫曾。古人言：「必有忍，其乃有濟；有容，德乃大。」六姨聰明，必能融解此意。

40 與范宏父

再拜。昨旌旆在城東，以老親醫藥未間，不得至館下，欲再遣騎承動静，而使節已行。公私匆匆，因循至今。天氣比來寒暄不節，不審南土如何？比惟按部所止，官吏效實，鰥寡得告，神之所聽，起居百福。尚阻參承，臨紙增情，願爲國自重，以須召節。謹奉狀。

41 答佛印了元禪師

啓。往來廬山雲居之下，聞道譽籍甚，而不得面。惟是言句多傳中朝士大夫間，望風懷想則勤耳。忽辱示書，存問勤懇。小人沈迷俗狀，去道甚遠，何以得此於善知識也？未緣參對，願爲甚忍世緣。謹奉狀。

42 與雲巖西堂和尚

雲巖西堂和尚：即日伏惟少病少惱，氣力安樂。等觀衆生，慈悲引接，得無疲勞？蒙賜書重重告教，止爲此事，恐某前來悟處不實，深見老婆心切。萬里相對，豈可自謾！若不恁麽，終不去通箇消息？念念不續，徹底惟空，都無道理，没可把捉，更雖劄甚處？三乘十二分，從上祖師一切所立法門，盡是止嗁錢，無絲頭許可掛脣舌，都無所合。故於普賢行願中，百巧千拙，且恁麽過？有病處願加鍼艾。無緣親近，憑此問信。

43 答廣公闍梨

頓首。承示喻，欲刻藏記小字，舊文拙惡，何煩特地？但且留舊本示人可也。今别寫永明智覺禪師示衆語一本，請令善工刻之。乞守倅銜，已自有書道達。佛法淡薄，魔事熾然，有力道人正當出手扶救，想必欣然成就此緣也。

44 與雲巖教首座

伏奉禪師七月七日遺書，承即以是日薪盡火滅。魔事熾然，法幢摧折，人天所共悲仰。伏想山中異類悲鳴，草木變色，凡諸外護仁賢，誰不哀痛？聞闍維有日，恨以世諦束縛，不能往同法會。今送香一合，并《燒香頌》去，幸爲告白。匆匆，萬不一陳。

45 與余洪範

伏承教答，敬佩琢磨之益。論聽言之道，有之則吾改之，無之又何恤焉。則洪範之論雖盡聖，衆不可家説而户曉，則又相傳以爲長短，此物理之不可免者也，則不肖論之盡矣。於流俗，與之則無不願盡。不能得一事，止作許多關鍵，則又不肖之病矣，誠不可鍼艾者也。自省以來，浮流世俗之風波四十年，莫不過如此也。飢食渴飲，困則斂卧，如瞿星入手，不落羅刹計中，不肖亦不能學也。

46 又

所論上黨風俗可病，何時不然？八風與四威儀，動静未嘗相離也，雖古之元聖大智，有能立於八風之外者乎？欲斷此事，當付之黨彦進爾。黨在許昌，有説話客請見，問説何事，曰説韓信，即杖之。左右問故，黨曰：「對我説韓信，對韓信亦説我矣。」即公不聞，洗耳而已。

47 答張益老求琴銘書

頓首。少同里閈，又接懿親，科場中亦聞緒書。而從食南北，缺然音問不通者二十餘年。忽奉來教，存問勤懇，慰此占思。承游意塵埃之外，得妙手於梓匠之斧斤，又過辱推許以學古之意，欲徧爲諸琴品藻稱述。誠願附名於不朽，然法不孤起，仗境方生，此公之所聞也，要須他日得一披拂，乃下筆爾。人回，匆匆上狀。

48 又

斲琴要須以張、雷爲準，非得妙材，不加斧斤，故傳百世耳。閲百世而不慚者，固鈍而後利。都下有杜瓜、劉栗，皆爲名家，不以乾没易其素志。雖微物亦傳，況此嘉器，能得古人之風聲氣習者乎！

宋黄文節公全集·正集卷第二十

論

1 論語斷篇

《論語》一書，孔子之門人親受聖言。雖經秦事，編簡斷缺，然而文章條理，可疑者少。由漢以來，師承不絕，比諸傳記，最有依據，可以考六經之同異，證諸子之是非，學者所當盡心。夫趨名者於朝，趨利者於市，觀義理者於其會。《論語》者，義理之會也。凡學者之於孔氏，有如問仁，有如問孝、問政、問君子者衆矣。所問非有更端，而所對每不一。蓋聖人之於教人，善盡其材，視其學術之弊，性習之偏，息黥補劓之功深矣。古之言者，天下殊塗而同歸，百慮而一致。學者儻不善於領會，恐於義理終不近也。近世學士大夫，知好此書者已衆，然宿學者盡心，故多自得；晚學者因人，故多不盡心；不盡其心，故使章分句解，曉析詁訓，不能心通性達，終無所得。荀卿曰：「善學者通倫類。」蓋聞一而知一，此晚學者之病也。聞一以知二，固可以謂之善學。由此以進，智可至於聞一知十；由此以進，智可至於一以貫之。一以貫之，聖人之事也。由學者之門地，至聖人之奥室，其塗雖長大，然亦不過事事反求諸己，忠信篤實，不敢自欺，所行不敢後其所聞，所言不敢過其所行，每鞭其後，積自得之功也。夫不仕無義也，子使漆雕開仕，對「吾斯之未能信」，而孔子説。蓋漆雕開在聖人之門，聞義雖甚高，至於反身以自誠，則未能篤信。其心未能篤信，則事至而不能無惑；以不能無惑之心，適事而欲應變曲當，不可得也，此漆雕開所以不願仕也。先王制禮，行道之人皆有三年之愛於其父母，而宰予欲於期祥之中食稻衣錦，引天下至薄之行，自以爲安。漸漬孝弟之説不爲不久，豈其無所忌憚，吐不仁之言至於如此？蓋若宰予者，其先受之質薄，自其至誠内觀，實見三年爲哀已忘，而强勉爲之者，將欲加厚其質，而不可得。故不敢少自隱匿，方求孔子之至言，以洗雪其邪心，以窮受薄之地，不暇恤人之議己也。豈其不仁者欲見於一時之言，而近仁者將載於終身之行？古之學者所自得於内，而不恤其外，凡如此也。此所以有講有學，有朋友切磨，以相發明，非爲文章可傳後世，辯論可屈衆人而發也。其所聞於師，與自得於心者如此。方其學於師也，不敢聽以耳，而聽之以心；於其反諸身也，不敢求諸外，而求之内。故樂與諸君講學，以求養心寡過之術。士勇之不作久矣，同與諸君勉之。

2 孟子斷篇

由孔子以來，求其是非趨舍，與孔子合者，唯孟子一人。孟子，聖人也。荀卿著書，號爲祖述孔氏，而詆訾孟子，以爲略法三王，而不知其統。蓋荀卿見孟子道性善，言必稱堯舜，義不見諸侯，其迹與孔子不合，故云爾。曾不知前聖、後聖，所謂若合符節者，要於歸潔其身者觀之。孟子論孔子去魯，不知者以爲爲肉，其知者以爲爲無禮。乃若孔子，則欲以微罪行。以微罪行，此聖人之忠厚，非孟子不足以知之。學者欲知孟子，率以是觀之。其智不足以知孟子，安能知孔子？然則荀卿所謂知孔子者，特未可信。聖人無名，而淳于髡以名實求孟子，固不足以知之；荀卿曾未能遠過淳于髡也。揚子雲曰：「孟子勇於義，而果於德，知言之要，知德之奥。非苟知之，亦允蹈之。」言雖不多，以子雲之言行反覆考之，足以發子雲之知言。司馬遷號稱博極群書，至而論伊尹、百里奚，皆不信孟子，此所以得罪於子雲也。由孔子以來，力學者多矣，而才有揚雄，來者豈可不勉！方將講明養心治性之理，與諸君共學之，惟勉思古人所以任己者。

3 莊子内篇論

莊周内書七篇，法度甚嚴。彼鵾鵬之大，鳩鷃之細，均爲有累於物而不能逍遥，唯體道者乃能逍遥耳，故作《逍遥游》。物之不齊，物之情也。大塊噫氣，萬竅殊聲，吾是以見萬物之情狀。俗學者心窺券外之有，企尚而思齊，道之不著，論不明也，故作《齊物論》。養生生之厚動而之死地，立於羿之彀中。其中也，因論以爲命；其不中也，因論以爲智。養生者謝養生，而養其生之主，幾乎無死地矣，故作《養生主》。上下四方，古者謂之宇；往來不窮，古者謂之宙。以宇觀人間，以宙觀世，而我無所依。彼推也故去，挽也故來，以德業與彼有者，而我常以不材。故作《人間世》。有德者之驗如印印泥。射至百步，力也；射中百步，巧也。箭鋒相直，豈巧力之謂哉！子得其母，不取於人而自信。故作《德充符》。族則有宗，物則有師，可以爲衆父者，不可以爲衆父父，故作《大宗師》。堯舜出而應帝，湯武出而應王。彼求我以是，與我此名，彼俗學者因以塵埃粃糠，據見四子，故作《應帝王》。二十六篇者，解剥斯文爾。由莊周以來，未見賞音者。晚得向秀、郭象，陷莊周爲齊物之書，涽涽以至今，悲夫！

表

4 代司馬丞相進稽古録表

臣光言：竊以九州四海，一日萬機。將察知民物之性情，蓋布在文武之方册。雖歷年多而舉其大要，則用力少而見夫全功。恭以皇帝陛下富有春秋，弭寧方夏。念終始典于學，於緝熙單厥心。延登老成，親近勸講。發《論語》章句，探經藝之同歸；誦《寶訓》丁寧，憲祖宗之不易。本有如是，實惟濫觴。惟稽古堯舜之舊章，惟信史《春秋》之成法。高山可仰，覆轍在前。其興亡在知人，其成敗在立政。或當艱難之運，而不能師用賢智；或有惻隱之意，而無以照知忠邪。載籍之編，患乎太漫；鑒觀之主，力不暇遑。敢用芟夷，略存體要。由三晉開國，迄于顯德之末造，臣既具之於《歷年圖》；自六合爲宋，接乎熙寧之始元，臣又著之於《百官表》。乃若威烈丁丑而上，伏羲書契已來，對越神人，可用龜鏡，悉從論纂，皆有依憑，總而成書，爲《稽古録》二十卷，因仍書局，繕寫奏篇。兹冒昧以上陳，助聰明之遠覽。中謝。恭惟太皇太后陛下，定九鼎以守天下之公器，乘六龍以御古今之正權。思齊之功，啓佑聖學；遍物之濟，燕及宗祧。至於法弊於涼而改爲，官非其人而變置。御戎之策上下，措國之勢安危。據舊以鑒薪，去彼而取此。陶成萬化，柬在兩宮。七廟垂無疆之休，微臣與不朽之業。干冒宸扆，臣無任。

5 代孫莘老謝御史中丞表二首

臣覺書：耳目之官，紀綱所寄。得人則百僚用憲，舉枉則庶職不凝。豈圖眷求，猥及孱朽。臣中謝。伏念臣師心孤陋，賦性樸愚。宣力三朝，螻蟻之心未報；親逢二聖，犬馬之齒既衰。智已㔟而見事遲，才已拙而於用少。補皂衣之缺，空慙折檻之忠；拜青瑣之門，未有迴天之力。執銓衡無山濤之識，侍帷幄無史魚之風。忽被除書，進丞執法。方虞官謗，更益寵驚。此蓋伏遇皇帝陛下，淵默以行四時，文明以首萬物。有知人不蔽之福，有念功無疆之休。憐其後彫，收置近列。惟是言責，實難人才。黑白分明，仰恃聖心之虛佇；米鹽細碎，敢塵天聽之崇高。雖自誓言，終憂隕越。

6 又

司繩宮省之中，清道輦轂之下。領職甚要，用才匪輕。豈伊冥頑，遽叨任使。中謝。

伏念臣非窮理極深之學，無經遠濟務之材。諸生册名，華髮在服。昔荷先朝之識拔，今蒙二聖之眷求。待罪諫垣，初無功於補衮；典司選部，曾莫效於澄源。徒以天資重遲，或許敦厚，帝前講勸，日近清光，猥録微勤，辱兹虚授。此蓋伏遇太皇太后陛下，對越七廟，緝熙百工。至公無私，大明不蔽。直道而行於民上，有譽則試之官能。察知孤臣，無有比德。故因乏使，式付中司。雖責重而憂深，然主聖則臣直。知人不易，既依日月之明；聽言則難，敢忘藥石之報。一心自誓，九隕爲期。

7 代李野夫亳州謝上表二首

臣莘言：懷中奪宣城之綬，以畀從官；望外得亳社之符，益慚小醜。不勤傳舍，既見吏民。問父老殫於財力之餘，宣朝廷惠于鰥寡之意。天實咫尺，郡爲股肱。中謝。伏念臣才資下中，學術淺陋。沈迷簿領，久從州縣之勞；清問下民，晚叨刑獄之寄。在宫曠守，以殿投閑。會開天臺，慎柬人物。被先朝之識拔，假郎位者歲年。自狀短長，無裨分寸。爲國宣力，尚辦一城；與民持平，則有三尺。輒傾肝膽，昧冒高明。伏遇皇帝陛下，一日萬機，六通四闢。知人之福順于宗工，卹民之深寄在牧守。察其勤舊，善於撫綏。致兹蕞爾之材，獲奉欽哉之詔。臣敢不烹鮮期於不撓，牧羊去其敗群。使蚊負山，何錙銖之能力；以塵足岳，亦臣子之至情。

8 又

護田閱歲，初無尺寸之功；乞郡治民，已懼再三之瀆。幸天從欲，守國近藩。奉宣詔條，慰拊鰥寡。中謝。伏念臣刻鵠之學，纔能類鶩；割鷄之技，不任解牛。頃將命江湖之行，所云補米鹽而已。遭逢先帝，制作文昌。迪知九德之材，祗承六典之任。實以蹇淺，誤蒙洗湔。雖懷松柏後彫之心，顧有蒲柳先衰之質。惟兹外補，不俟終更。伏遇太皇太后御聖人之時，持天下之寶。柬百執事以熙帝載，重二千石以共民功。謂臣早趨州縣之勞，既習爲吏；付以展肱之郡，儻能牧人。不以望輕，遂兹器使。臣敢不疚心獄訟，勸課農桑。迄收塵路之勤，少答乾坤之造。

9 代李公擇遺表二首

依日月之末光，未殫報國；愒桑榆之晚景，忽慟窮塗。輙輪將死之書，儻動蓋高之聽。中謝。伏念臣生長孤外，遇逢聖明。學淺而智卑，才拙而用少。先皇帝攟收流落，湔拔塵泥。擢登清禁之班，許以經遠之器。二聖臨御，四門穆清。無補涓埃，薦蒙轡策。長地官，術不足以富國；丞御史，忠不足以回天。少寬素食之憂，得備維藩之寄。重分虎節，出拊刀州〔一〕。雖受命即行，驅馳宿駕；而短生無禄，隕越路隅。猶結戀於清時，敢獻忠於未瞑。伏願皇帝陛下尊事耆老，延登俊良。緝熙六藝之光明，靈承七廟之謨烈。盡子道以法舜之孝，師天常以體堯之文。國家膺無疆之休，微臣釋没齒之憾。

〔一〕刀州：原作「刁州」，據叢刊本改。

10 又

仕而服休，雖效挈瓶之智；没而獻直，猶希結草之忠。未沐須臾之期，少陳迫切之願。中謝。伏念臣學則無友於國，仕則無閎於朝。智常病於遠謀，器適宜於近用。遇蒙先帝，擢寘周行。登備諫工，言不足以成務；出將使指，事不足以分憂。天秩六官，妙選群吏。收臣江湖之外，進列文昌之班。迄終元豐之年，久司宗伯之典。天地立極，日月並明。不能退藏，復叨任使。髮白於民部，曾莫裕於邦財；心盡於中臺，亦何功於衮職？重以直書延閣，勸講露門。請郡以避素餐，籲天而從私欲。會乏蜀川之守，遽叨使節之行。承命載驅，猶憂靡及。雖犬馬自弛於鞭策，而蒲柳聿至於冰霜〔一〕。忍死路隅，敢輸忠藎。伏望太皇太后陛下昭事上帝而畏其變，清問下民而察其微。以包荒爲用材之方，以柔遠爲御戎之策。師用古訓，而難任人。勤國家一日之幾，貽宗社萬年之慶。臣雖死之日，猶生之年。

〔一〕聿：原作「盡」，據叢刊本改。

11 代宜州党皇城遺表〔一〕

惟孝惟忠，生則縻於榮禄；立功立事，没猶戀於明朝。伏念臣本以書生，起從戎旅。《孝經》《論語》，承習於家傳；《三略》《六韜》，講聞於軍幕。略知事君之義，漸識用兵之機。無路進身，占名小校；初從裨佐〔二〕，稍達聽聞。大臣薦論，謂其了得邊事；敕書戒諭，許以臨敵制宜。强虜在前，矢石如雨；群蠻坌入，戈盾成林。至於萬死一生，不敢瞻前顧後。遂因將領，委以郡符。感極命輕，功微禄過。重念臣禀生河曲，老在嶺南。顧齒髮之彫零，因土風之弊惡，闔家瘴癘，終歲號呼。老母終堂，墨衰猶在；少孫殞命，薪火未寒。臣之衰殘，逮兹殞越。將成異物，猶仰清光。伏願皇帝陛下千年膺撫世之期，百禄受宜民之慶。永錫蒼生之福，尚推枯骨之仁。臣無任。

〔一〕党：原作「黨」，據叢刊本改。
〔二〕初從：原作「日逐」，據叢刊本改。

12 謝黔州安置表

臣庭堅言：昨蒙恩謫授涪州别駕，黔州安置，已於四月二十三日到黔州公參訖者。聖恩寬大，善貸曲成。刳心隕元，未足稱報。中謝。伏念臣草茅下士，詩禮小儒。漸階清塗，厠列文館。誤蒙器使，孤奉國恩。罪在至愚，刑兹無赦。有司議獄，期從鈇鉞之誅；明主原心，終全螻蟻之命。雖投裔土，猶得爲人。此蓋皇帝陛下有天地好生之心，有堯湯不蔽之福。旁開用命之網，或漏吞舟之魚。顧兹未死之年，皆是再生之日。罪深責薄，感極涕零。重念臣萬里戴天，一身弔影。兄弟瀕於寒餓，兒女未知存亡。不敢每懷，惟深自咎。窮鄉多怪，苦霧常陰。木石爲親，柳或幾於生肘；日月在上，葵敢忘於傾心。報德無階，惟忠與孝。臣無任。

奏狀

13 修神宗實録乞外任奏狀

伏念臣日者蒙恩待罪著作，討論史事，預聞聖朝大典，實以爲榮。而臣才不逮人，讀書有數，見聞淺陋，無助闕遺，黽勉素餐，已糜歲月。重以老母年垂七十，寢飯須人。朝請坐曹，義當夙夜。退則有虧子職，進則無補公家。敢申犬馬之情，仰望乾坤之造〔一〕。伏望聖慈，除臣一江淮合入差遣。問民疾苦，得以效於吏功；將母旨甘，或少裨於孝治。臣無任。

〔一〕仰望：《豫章先生遺文》卷四作「仰瀆」。

14　戎州辭免恩命奏狀

臣昨於元符三年五月，蒙恩自謫授涪州別駕，戎州安置，復宣義郎、監鄂州在城鹽税，并還所奪勳賜。以江水汎漲，不可下峽。至十月，又準告復臣奉議郎、簽書定國軍節度判官廳公事。臣以久客瘴地，抱疾累歲，年衰病侵。加以去年弟妹凋喪，幾至無生，十二月方得發戎州貶所。建中靖國元年三月至峽，又准告復臣朝奉郎、權知舒州事。至四月至荊南，又准尚書省劄子，已降告命，除臣吏部員外郎，乘遞馬發來赴闕。而臣到荊南，即苦癰疽發於背脇，痛毒二十餘日。今方少潰，氣力虛劣；重以累年腳氣，拜起艱難〔一〕，全不堪事。方陛下始初清明，萬國歸往，蕩滌瑕垢，登用賢俊。如臣材輕智短，罪棄之餘，誤蒙哀憐，洗滌驅策，實深遭逢徼幸、望雲就日之心。而臣天賦孤寒，百疾所攻，冒昧寵光，清議可畏。輒傾螻蟻之誠，上瀆天聽，欲乞免前件恩命，除臣江淮一合入差遣。假之數年，儻漸完復，尚堪黽勉，自誓糜捐。伏望聖慈特賜憫察，臣出於誠懇，别無希望。臣只在荆南聽候朝旨，謹録奏聞。謹奏。

臣所乞差遣，如太平州、無爲軍一處，實於私計爲便。自荆南至臣所居分寧縣不遠，臣已一面前去展省墳墓，即迴荆南，聽候朝旨。

〔一〕拜：原作「并」，據叢刊本改。

15 再辭免恩命奏狀

右，臣六月二十二日准尚書省劄子，奉聖旨不許辭免已除吏部之命。臣即時治行，有日上道。會臣亡弟所遺三男，因病連失二子，臣亦不勝哀惱。伏暑傷冷，併作羸疾，累日委頓，不可支持。已分寘于溝壑，幸得醫藥，稍復蘇醒。只今四體唯骨，都不堪事，度不三兩月，不得復常。不免以蚍蜉性命之情，再干冒天地生成之造〔一〕，乞除臣江湖一合入差遣，免於奔馳，或至顛越道上。重念臣與趙彦若、范祖禹三人同時得罪竄逐，二子已爲異物，不獲親見盛明。臣以惷愚，强顔猶在。伏蒙陛下湔祓收用，一歲四遷，臣非木石，實未知報稱之所，豈敢睥睨詔除，慢不恭命。恭惟陛下體堯蹈舜，光宅天下，不蔽之福，無疆之休，是以草芥賤臣，敢竭愚衷，昧冒再請。它日或有繁難任使，臣當刳心隕首，不愧初筮。謹具狀奏聞，伏望聖慈曲垂聽許。

臣前狀嘗乞太平州、無爲軍一處，非是沽激，實出至誠。此郡公事少，可以養疾；圭田厚，有補家貧。臣以兄弟流落六年，婚嫁多失時節，今日得此，於臣足以辦事。非特朝廷尚記姓名，臣不敢昧冒如此。

〔一〕天地：原無，據叢刊本補。

傳

16　董隱子傳

董隱子，隱於乞人，從人乞於南康市中。與酒無不飲，未嘗見其醉。連敗紙蔽後，前衣穿結，不周腹背。風雪，人挾纊戰栗，其面有孺子色。視衆人之所嚴如涕唾，人以世俗所重利要之，不滿一笑也。或祈嚮，願聞其方，則曰：「無能，乞爾。」無它言。皆玩人，然狂而不悖。高安劉格道純，晚得之，與爲禮，甚愿。爲置酒，解衣衣之，與言，或時語不狂。自道宿人，年三十六矣，熟視二十許人也。道純得疱瘡，如蓓蕾，潰肌膚，岑岑痛，晝夜生數十。隱子爲和齊，五日良已。異日，陰與方士約買藥煮丹砂，期未至，語不聞，侍旁。隱子又來飲，起握道純手曰：「冶金鑄銀，奔馬即死禍。」乞一榼酒，行歌而往，曰：「歸飲吾同舍。」明日遣人問安，留榼，語旁乞人去矣。數日，客見之於潯陽，猶寄聲别道純。不了其來之始，其去以庚申正月二十三日。

碑

17 全州盤石廟碑

盤石廟者，在州之西，乃故全州使君王侯廟也。王侯，故魏城人，而家開封，諱世行，字祖道。文武自將，得知已晚，用不盡其才，而威惠著於清湘者也。治平初，天子勵精聽斷，立考課法，進退州郡文武吏。於是全久不治，湖南安撫使吴中復、轉運使杜植、判官宋迪、提點刑獄楊寧奏言：路分都監文思副使王某，嘗任全州都巡檢。儂智高反邕管時，其歸師將犯桂州而北掠，以獠衆壓全境，吏民皆欲空壁出走。某調民城守，提兵阨灌陽，亦會官軍破賊。民至今以爲老幼不失業，王某之功，願擢守全州。天子從之。侯入境，全民驩呼迎道。侯之爲州，樂易明白，順民之欲，除其所惡，無動人耳目事，而州以大治。流逋四歸，樂生興事，邑居野處，皆不畏吏。問其父老：「王侯之善政云何？」對曰：「前時公廚以十數卒爲白望，漁奪於市；又以十數卒爲河巡，脇取行商，榷賣三渡，貧民或終日不得往來。開内外官邸，禁民無得私舍。盡奪鋪户鹽，以私牙吏。歲調民之封、貴、連、賀，取魚苗畜之官池。又採斑竹箭簳，以應使客之求。吾侯以律令從事，積年之弊，一日蠲除。我知此而已。」問其士大夫，對曰：「吾侯爲邦，勤民不倦，而其僚奉職；潔己無瑕，而其吏畏赇。治夫子廟，興民學；表孝子廬，興民行。治軍有犯無隱，聽訟立決無留。」侯之子獻可登進士第，民持酒相慶曰：「吾父宜有子也。」及侯卒於位，民罷市相弔曰：「天奪吾父乎！」初，民欲爲生祠，而侯不聽。殁而民作廟於西盤石寺隅，臨官道，歲十八祠之。由是而觀，王侯誠良吏，其享民烝嘗也宜。全之士民欲刻石頌侯功德，且願薦之聲歌，使子孫報事不忘，久不得其所託。後二十餘年，獻可以材擢西作坊使、知瀘州，乃遣吏走黔中，道全民之意。噫！循吏之無稱久矣。故樂道王侯之政，使來者有所矜式。又爲詩遺全民，以王侯記并刻之。王侯終文思副使、太原郡開國侯，今以子贈左中散大夫。王侯爲吏，所至多可稱述，弗著，著其所以有廟於清湘者。其詞曰：

清湘瀰浤兮上盤石，作侯寢廟兮宫室丹碧。事侯如生兮不以金帛，丘在全山兮侯安此宅。全山之下兮松柏蒼蒼，至于雲來兮日遠日忘。我民奉侯兮歲歲烝嘗，羔豚孔時兮魚有鯉魴。黄甘緑橘兮薦清酒，鼓坎坎兮吹參差〔一〕，侯愛我民兮乃下享之。風爲舟兮雲爲馬，嬉於川兮獵於野。千秋萬歲兮無棄此邦，爲來者師兮我民受嘏。

〔一〕兮：原無，據叢刊本補。

18 吏部侍郎魏公神道碑 代李尚書作

魏公諱瓘，字用之，三司使、尚書禮部侍郎、贈太尉諱羽之次子，贈兵部尚書諱遂之孫，贈禮部尚書諱昌之曾孫。章聖皇帝以太尉任計臣十有八年，有勞，擢試公以吏事。公幼少以風力聞，更中外任使，其治威嚴。請老去位，家居教子弟以所聞。壽七十有一，以禮始終。子繽等十有一人，奉公之喪，葬於壽春。以公初室下蔡縣君、繼室新安縣君兩刁氏祔焉。翰林侍讀學士張瓌唐公既銘其墓，吴興陳舜俞令舉又狀公躬行吏考，告於太史氏。其後若干年，公子綸以材擢守吉州，思似其先人，請作歌詩，刻于墓隧。謹按公之世出，授氏於畢萬，由漢兗州刺史衡以來，三十九傳至公，名士望人不絶史。公能不替引之，宜有金石勒無憾。某兩娶司農卿諱琰之女，司農於公，母弟也。惟公立朝，蒙天子識拔，更守十二州，五將使節，事實皆可紀，士大夫多傳之，故以婣亞道公之美而無嫌。其詩曰：

維鉅鹿侯，繇萬有魏。昭獻桓簡〔一〕，功利長世。文武開國，師用賢智。有興鄭公，貞觀同功。暮作司徒，繩其祖風。胡服變夏，衣冠南奔。太尉初筮，起歙婺源。陪臣仕主，有庸有勳。公守校書，未冠試吏。開封倉曹，初無避畏。象魏燒鐙，猝嗟視成。内侍少公，僚事擅征。公以書聞，論罪請懲。詔取付吏，府中大驚。公守循州，不夷拊之。除用人士，俾調養之。士不菽麥，令無賦之。恤刑邕桂，遂領轉輸。男女質没，蜑户口租。討免請糴，夷夏以蘇。淮蔡江湖，大河南北。無有遠邇，愛民恤國。少常金魚，持節番禺。吏宴姑息，民媮蒲魚。塹海新城，竇墉作渚。工十一萬，公私告臞。人言無戎，公迄奏功。還諫大夫，猶以誚公。蠻掠五管，盡鋭廣府。汲者負户，五旬不去。廣人堅壁，用奇走賊。謗者欽衽，天子歎息。侍郎工曹，學士集賢。還公廣州，予兵五千。公調兵食，佐王貔虎。望公旌旗，兒得父母。逃逋四歸，稟給惸嫠。部吏封冢，道無僵尸。公作京尹，政達巨室。子弟卧家，吏史不覿。

察獄色詞，取諸懷中。及其機秘，隙不容風。有嬰其芒，齒牙爲猾。飛語上聞，放越待察。訖無秋毫，奉公如家。天子休之，寵賜勞嗟。議塞商胡，道河六塔。是非分廷，詔公閱實。歸報不可，卒用初謀。捐二百萬，商湖北流。致師蠻荆，公議撫納。王師禦戎，不交曲直。奮其武功，禽獸獮之〔二〕。終以公策，迺子順來。廣府任土，荔子蔗霜。餘歸執政，修用歲常。有凶史沆，告公包賄。詔使按劾，以凶即罪。荆州澶滑，進官吏部。爲開南陽，持節安撫。歸節請老，杖藜角巾。婆娑壽陽，教子弄孫。八公巖巖，淮水繞宅。風聲鶴唳，燕御賓客。既壽而藏，可思不忘。脱身風波，委蜕於堂。公之宴私，左右書詩。温恭好賢，白首不衰。庖丁之刀，遇事恢恢。餘地不試，則有偶奇。嗚呼鉅鹿，誰之不如。同功一體，多執事樞。公窺其處，曾不容車。印章纍纍，天奪鬼瞰。啓予手足，公則無憾。楚望霍丘，其陰維淮。作公寢宫，無有壞隤。墓門有詩，來者詔之。在予後之人，其有能子，亦有能孫，聿修其似之。

〔一〕桓：原作「柏」，據叢刊本改。

〔二〕獮：原作「彌」，據叢刊本改。

宋黄文節公全集·正集卷第二十一

銘

1 洪州分寧縣藏書閣銘 并序

分寧縣有學，所從來遠矣。然邑子諸生，賴學以成就者少，挾書以遊四方者多。蓋在官者常曰：獄訟之不得其情，賦租之不登其時，簿書朱墨之不當其物，寇盗發而不輒得，是吾憂也。若勤學養士，二千石之任也。故廟學巋然，未嘗過而問焉。彼蓋不知，養士之源發於縣鄉，爲民父母，豈聽獄求盗之謂哉！今吾宰延平胡君器之之爲縣，左規而右矩，謹名而務實，教之用經，治之用律。其聽民不怠，其牧民不繁。豪吏斂手，困窮得職，然後盡心於學。乃舉其鄉先生與一經之師，位之以師友，而作興可學之民，弟子常溢百員。器之率其僚，潔牲酒豆籩，釋奠春秋，諸生陞降成文。耆老歎息，則合謀曰：「群居講學，常病無書。今令君不鄙我民，使得燕居以勤己事，甚大惠也。惟是公家力不能者，吾儕其勸成之。」於是學有職及諳生之父兄皆自勸，市書以給諸生之求。且爲出入之不嚴，不可以保存，暴涼之不時，不可以持久，又相勸作書閣，并祭器而藏之。閣成，謁諸令君。令君乃以元祐八年夏五月丁丑，釋菜於先聖之廟而告成焉。諸生則以告黄庭堅，而請銘之。於是有問者曰：「郡有學，朝廷爲之擇師，教事備矣。縣不興學，亦病者乎？」庭堅曰：「是不然。今夫浮屠之舍，非傳先王之道也，而所居如林。其墮隳不守，凡有官之君子，必左右經營，復之而後已。闤市之征，先王以禁利末，其開塞有權，今則徒會其入，百人之聚，有網漏一金之利，必請而張官置吏焉。夫士不可一日而無學，民不可一日而無教。至於興學聚書，則雖萬室之邑，以爲非職之憂者，何哉？此可謂有爲民父母之心，知發政之先後之序者乎？」諸生曰：「信如子之言，請并書以詔後之人。」則序而爲銘曰：

凡治有條，如機於紡〔一〕。經經緯緯，積寸成兩。菅蒯之手，簡功於紐〔二〕。可席可履，不能以守〔三〕。昔此廟學，終歲蓬艾。聖師所居，風雨無蓋。今誦聖言，皆有夏屋。爰及方册，宇以華閣。華閣渠渠，言行之林。聿求古今，自觀德心。咨爾諸生，永懷兹道。勿嬉勿驚，以迪有造。得意自己，書不盡言。如御琴瑟，聽於無絃。幕皁几几，吴味楚尾。其下修水，行六百里。山川之靈，鬱秀於民。世得材用，我培其根。勒銘頌成，式告爾後。

無或隳之，永庇俎豆。

〔一〕於紡：叢刊本及《皇朝文鑑》卷七三作「有綜」。

〔二〕紐：叢刊本作「幼」；《皇朝文鑑》作「紉」。

〔三〕守：叢刊本及《皇朝文鑑》作「寒」。

2 分寧縣三堂銘 求瘼、民肥、靖共。

茂宰蕭公，來拊我民。自初訖兹，惠政日新。父母慈之，知其苦樂。吏瘦民肥，猶求其瘼。靖共在堂，敬畏在庭。賓禮士子，有渭有涇。我銘三堂，式頌式勸。繼蕭公者，無墜斯憲。

3 洪州武寧縣東軒銘 并序

温陵吕晉夫爲武寧縣，其轡勒足以御吏，其俎豆足以和民。以其身爲綱，以其僚爲紀。其有所急也，民以爲義；其有所漏也，民以爲仁。於其歲豐民閒，新作東軒，以告豫章黄庭堅曰：「以此聽民，非以勤民也。」予觀今之爲吏，訖三年則解體不治，民亦厭之。今吕侯不得代，踰四歲矣，而勤民如始至之日。民亦安樂之，唯恐其去也。故銘以勸來者。

呂侯爲邦，如匠規矩。除治燕處，不即歌舞。於以近之，問民疾苦。里無追胥，抱孫買鉏。吏無重糈，其虎爲鼠。我班王春，民在東皋。于耜于餉，勸其作勞。亟其耘耔，無慢于敖。役乃暇日，于茅索綯。桃李兑矣，松竹包矣。知我民稼，雨澤時矣。萬物芸芸，自本自根。於其並作，我觀其復。富貴遊雲，荷戈而逐。呂侯燕處，不棘其欲。東軒高明，有突有榮。以納日月，以陳鼓笙。侯在東軒，左經右律。燕及其僚，射侯酒食。咨爾後來，式鑒斯今。無以豆觴，費民寸陰。

4 楊大年研銘

公無恙時，於此翰墨。其作也，萬物受澤；其不作也，群公動色。至於破塵出經，萬物昭明。人言楊公不如石之壽，我謂石朽而公不朽。

5 晉州州學齋堂銘 有序 十六首

甥洪駒父主晉州學，作齋堂諸名來乞銘。予老病，不復能文，各作數語，以勸學云。

駕説堂

仲尼之駕説矣，兹儒將復駕其所説乎！元元本本，大道甚夷。毋以曲學，誘諸子於亡羊之歧！

樂泮堂

思樂泮水，仁義之海。見賢思齊，聞過則改。

典學堂

立則參於前，坐則布於席。樂則詔於鐘鼓，宴則列於飲食。誰能出不由户，而不終始典於學？

見堯堂

立則見堯於堂，寐則見堯於夢。道其常而因物之自然，是堯之日用。

稽古齋

學之求於先王，我占四方。維天有斗，執先王之道，以御今之有，是謂古人不朽。

緝熙齋

緝者絲治，熙者火治。維心之本光，作而攸遠高明。蓋養之以浩然之氣，學之有緝熙，聖功也哉！

渴日齋

學未竟，日西入。明追今，終弗及。

時述齋

禹初撫功，洪水滔國。作十三載，民降丘宅。君子觀於蟻，而知學之可積。

敬業齋

慢遊者日失一日，敬業者不速而疾。

尚友齋

今之君子，吾既與偕。昔者吾友，舜何人哉！

切偲齋

思而不學，無所於覺，故謂之殆。學而不思，萑葦不治，故謂之罔。切切偲偲，相勸以兩。

游藝齋

色荒者使人蹻蹻，酒荒者使人漠漠。游於六藝之林，是謂名教之樂。

知困齋

知之曰知之，不知曰不知，雖聖人亦若是。其知者有輕千里而學之，其不知者有輕千里而告之。

優仕齋

君子無一日不學也。豈惟日哉，無一時不學也。豈惟時哉，無須臾不學也。學哉身哉，身哉學哉！

浮筠亭

豐肌秀骨，先後輩出，何其孺子也！解褓樂群，不舍晝夜，何其學士也！壯節臞躬，不知歲寒，何其丈夫也！

君子亭

君子藏器，待時盤桓。於不中也，反身自觀。

6 李元中難禪閣銘 并序

龍眠道人李元中，爲宜春決曹掾〔一〕，盡心於犴獄，忠信慈惠於百度。訟者伏辜而即罪，如罪在己。治罪之器，人服而病焉，如傷在己。卹其寒饑苛蛘〔二〕，加以保惠教誨，使宥者涣然而悔，杖者自今而悔，流者在塗而悔，死者方來而悔。孔子曰：「子産，衆人之母也。」而書言不盡其行事，未知其能若是乎？獄事既飭，於是築閣以退聽，已無憾而後安禪，而乞名於其友山谷道人。山谷曰：「菩薩久習勝妙禪定，於諸三昧心得自在，哀閔衆生，欲令成熟，捨第一禪樂而生欲界，是名菩薩難禪，可名曰難禪閣。」龍眠曰：「若是則吾豈敢，敢不勉焉，請爲我銘之。」山谷曰：「勸己以不倦，勸同事以不倦，勸萬物以不倦，故曰難爾，夫禪又何難？」銘曰：

正念現前，常樂我禪，於法不難。生死險地，施物無畏，於法不易。能易能難，則無難易。俎豆鴆毒，使令虎兕。蜕乎其無功，澹乎其無味。至道之極不出於聖人，萬物之祖不歸於天。後百世而見堯舜，忘義忘年〔三〕。不動不禪，坐無生禪。

〔一〕宣春：原作「宣春」，據叢刊本改。

〔二〕饑：原作「肌」，據叢刊本改。

〔三〕義：原校：「義一作人。」

7 洪龜父清非齋銘

是是非非，智者之别。是謂是，非謂非，直者之發。其别也以成自，其發也以成他。吝其非而不改，惟自屈也。大人能格君心之非，是心術也。方寸之間，與萬物爲市。掃除不涓，照用則噎。日清其非，虚室晰晰。

8 洪駒父壁陰齋銘

甥洪芻駒父，仕爲黄之酒正。勤其官，不素食矣，又能愛其餘日以私於學，名其所居曰壁陰齋。予内喜之，曰：「在官而可以行其私也，惟學而已矣。」爲之作銘。

惟道集虚，觀我鏡中。年耆典學，考道則窮。潛聖語道，朝聞夕死。調高不和，千世一士。觴豆舞歌，不愛其光。孰能劬書，自憂面牆。挾書呻吟，白駒過隙。我以道儈，何直尺璧。古者寸陰，不易千乘之國。得道之根，則有枝葉。務華絶根，安事煒煒。濶日者揠苗，罪歲者不芸芋〔一〕。勿亟勿遲，能時者謂之君子。

〔一〕芋：原作「茅」，據叢刊本改。

9 洪玉父照曠齋銘

萬物一家，本無疏親。小智彼我，與鄰斷斷。聞是法音，不懼不惑。乃可與之，方轂道域。至道無域，門户唯空。無物可欲，萬竅自風。乃即萬物，親疏異同。冬裘夏葛，渴汲飢舂。父慈子孝，兄友弟恭。占筮筮吉，卜龜龜從。子是之學，擴而心量。遠之大之，是謂照曠。

10 李商老殖齋銘

以心爲田，我耒耜之。慈祥弟友，種而茂之。忠信不貪，苗而立之。敦厚敬恭，水而耰之。師友琢磨，耔而薅之。先王遺書，又時雨之。仁義有年，左右取之。相彼寒窶，我則與之〔一〕。奉以饗帝，神其吐之。

〔一〕與：原作「以」，據叢刊本改。

11 王子舟所性齋銘

道行不加，窮處不病，此之謂性。由思入睿，由睿入覺，此之謂學。性則聖質，學則聖功。謂予不能，倒戈自攻。天下求師，四海取友。道立德尊，宗吾性有。

12 鮮自源廣心齋銘〔一〕

細德險微，憎愛彼我。君子廣心，無物不可。心不運寸，中積瑣瑣。得失戚戚，忿欲生火。然鑪傾側，焚我中和。沃以遠大，井泉無波。天下爲量，萬物一家。前聖後聖，惠我光華。

〔一〕此篇又見《永樂大典》卷二五三七引《宋蘇東坡文集》及明萬曆間茅維所刊《蘇東坡全集》卷一九。按山谷《正集》源出黄庭堅手編之内篇，則此銘似應爲庭堅所作。

13 鮮自源貴稀亭銘

閬州城南，天下稀有。此金石句，聞諸杜叟。鮮子築屋，與山相賓。知味者稀，以自貴珍。貴者欲得，良貴名立。非得非名，至貴無級。

14 王良翰行菴銘

翦椶作菴，駕以人肩。利用行遠，琴几後前。衲子師之，行坐俱禪。涉江東西，浸湖南北。視之菴也，行遠有足。器成便人，用之日新。創物之智，艾王君申。

15 洪鴻父儵然堂銘

詩書環列，竹石陰岑。有無書子，自鈎其深。彀士挽弓，會予心術。敲樸問盜，慈惠哀恤。自公鞅掌，退食静淵。東窗置榻，蟬蜕儵然。

16 正平堂銘

畏首畏尾，不自尊己。牽於勢，刑於利。虐鰥寡以奉高明，是謂不平。忠不足而詐有餘，躬不行而責從令，是謂不正。夫平者如執權衡，以司重輕，如天四時，不言自行。夫正者渴飲而飢食，冬裘而夏葛，喜怒予奪，由己而不由物，故行天下而不屈。靈龜負圖，告人凶吉。刳腸在前，中黑如漆。楊子耄老〔一〕，思配甯、蘧。涪翁爲名，周旋其樞。

〔一〕老：原作「思」，據叢刊本改。

17 養浩堂銘

心者氣之君，氣者心之將。君之所慎，將應如響。心淵如淵，氣得其養。夫惟氣之爲物，憂則焦然，怒則勃然，羞則懟然，懼則瞿然，勞則癉然，飢則悴然，酌其有餘不足而用其中，爾乃浩然。而浩然之主人，風義凜凜。白髮在堂，鷄鳴在寢。弟兄雁行，肴饍歡飲。三子承學，皆有英稟。穆如清風，松竹交蔭。富貴浮雲，公但高枕。

18 養源堂銘

李子作堂，歐陽子名曰養源，以成其福禄。不知其源及所以養，而問諸山谷。山谷曰：「江出汶山，其才濫觴，其浸荆楚，匪舟不航，非以有源而受下流多故邪？行潦之委，盈溝溢壑，少焉雨止，立觀其涸。故曰：必清其源，源清則流潔；必深其源，源深則流長。是故有令德者，百世不忘。」李子進曰：「若夫其源，既得聞命矣，敢問所以養之何如？」山谷曰：「智及一年，則知藝穀〔一〕；智及十年，則知藝木。持百年而不知藝人，智不保其身，况其子孫？欲其源清且深，其人其人。」

〔一〕「智及一年則知藝穀」一句原脱，據叢刊本補。

19 靈龜泉銘

發皖口而西四十里，泉淙淙行山徑亂石間。謂其來甚遠，乃不能三里，裂石而發源。坎甃清徹，魚蝦輩游見其中。頂有大石，如龜引氣，出源上。酌泉飲之，愛其甘。問泉上之人，曰：是不知水旱，下而爲田〔一〕，其溉種五百斛。於是原德媿形，命曰靈龜泉而銘之。

雲涔涔兮山木造天，亂石卻走兮扶屋椽。有龜闖首兮足尾伏匿，閱遊者兮不知年。鍾一德兮養靈根，漱石齒兮吐寒泉。中深可以濯纓，下流可以濯足。挹旒兮未病多，瓶罌不休其汝覆。雖不能火而兆兮，吉凶不欺唯汝卜。

〔一〕田：原作「雨」，據叢刊本改。

20 明月泉銘

明月堂，洌甘井。材旨酒，利用銘。於谷簾，實季孟。賞音誰，徐望聖。

21 玉泉銘

玉泉坎坎，來自重險。發源無漸，龍窟琬琰。我行峽中，初酌蛙頷。逌嘗百泉，無與比甘。山僧拙戇，煮瓶羹糝。我以瀹茗，泉味不揜。行爲白蛇，止爲方鑑〔一〕。矢其明德，以勒蒼厂〔二〕。

〔二〕方：原作「萬」，據叢刊本改。

〔三〕厂：原作「廣」，據叢刊本改。原注：「音剡，因巖爲屋也。」

22 癭尊銘

癭尊，庭堅得之舅李公擇，以獻仲父聖謨。仲父懷寶不沽，晚受福於巖壑，鉤深而望遠，得意而忘歸，載酒乞言，賓客從之。此尊魁磊譎詭，得竘匠而成器也晚。其所容盛，足以宴山川之暇日。仲父撫尊曰：「斯其以惡駭俗，汝爲我銘以曉客。」庭堅曰：

甕盎遺老，宿瘤三逐。說桓佐宣，名顯齊國。相士實難，執柯其則。臃腫樛句，不受繩墨。斲爲雷尊，於酒爲德。君子提攜，與椐同壽。子子孫孫，勿替用酒。

23 張益老十二琴銘〔一〕名損，字益老。

澗泉

震陵孤桐下陽岑，音如澗泉鳴深林。二聖元祐歲丁卯，器而名之張益老。

香林八節

河渭之水多土，其聲厚以沈。江漢之水多石，其聲清而不深。香林八節，是謂天地之中、山水之音。

號鐘

薄則播，厚則石，侈則筰〔二〕，弇則鬱，長甬則震。無此五疾，則鳴而中律，是謂號鐘之實。

玉磬

其清越以長者，玉也；聽萬物之秋聲者，磬也。室如是中，藜藿不再食。以是樂飢，不以告羅。

松風

忽乎青萍之末而生有〔三〕，極於萬竅號怒而實無。夫其蕩枝播葉，賈其實而脱其枯。風鳴松邪？松鳴風乎？

媧簧

鍊石補天之手，截匏比竹之音。雖不可得，吾知古之猶今。木聲犂然，當於人心。非參寥者，孰鉤其深！

南風

聲歌《南風》舜作則，欲報父母天罔極。

舞胎仙

琴心三疊舞胎仙，肉飛不到夢所傳。白鶴歸來見曾玄，壟頭松風入朱絃。

秋思

秋風度而草木先驚，感秋者弦直而志不平。攬變衰之色，爲可憐之聲。不戰者善將，傷手者代匠。悲莫悲於湘濱，樂莫樂於濠上。

漁榐〔四〕

襏襫夫須，蕭然於萬物之表；槁項黄馘，闖然於一葦之杭。與鷗鸕而物化，發山水之天光。驚潛鱗而出聽，是謂漁榐。

九井璜

鈎魚而得九井之璜，辟紂而遇六州之王。堙沈乎射鮒之谷，委蛇乎鳴鳳之堂。其音不爽，維其德之常。

天球

天球至音，不以人力。作者七人，傳以華國。有蔚者桐，僵於下陽之霆。奏刀而玉質，成器而金聲。山川畀之邪，其天性之邪？

〔一〕按此十二琴銘另見《蘇東坡全集》卷一九，文字小異。

〔二〕笮：叢刊本作「咋」。

〔三〕忽：原作「悤」，據叢刊本改。

〔四〕根：原作「根」，據叢刊本改。

24 虎胎冠銘 并序

積中弟惠虎胎冠，未出包殻，文章炳然。嘯谷風，弭百獸，不旋日矣。取而加於元服，所以昭示尚文。老夫得之，竊懼「維鵜」之刺，故作銘以自解。

漆園老，書作聖。冠臯比，文質稱。吾衰矣，文不昭。服斑然，作虎羞。深衣幅巾九節竹，尚與斯文嘯空谷。

25 洪龜父深衣帶銘

貧不能畏，賤不能憂〔一〕。以身行道，如水於舟。

〔一〕「貧不」二句：原校：「一云居貧不恥，處賤不憂。」

26 洪駒父深衣帶銘〔一〕

務華絶根自斧斤，處厚居實萬事畢。

〔一〕駒父：原作「龜父」，據叢刊本改。

27 潘子真深衣帶銘

在車在寢，風雨顛沛。有其忘之，道不人外。

28 王子鈞深衣帶銘

養心欲誠，擇術欲精。自知欲明，責人欲輕。

29 孫知微畫玩珠龍銘

目精不逃，薩埵降魔相也。肉怒鬱倔，排雲天而上也。垂胡耽耽，玩夜光也。跳波突漩，大物所推盪也。偉哉太古，筆神智匠也。銘之者誰，山谷放浪也。櫝藏者誰，成都大聖慈寺圜通和尚也。

30 頣菴銘 并序

雲巖老法清，結草菴於古木間，直溪東旋陽峰。山光清明，一塵無間。河東柳敬叔名之曰頣菴，雙井黄庭堅予之銘。

藏山於澤而非止，天下雷行而非動。自我觀頣，爲吾大用。口則挂壁，補飢瘡則食〔一〕。執《頣》之樞，何慎何節。

〔一〕補飢瘡則食：原校：「一本無瘡字，補作哺。」

31 跨牛菴銘 并序

吉州太和縣普覺禪院，其東北皆修竹，長老楚金開息軒於竹間。予作縣時嘗謂金：「爲我結草菴於竹北。」金方經營經藏未暇也。他日菴成，予已去。金知予隨食於四方，不能有是菴也，則自名曰「跨牛」，而乞予銘。金蓋學牧牛於鄧峰永，永學牧牛於黄蘗南。南無牛，來者穿鼻焉。永，牧牛者也，然其牧不勤，其牛不煩。金之牛純白矣，跨而不敢下，恐其蹊人之田。予之與佛者游，觀蹊田之牛，其角觸觸，如金之能自牧者蓋寡矣。作銘。

唯水牯牛，頭角堂堂。以作意力，偏行道場。舉頭看月，終不觀指〔一〕。浮鼻渡河，蹴蹋源底。三界爲田，衆生爲稻。由我深耕，世無寸草。我跨此牛，無繩與鞭。要下即下，馬後驢前。

〔一〕指：原作「鉊」，原校：「一作指。」叢刊本作「指」。按「鉊」字失韻，據改。

32 蓮花巖銘

自古在昔，雷雨電擊。天開八石，青蓮趺鄂〔一〕。中有巖壁，牀敷宴息。大士密蹟，置鉢倚錫。蚖虺避宅，虎豹服役。行人護戒，如龜藏六，以戒爲甲。如蓮生泥，不染香色，維巖居無逸〔二〕。

〔一〕趺：原作「跌」，據叢刊本改。

〔三〕無逸：叢刊本作「無斁」。

33 三峽橋銘

二山劍立，瀧落天路。北垂康王之簾，南曳開先之布。銀潢傾瀉，起蟄千雷。斲山爲梁，無有壞隤。驪龍守珠，不可鈎罩。式告遊者，登危思孝。

34 默堂銘

聞道之度，或默或語。書而不信，以默自許。

35 墨軒銘

賢問墨説，煙出松節。不如此説，即波旬説。

36 戎州舍利塔銘

維我戎州，治漢僰道。鉤帶二江，撫有蠻獠。王德無外，來享疏犒。在邊文武，卧鼓弗考。維時父老，崇佛宮廟。道人在純，法中杜多。捨所懷璧，嚴窣堵波。寶積佛之舍利羅，五色生息；僧伽師之骨身，匪玉匪石。大善知識，功德之餘，用福蠻方。三災不作，百縠有年，上天降康。歲攝提格，元符天子，萬壽無疆。涪翁作頌，不顯其光，以詔方將。此第七級，不爰衆力，檀者陳防。吠琉璃鉼，白金爲牆，施者周章。

37 無等院生臺銘

呵利底母衆，以血食爲命。探懷取嬰兒，而其父母愁痛。如來慈威力，爲開甘露門。乃救清凈衆，受食施己分。稱頌五如來，及佛金口敕。粒粒徧十方，施衆生飽滿。彼呵利眷屬，化形來受供。若有彈射者，死墮畜生道。若彼慳貪心，謂少不飽衆。是人違佛敕，死入餓鬼道。司馬竦、旦、泰〔一〕，母夫人白氏，琢石作生臺。以施無量故，獲福亦無量。

〔一〕原注：「竦、旦、泰，司馬氏三子名。」

38 法雲寺金剛像銘

善才訪道海絶處，鑄金莊嚴萬物睹。道人公麟規範土，梟氏翟用司火度。在元祐元秋白露，檀越張侯、冀公主，法雲秀公第一祖。

39 法雲寺水頭鑊銘

圓通師，大蘭若。冀公主，捨脂澤，無量鑊〔一〕。慈悲杓，來者酌。聞尚檀，從智作。

〔一〕鑊：原作「護」，據叢刊本改。

40 研銘三首

其堅也，可以當謗者之鑠金。其重也，可以壓險者之累卵。其温也，可以消非意之横逆。其圓也，可以行立心之直方。如是則研爲予師，亦爲予友。善誘在前，良規在後。精則入神，勤則見功。堅如是，重如是，乃能時中。固窮在道，涉世在逢。

41 又

制作淳古，可使巧者拙，夸者節。性質温潤，可使躁者静，戾者聽。觀棐几而見研，忘其一室之懸磬〔一〕。

〔一〕忘其：原校：「一本無其字。」

42 又

温而栗，重不泄。不爲礪砥爲翰墨，守不假人永終吉。

43 周元翁研銘

刳其中，以有容。實其踵，以自重。綈衣漆室，盥濯置用〔一〕。風檽垢面，蛛網錯綜。遊於物之儻然，吾與爾同夢。

〔一〕置：叢刊本作「致」。

44 晁以道研銘

惟矩也有隅，惟深也有瀦，策勳於六書。惟重也不反不側，惟温也文明之澤，君子以媲德。石在臨洮，其所從來遠矣。毁璞而求之，成圓器者鮮矣。藏器待時，勿亟勿遲。毋抵毋墜，毋盜之誨。

45 任叔儉研銘

縝栗密緻，其宜墨而不敗筆也。叩之鏗爾，手之所及，如雲生礎，其有玉德也。礱而不琱〔一〕，美其質也。生石之淵，中正砦之鑾溪，峨眉之别也〔二〕。得而器之，任廣叔儉，丹稜之傑也。相而銘之，山谷老子，豫章之枏也。

〔一〕琱：原作「二」，據叢刊本改。

〔二〕峨眉：原作「蛾眉」，據叢刊本改。

46 任從簡鏡研銘

任君宗易從簡，以官守不能至僰，而屬余同年生賀慶孫之子成章，持烏石研屏來，乞余銘其鏡研。余没其研屏以爲研，而與之銘，而使復求烏石以爲屏。烏石，研材，視萬州之金崖、中正砦之鑾溪，兄弟也，而白眉耳〔一〕。

瀘川之桂林，有石黟黑。瀘川之人不能有，而富義有之。以爲研，則宜筆而受墨。唐安任君從簡之研，面爲鏡而背三足，形駭天下。若山林不若，而不得訪諸禹也。松煤泛之，若玄雲之過魄月而竚也。筆胥疏其上，則吾宫中之兔也。握筆之指爬沙，若蛙欲食月，不能而又吐也。

〔二〕此序叢刊本作跋尾。

47 鮮自源研銘

刳心以爲地，寬而不吝。時墨而不瀦，以爲日新。其寬也，似道坦坦；其日新也，用而不瘡。

48 歐陽元老研銘

其堅也，似立義不易；其潤也，似飲人以德。叩之鏗然，如玉如金。歐陽元老，笙磬同音。

49 王子與研銘

温潤而澤，故不敗筆。縝密以栗，故不涸墨。明窗浄几，宴坐終日，觀其懷文而抱質。

50 檀敦禮研銘

用爲砧，不可以調杵檮衣；用爲鼓，不可以退盗搴旗。用爲鏡，不可以鑒美惡；用爲礅，不可以御賓客。檀公三十六策，戎匠鑱石。刓其四封，以爲管城之國。旁陳玉斗，挹水以和墨。時渴而飲之，給出不竭。礪筆礲墨，宜日書紙。涪翁勒銘，有告無止。

51 王子飛研銘

厚而静似仁，剛而温似德。不反不側，似宜翰墨。

52 鄭佽相研銘

韜兮虚其心，籠古而絡今。維子翰墨林，坦兮實其踵。不震不竦，其承不覂〔一〕。角浪沄沄，不瑕其温。圜以行世，不規其盆。

〔一〕覂：原注：「音捧。」

53 李伯牖女子研銘

既非牛渚望夫之石，又非上虞幼婦之碑。琢爲海昏節婦之硯，堅潤而含風漪。其以付伯牖之孤女，他日或能衛夫人之筆札，曹大家之文詞。

54 江氏芝木銘 爲江懋相作

江望陳留，漢轑侯德。七祖兆於圉南〔一〕，七祖竁於圉北。起居之阡，既有拱木。歲行三十一舍，喪客土者二十有六。宗子有孝子，使客歸其宅。爰發其祥，緗芝紫莖。凡圉南北，孝思作則。

〔一〕圉：原作「圜」，據叢刊本改。以下同。

宋黄文節公全集·正集卷第二十二

贊

1 江氏家藏仁宗皇帝墨蹟贊

昭陵仁聖，與天同功。不刻不雕，萬國文明。日月照臨，無有隱側。一滴之雨，澤及萬物。簡言易從，易言易知。皇祖有訓，信如四時〔一〕。雷聲不作，天地淵默。遺黎懷仁，霣泣翰墨。

〔一〕信：叢刊本作「下」。

2 錢忠懿王畫像贊

文武忠懿，堂堂如春。中有欂里，不以示人。雷行八區，震驚聽聞。提十五州，共爲帝民。送君者自崖而反，以安樂其子孫。九萬里則風斯在下，眇大物而成仁。

3 王元之真贊

天錫王公，佐我太宗。學問文章，致於匪躬。四方來庭，上稍宴衎。公含瓦石，責君堯舜。采芝商山〔一〕，以切直去。惟是文章，許以獨步。白髮還朝，泣思軒轅。鷄犬猛鼎，群飛上天。真宗好文，且大用公。太阿出柙，公挺其鋒。龍怒鱗逆，在廷岌岌。萬物並流，砥柱中立。古之遺直，叔向以之。嗚呼王公，其尚似之。

〔一〕商山：叢刊本作「商洛」。

4 東坡先生真贊三首

子瞻堂堂，出於峨眉，司馬班揚〔一〕。金馬石渠〔二〕，閱士如牆。上前論事，釋之馮唐。言語以爲階，而投諸雲夢之黄。東坡之酒，赤壁之簫〔三〕，嬉笑怒罵，皆成文章。解羈而歸，紫微玉堂。子瞻之德未變於初爾，而名之曰元祐之黨，放之珠厓儋耳。方其金馬石渠，不自知其東坡赤壁也。及其東坡赤壁，不自意其紫微玉堂也。及其紫微玉堂，不自知其珠厓儋耳也。九州四海，知有東坡。東坡歸矣，民笑且歌〔四〕。一日不朝，其間容戈。至其一丘一壑，則無如此道人何。

其二

岌岌堂堂，如山如河。其愛之也，引之上西掖鑾坡。是亦一東坡，非亦一東坡。槁項黄馘，觸時干戈。其惡之也，投之於鯤鯨之波。是亦一東坡，非亦一東坡。計東坡之在天下，如太倉之一稊米；至於臨大節而不可奪，則與天地相終始。

其三

眉目雲開月静，文章豹蔚虎炳。逢世愛憎怡怡，五朝公忠炯炯〔五〕。

〔一〕班揚：原校：「一作嚴揚。」

〔二〕金馬：原校：「一作金門。」

〔三〕簫：叢刊本作「笛」。

〔四〕原注：「一本有：義形於色，爲國山河。」

〔五〕五：原校：「一作立。」叢刊本作「立」。

5 寫真自贊五首

余往歲登山臨水，未嘗不諷詠王摩詰輞川別業之篇，想見其人，如與並世。故元豐間作「能詩王右轄」之句，以嘉素寫寄舒城李伯時，求作右丞像。此時與伯時未相識，而伯時所作摩詰，偶似不肖，但多髯爾。今觀秦少章所蓄畫像，甚類而瘦，豈山澤之儒，故應臞哉？少章因請余自贊。贊曰：

飲不過一瓢，食不過一簞，田夫亦不改其樂，而夫子不謂之能賢，何也？顏淵當首出萬物，而奉以四海九州，而享之若是，故曰「人不堪其憂」。若余之於山澤，魚在深藻，鹿得豐草。伊其野性則然，蓋非抱沈陸之屈，懷迷邦之寶。既不能詩成無色之畫，畫出無聲之詩，又自首而不聞道，則奚取於似摩詰爲！若乃登山臨水，喜見清揚，豈以優孟爲孫叔敖，虎賁似蔡中郎者耶！

其二

吏能精密，里行媚卹，則不如兄元明，而無元明憂疑萬事之弊。斟酌世故，銓品人物，則不如其弟知命，而無知命强項好勝之累。蓋元明以寡過，而知命以敖世。如魯直者，欲寡過而未能，以敖世則不敢。自江南乘一虛舟，又安知乘流之與遇坎者哉！

其三

或問魯直：「似不似汝〔一〕？」似與不似，是何等語？前乎魯直，若甲若乙，不可勝紀；後乎魯直，若甲若乙，不可勝紀。此一時也，則魯直而已矣。一以我爲牛，予因以渡河，而徹源底；一以我爲馬，予因以日千里計。魯直之在萬化，何翅太倉之一稊米。吏能不如趙、張、三王，文章不如司馬、班、揚。頎頎以富貴酖毒，而酖毒不能入其城府；投之以世故豺虎，而豺虎無所措其爪角。則於數子，有一日之長。

其四

道是魯直亦得，道不是魯直亦得。是與不是且置，且道唤那箇作魯直。若要斬截一句，藏頭白，海頭黑。

其五

似僧有髮，似俗無塵。作夢中夢，見身外身。

〔一〕汝：原無，據叢刊本補。

6 張大同寫予真請自贊

秀眉廣宇，不如魯山。槁項黄馘，不如漆園。韜光匿名，將在雙井；談玄説妙，熱謾兩川。枯木突兀，死灰不然。虚舟迕物〔一〕，成百漏船。

[二] 迕：原作「送」，據叢刊本改。

7 張子謙寫予真請自贊

見人金玉滿堂而不貪，看人鳳閣鸞臺而不妬。自疑是南岳懶瓚師，人言是前身黄叔度。

8 故僰道廖君畫像贊 并序

廖君翰，字仲良。治生有猗頓之材，知子有朱公之智。初居郁鄏[一]，而遷於僰道，推郁鄏之田以業其兄。買山於夷户，即其人以耕稼，不征其財力[二]。數年，遂役屬數百家，而富以十倍。乃大治産居，延儒學以爲子師，禮游士以爲子友。命子琮爲進士，遂登嘉祐二年進士第，戎人仕於朝，自琮始。君年三十，以郡吏與夷戰於馬鳴溪。敗績，自没水中，流數里，或獲以舟[三]，得不死。後五十年而爲士大夫家，有家法，居戎州第一。君壽七十九而終，里人愛之，故有畫像於壽昌院。後三十年，琮以承議郎致仕家居，贈君某官。思配前人之德，乃新畫像之室，而請余爲之贊。

廖君僕遬，卒享五福。其艱其勤，天畀戩穀。治生之材，可以治邦。知子之智，可以使能。耋老於鄉，以福孫曾。在爾後人，思其艱勤。思其好賢，維衣食之源。瞻像思孝，勿墮其教。

〔一〕郁鄏：原作「郁鄏」，據《漢書》卷二八《地理志下》改。下文同。

〔二〕「不征」上原有小字注「缺」。按叢刊本不缺。

〔三〕獲：原作「護」，據叢刊本改。

9 故江陽楊君畫像贊 并序

楊君存道，累世以儒學知名。薦於鄉，乃登治平四年進士第，於予爲同年進士。其爲人孝弟慈祥，其文學鄉先生以爲可宗，其爲吏不愧古之長民者。不幸年四十九而卒。其葬也，予爲贊其畫像，以教其鄉縣之子弟云。存道諱從，居江陽久矣，莫知其所從遷也。贊曰：

顯允臨邛，吏師文宗，能者述之。德宇恢恢，疏而不失，有物實之。於義當然，確乎不奪，强者屈之。愛民如子，曰予用威，誰其卹之。圖像如生，雖不能言，誰敢忽之。其事在人，歲月其逝，勿墜失之。後有南董，詢事考言，尚其筆之。

10 故陳氏畫像贊

女歸能婦，義止宜家。誰其向道，探深見遐。入古人室，立妙法句。自履實地，告人悟處。忽爾心疾，累歲狂癡。爲忘我難，使人厭之。迨其解化，莊語告戒。堂堂夫人，凌鄭同派。

11 喬令真贊

抱璞而居，其誰别玉。喬君不獻，自尊兩足。窺其獄户，視其邑庭。吏無重糈，民有頌聲。提平如砥，持廉如水。觀其中公清有餘，相其貌固凡人耳。

12 文勛真贊

榮如辱如，誰喪誰得？萃如嗟如，不見聲色。爲吏不殘，去其敗群。好賢喜士，黽勉而勤。子克家，吾税駕。舍几而寢，漠然即化。眉目在圖，慰爾時思。藹然粹温，似無恙時。

13 李沖元真贊

治百煉之金〔一〕，而中黄鐘之宫；琢無瑕之玉，而成夜光之璧。可用饗帝，可用活國。師曠不世而無聞，韞櫝藏之而無悶。士亦何得於山林，無勛而蓋穀也故肥遯〔二〕。

〔一〕治：原作「冶」，據叢刊本改。

〔二〕無：原作「元」，據叢刊本改。

14 宋喬年真贊

士之坎壈，以其智多。因坎壈以爲師，用其多以見己。相遭於功名之會，圖像麒麟；獨行於寂寞之濱，照影溪壑。大者四時爾，小者風雨爾，豈真我哉！

15 宋宗儒真贊

宋子勃窣，心有古鏡。朝四暮三，爲笑不競。放一捻一，猶著禪病。探丸起死，味藥知性。憂患不入乎杯中，抱胡琴而風聽。若乃脱冠袒裼，捫蝨應客。目如愁胡，拊髀而呼。是必追橡栗於雲杪，探水月於江湖，然後快於心與！

16 陶兀居士贊

眉山吴元祥，得意於酒，與世相忘者。史應之贊之曰：「兀兀陶陶，陶陶兀兀。是醒是醉，布衣簪紱。」涪翁乃名之陶兀居士，而增贊之。

兀兀陶陶，借書借不得。陶陶兀兀，問字問不得。是醒是醉，佛也會不得。布衣簪紱，有人扶便得。

17 史應之贊

眉山史應之，愛酒而滑稽。對鄙不肖，醉眼一笑。司馬德操，萬事但好。東方戲嘲，驚動漢朝。窮則德操，達則方朔。天地一壺，不膠者卓。應之老矣，似愚不愚。江安食不足，江陽酒有餘。

18 麟趾贊

麟有趾而不踶，仁哉麟哉！有定而不抵，仁哉麟哉！有角而不觸，仁哉麟哉！今之人一朝之忿以觸人，滅身辱親。嗚呼，人中有獸，獸中有人。

19 筇竹杖贊

厲廉隅而不劌，故竊比於彭聃之壽。屈曲而有直體，能獨立於雪霜之後。伯夷食薇而清，陳仲嚥李而瘦。涪翁晝寢，蒼龍掛壁。涪翁履危，心如鐵石。窮山獨行，解兩虎爭。終不使卞莊乘間，而孺子成名。

20 義松贊 洪州西山翊真觀

西山之松，有歲寒之質。懷其同氣耶，既分矣，復合而爲一。涔露雲雨，老大霜雪。匠石輟斤，樵夫嘆息。人之同氣，去本未遠。宰上之杞，蔽芾成陰。有其干戈日尋，余不知其何心。

21 三笑圖贊

二豪之所争，不滿三隱之一笑。三隱之所笑，不解耶舍之顔。耶舍之印，霧鎖雲埋。九年面壁，此印方開。

22 倦鶴圖贊 子瞻畫石〔一〕，伯時爲作歸鶴，余題曰《倦鶴圖》。

偉萬里之仙驥，翃九關而天翱。亦倦飛而歸止，矧人生之嗟勞。饑食北山之薇蕨，寒緝江南之落毛。安能作河中之桴木，寧爲籬落之繫匏。

〔一〕瞻：原作「占」，據叢刊本改。

23 席子澤槃礴圖贊

百過毒而成醫，九折臂而信道。慈子而長人之幼，愛親而壽人之老。蓋嘗飲長桑之丸，而得者域之草。此天地之仁氣也，而席子以遊方之内。知萬化之如今，忘一世之遺我。臨流濯足，脱帽箕坐。寄槁竹以孤嘆，哂秋葉之驚墮。此天地之義氣也，而席子以遊方之外。觀壑若陵，對卿若兵。客或箴之曰：「俯仰之間，禍之槖也；虎不可暴，河不可乘。」席子笑而應之曰：「此天地之强陽氣也，誰能以久生。」於是方噓竹莩、緻膜眼，吟弄風月，使客忘返。吾但怪其多能不窮，不知去方朔之近遠。

24 趙景仁彈琴舞鶴圖贊

無山而隱，不褐而禪。聽松風以度曲，按舞鶴而忘年。鏗爾舍琴而對吏，忽坌入而來前。察朱墨之如蟻，初不病其超然。

25 胡逸老吴生畫屏贊

兩虎戲搏文章露，千林號風雷欲雨。慎勿私鬭傷爪距，豺狼野干即當路。

26 易生畫獐猨猴貛贊

穴居木處，相安以飲食生。渴飢愛憎，無師而自能。其皮之美也自立辟，其肉之肴也故多兵。風林露壑〔一〕，伐木丁丁。雄雌同聲，去之遠而猶鳴。彼其不同臭味，故眴目而相驚。惟蟲能蟲，惟蟲能天，余是以觀萬物之情。

〔一〕露：叢刊本作「霧」。

27 畫墨竹贊〔一〕

人有歲寒心，乃有歲寒節。何能貌不枯，虛心聽霜雪。

〔一〕《豫章先生遺文》卷二題作《竹頌》，共二首，另一首見本書《别集》卷三。

28 畫牧牛贊

鼻之柔也，以繩牧之。心之柔也，以道牧之。縱而不蹊人之田，其惟早服之〔一〕。

〔一〕早：叢刊本作「皂」。

29 畫馬贊

御與馬相得，維予止作，萬里不日而復。士志於學，則亦無息。以師友爲轡策，及其至焉惟爾力。

30 黄庭畫贊

君誦《黄庭》内外篇，本欲洗心不求仙。夜視片月墮我前，黑氣剥盡朝日鮮。一暑一寒久自堅，體中風行上通天。亭亭孤立孰旁緣，至哉道師昔云然。既已得之戒不傳，知我此心未虧騫。指我嬰兒藏谷淵，書未絶口行已旋，我記其言夜不眠。

31 觀世音贊六首

海岸孤絶補陀巖，有一衆生圓正覺。八萬四千清浄眼，見塵勞中華藏海。八萬四千毋陀臂，接引有情到彼岸。涅槃生死不二見，是則名爲施無畏。八風吹播老病死，無一衆生得安隱。心華照了十方空，即見觀世音慈眼。設欲真見觀世音，金沙灘頭馬郎婦。

其二

自心海岸孤絶處，戒定慧香補陀伽。觀身實相浄聖尊〔一〕，自度衆生大悲願。一一漚漚鏡太空，八萬四千垂手處。夢時捉得水中月，親與獼猴觀古鏡。

其三

聖慈悲願觀自在，海岸孤絶補陀巖。貫花纓絡普莊嚴，度生如幻現微笑。有一衆生起圓覺，即現三十二應身。壁立千仞無依倚，住空還以自念力。

其四

以法界印，印諸善根；以平等印，普印諸業。八萬四千毋陀臂，諸佛承我稱提力。八萬四千清浄眼，衆生依我成正覺。補陀巖下白花風，月照海漩三昧底。

其五

聖慈悲願觀自在，小白花山住道場。海漩三昧覺澄圓，三十二應施無畏。有一衆生發大心，願度我身及含識。萬仞峰前撒手過，觀音豈復異人乎！

其六

敬禮補陀，巖下水邊。十方三世，無不現前。願我亦證，空覺極圓。處處悲救，火中生蓮。

〔一〕聖尊：四庫本《山谷集》卷一四作「聖果」。

32 江南李後主夢觀世音像贊

補陀巖中大慈聖，滄浪石上觀生死。南州麽聖師子王，感夢白衣施無畏。夢回灑筆具光相，照鏡還與我面同。當時若會照鏡句，放下江南作閑客。

33 了觀師繡觀音贊

六合内外，若有不觀音處，則此絲縷，不能堅固。横此三十二應，共此一光明聚。了觀觀音，自知金針落處。知落處，女媧補天夜夜雨。

34 龐道者繡觀音贊 并序

道者侏儒，從山谷累年，自謂予云：家富於財，父母死，無兄弟，年三十不娶〔一〕。聞山谷食素，遂盡散其貲與族人，作頭陀，從山谷。不衣帛，不卧榻，一齋之外，水亦不飲。

八萬四千唯兩臂，三十二應無來往。悲觀一切造諸業，慈觀諸業熾然住。清浄觀時無本根，幻影重重蒙古佛。有能出世自觀音，即受老翁無畏施。

〔一〕娶：原作「嫁」，據四庫本改。

35 十六羅漢贊十六首

第一尊者賓度羅跋羅墮闍。崑崙兒奉金匣，國王坐前琉璃花盆。正坐，左右手作印。前有香印，小僧奉鉢，國王取火然香印。住西瞿耶尼洲。

大阿羅漢賓度羅，奉持末後如來印。日中一鉢千家飯，處處作佛事饒益。以我身心五分香，作光明雲雨大千。取火燃香世界主，能徧法界惟心辦。

第二尊者迦咜迦伐蹉。迦濕彌羅國王坐〔一〕，右手作印。坐前琉璃盆花。崑崙奴奉經匣，國王作禮。

佛記一切賢聖衆，皆以無爲有差别。如來乃至阿羅漢，同入涅槃三昧海。二乘設不見此理，是則波旬顛倒想。稽首迦諾迦伐蹉，看花結印同無相。

第三尊者迦諾迦跋釐墮闍。合左右手作印，胡奴奉經，小僧持課。住東勝神洲。

駕羊超出風火宅，跨兔求渡生死河。昔乘如來初方便，自徹海漩三昧底。三乘如來悲願力，身如光影現十方。持經不染文字相，是名第一離欲者。

第四尊者蘇頻陀。左手持經，小僧傾琉璃瓶水飲虎。住北俱盧洲。

斑斑之獸本山林，升堂入室作輿衛。小僧奉施軍持水，弭耳來受救渴供。胸中猛虎自調服，是故異物成一家。我觀閻浮提衆生，同牀猜忌若冰炭。

第五尊者諾矩羅。阿氏多西面彈指，胡奴執印杖，小僧奉琉璃器，中有兩孔雀尾。住南瞻部洲。

稽首具六波羅密，稽首得無生法忍。稽首佛敕久住世，稽首救世不倦者。天上人間福田施，心無高下依佛慧。偏與有情作功德，故受孔雀墮尾供。

第六尊者跋陀羅。住在耽没羅洲。面西坐，疊左右手。國王奉如意，小僧合掌。

能以一切聲聞佛，能以法忍出世法。宴坐分身應十方，不取涅槃自饒益。伏住泥沙觀止水，中有菩薩清涼月。無明風起作浪波，方會如來同覺海。

第七尊者迦理迦。住僧伽茶洲。執白拂，小僧奉匜，胡奴濾水。

佛光影中大杜多，八萬細行滅塵勞。愛護有情如眼目，胡奴來供濾水囊。手持白拂起清風，奉持所聞佛直指。小根魔子欲横戈，弓折箭盡皆消霣。

第八尊者伐闍羅呋多羅。住鉢囉羅洲。指顧有所言，小僧作香篆，胡奴奉香篆臺，肩掛浄水寶瓶。

百和香中本無我，光透塵勞一一法。佛法本從空處起，炳然字義照太空。以此一香應發心，東方日出西方雨。我今稽首伐闍羅，是真離欲阿羅漢。

第九尊者戌博迦。住在香醉山中。執羽扇，胡奴奉金鑪，小僧奉來禽。

香醉山中夏木陰，來禽磊磊承風霧。山鳥銜飛墮聖前，小僧澡雪羞時供。胡奴知是説法時，故奉金鑪聽時事。有説法相無言説，無説無聞是真説。

第十尊者半託迦。住在三十三天。長眉，持數珠。小僧合十指，天王獻鈴杵。

龐眉寂默坐空禪，萬年一念無緣促。手珠猶作奢摩他，寄跡普賢修萬行。梵天來獻瑜伽具，問曾親見世尊來。撥開眉目示梵王，諸天皆得法眼浄。

第十一尊者羅怙羅。住畢颺詽瞿洲。持經，小僧奉經帙，國王跪坐。

一身入定多身出〔二〕，屈伸臂項四天下。如世匣藏諸有物，及以絲縷舞土木〔三〕。小兒贊歎或恐怖，耆老智者但袖手。佛説神通方便力，度脱衆生具功德。

第十二尊者那迦犀那。持印杖，小僧合掌，胡王獻七寶。住半度波山中。

四十九年大教主，波旬請故入涅槃。佛身常尋法界住，非其境界故不見。末法衆生尠福田，衆魔染衣汗戒律。稽首那迦住世間，令我常生遇佛想。

第十三尊者因揭陀。振金錫，龍擾坐下，國王獻鈴。住廣臨山中。

如來寶仗降魔相，慈悲威怒震十方。毒龍帖耳收雷霆，逆鱗可摩若家狗。我法未嘗惱衆生，不令肆毒生恐怖。但以本來悲願力，情與無情共一家。

第十四尊者伐那婆斯。受國王獻寶塔，國王胡跪，胡奴奉塔坐。住可住山中。

八萬四千寶浮圖，不如一念心清淨。惟此有相檀施福，三塗八難所依怙。佛以一花示迦葉，笑中有刀世不解。而以法盡付諸人，深藏寶骨待梅里。

第十五尊者阿氏多。奉手鑪，國王注水灌蓮花盆，小僧奉花。住鷲峰山中。

萬山相倚碧巑岏，靈鷲一峰聖賢宅。如來往昔經行處，林泉鳥獸皆逆向〔四〕。清淨眷屬千五百，無日不聞鐘磬音。閻浮提中大福田，蓮花會上菩提記。

第十六尊者注茶半託迦。合掌，受龍女獻珠。案上設鈴杵，小僧奉手鑪。住持軸山中。

持軸山中大慈聖，普應諸供作佛事。雖設大鈴金剛杵，如世休馬櫜弓矢。龍女來獻九淵珠，無心奉施無心受。清浄之衆見尋常，相視還如土木偶。

〔一〕坐：原校：「一作正。」

〔二〕定：原作「地」，據叢刊本改。

〔三〕土：原作「工」，據叢刊本改。

〔四〕逆：原校：「逆一作回。」叢刊本作「匝」。

36 見翰林蘇公馬祖龐翁贊戲書

一口吸盡西江水，磨卻馬師三尺嘴。馬駒踏殺天下人，驚雷破浪非凡鱗。馬祖龐公，水泄不通。游儵方樂，科斗生角。

37 清涼國師真贊 摘裴休語

寶月清涼，寂照法界。以沙門相，藏世間解。谷響入耳，性不可爲。青蓮出水，深不可窺。萬象紛披，花開古錦。啓迪群氓〔一〕，與甘露飲。哲人去矣，資何所參。即事之理，塔鎖終南。

〔二〕啓迪群氓：原作「啓迫群珉」，據叢刊本改。

38 木平和尚真贊

一尺三寸汗脚，草鞋掛龍牀角。他日清涼半座，果然未忘禮樂。一一漚裏木平，稽首一漚前覺。

39 南安巖主大嚴禪師真贊

石出山而韻自丘壑，松不春而骨立冰霜。今得雲門拄杖，打破鬼窟靈牀。其石也，將能萬里出雲雨；其松也，欲與三界作陰涼。此似昔人，非昔人也，山中故友任商量。

40 南安巖主定應大師真贊

定光古佛，不顯其光。古錐透穿，大千以爲囊。卧像出家，西峰參道。亦俗亦真，一體三寶。彼逆我順，彼順我逆。過即追求，虚空鳥迹。驅使草木，教誨蛇虎。愁霖出日，枯旱下雨。無男得男，無女得女。法法如是，誰奪誰予。令君威怒，免我伽梨。既而釋之，遂終白衣。白帽素履，鬚髮皤皤。壽八十二，與世同波。窮巖草木，枯腊風雨。七閩香光，家以爲祖。薩埵御天，宋有萬姓。乃錫象服，名曰定應。

41 黄龍南禪師真贊

我手何似佛手，日中見斗。我腳何似驢腳，鎖卻狗口。生緣在甚麽處，黄茆裏走。乃有北溟之鯤，揭海生塵。以長嘴鳥啄其心肝肺，乃退藏於密。待其化而爲鵬，與之羽翼九萬里，則風斯在下矣。自爲鑪而鎔凡聖之銅，乃將圖南也。道不虚行，是謂無功之功。徧得其道者，一子一孫而已矣。得其一者，皆爲萬物之宗。工以丹墨，得皮得骨。我以無舌，贊水中月。

42 大潙喆禪師真贊

即邪是正，即藥是病。乞水指井，乞飯與甑。殺人如麻，出邪命定。而得正命，尸羅清浄。而八萬四千清浄，是謂毗盧遮那正法眼藏。以平等印封之，以僧伽梨蒙之。無心者來，彈指門開。聖凡不盡，金鎖生苔。丹青回互，南北呈露。影落千江，誰知月處。

43 五祖演禪師真贊

問道白雲端，蹋著自家底。無心萬事禪，一月千江水。路逢摩登伽，石上漫澆水。赤土畫簸箕，也有第一義。誰書川嘉磋，具相三十二。

44 慧林沖禪師真贊

廓然豁爾，師不自知，工何能寫？睟然衎爾，工以爲真，師不謂之假。金然玉爾，物自賓之。木然石爾，孰能親之。維丹青不能新之，其孰能陳之。

45 法雲秀禪師真贊

法雲大士，天骨巖巖。如來津梁，我實荷擔。手捉日月，斷取莊嚴。國土入此佛，土位置城南。有目無目，疑聖疑凡。擊大雷霆，布灑甘露。大圓鏡中，慈悲威怒。維此象法，依正法住。後五百歲，亦莫予敢侮。誰爲請主，世界主女。

46 泐潭乾和尚真贊

平常心是道，南泉只貶得眼。菴内人不見菴外事，趙州猶是擔板。秋毫不穩方丈前，萬仞深坑，但到牢關拄杖子。天下横行，平如鏡面，實如石獅子。借問是誰，溈潭道人，萍鄉老子。

47 溈潭我和尚真贊

枯木突兀，傲睨萬物。頂門上眼，正法中骨。

48 長蘆夫和尚真贊

松枯竹瘦，是其歲寒也。山高水深，不可犯干也。取多國土，莊嚴此土，如陶家手也。拂除方丈，置榻而坐，一不受也。首出萬物，淵默雷吼，寂寥者之參也。若夫以法界印印毛印海，則鷩僧谿而走巫咸也。

49 雲蓋智和尚真贊

哆哆唎唎〔一〕，搭猱左科。喫十方飯，唱快活歌。任疏慵，没禮數。趕則去，招則住。住似著衫，去如脱袴。禪徒苦口勸和光，捏聚虚空要泊路。

〔一〕唎唎：叢刊本作「啝啝」。

50 仰山簡和尚真贊

不戒而六和恭敬，不禪而十方清浄。不學而文理井井，不吏而施於有政。壽八十餘，閲人三世。孝於塔廟，勤力勤禮。百室崇成，檀者亹亹。齊始如終，薪窮於指。耋老而精明，豐肉而神清。和同而不濁，退屈而不陵。是謂大雅之士，惜乎其不發諸朝廷。

51 黄龍清和尚真贊

黄河徹底凍，白髮通心白。雖有顧陸手，百巧畫不得。

52 大通禪師真贊

前波法涌，後波大通。大通法涌，徹底澄空。圓照願海，千漚一實。圓通法流，滔天沃日。三世一念，十方見前。銅崖鐵壁，不可攀援。見即彈指，蹉過萬千。大則偏圓異位，通則真假同源。觀者著眼，是傳非傳。

53 寶梵大師真贊

穆然而肅，毗尼藏也。熙然而温，同塵相也。默然而説，法中龍象也。知文知武，染衣將相也。淵然而深，飽儒術也。悠然而思，入詩律也。鉢囊如空，不受實也。室中生光，無長物也。十有七年，爲法城塹也。五十八夏，圭璋無玷也。斬然而秀，出火宅也。瀏然而化，薪火息也。子孫繩繩，奉承丹青。眸子睟明，吾覩其役物之智；袖手微笑，人挹其臨財之清。

宋黄文節公全集·正集卷第二十三

頌

1 具茨頌

帝省具茨，在國南屏。篤生韓公，輔天子聖〔一〕。文武韓公，其德庭方。靡職不宜，乃宣力四方。四方維則，歸補我衮職。西羌不庭，王師濯濯。奏功不時，公請命行。公出撫師，王師蹻蹻。羌戎震驚，其藪澤是狩。復我王土，將築於河之滸。人亦有言，功不在初，其潰於成。陰有齒牙，以猾覆城。天子聖神，知我公孔武。公雖歸止，四方以無侮。京師之屏，公曰維許樂土。赫赫王命，北門是處。公治北門，有條有葉。夷根披節，蟊賊是伐。惠及鰥寡，日用飲酒。萬有千載，樂公壽考。公御宴喜，樂酒温克。賓秩醉飽，柔嘉維則，維公之德。萬有千歲，畀公遐福。陟彼具茨，松柏孔碩。若濟巨川，維舟檝是度。瞻彼具茨，有滰其陰。如彼歲旱，視公作霖。公至北門，河潤九里。公歸本朝，萬物露雨。帝顧具茨，公歸廟堂。爲天下師傅，於大塊有光。於大塊有光，公壽考無疆。

〔一〕輔：原作「補」，據叢刊本改。

2 曹侯善政頌 并序

曹侯者，嘉祐中爲益陽令，有善政。既去，而民思之。以地寒，故州將及監司皆不能推挽致之要津，以盡其才。久之，亦馴致爲尚書比部員外郎、知賓州以歿〔一〕。歿時，其子堯封纔五歲，其文書皆族人藏去，爲火所傷，盡失其事。特有後知益陽縣事齊術，參酌民言，爲《異政録》，録其大概。予三讀而悲之。夫曹侯之政，徹機械而去虎，是難能也；至於惠民之政，是可能而人不爲也。曹侯之政，不可使無傳，故作頌，鑱之益陽縣中。蓋曹侯爲縣，御吏嚴而不殘，使民寬而不弛。納民賦租不以累其僚，雖新雨既晴，雪雲陰曀，未嘗閉倉庫而不受。租一斗者輸一斗，租一石者輸一石，吏卒不能與民爲難，民皆歌舞而歸。異時大驅儈，仕家子與吏爲姦，以官爲市，攬納以制民之命，輸五斗者當入十，於此皆逃入他境。舊令尹死官下，其子堙替爲隸，貧甚，爲人傭書。侯與資，令納婦。不幸病死，侯又斂之。民有家産而無男，以二女囑其弟而死，其弟凍餒其二女，且役之，過時而不嫁。侯捕其弟，杖之，擇愿民，婿其二女，析其父家産之半而業二婿。侯至之始，其邑多虎，所在設機穽，日以得虎，而虎暴不息。侯曰：「是爲政之罪。」命盡去機穽。未踰月，負販山行水宿，不逢虎也。觀其人善政必多，尚按齊君所録如此。曹侯，郴人，諱靖，字中立，内行孝友，當官所至有績。頌曰：

曹侯輟耕，學于上國。進士起家，爲吏有績。雖窶人子，孔武且碩。我惠我威，養民如子〔三〕。我勤我暇，不借吏史。虎暴人境，肆作機穽。侯曰徹之，病在乎政。惟此戾蟲，迺與政通。風林岑蔚，征夫不逢。我作頌聲，與民歌之。不誣方將，俾勿磨之。

〔二〕比部：原作「北部」，據叢刊本改。
〔三〕民：原作「我」，據叢刊本改。

3　清閑處士頌

至樂山中，嘉木之樾，有人天游。風雲爲馬，鷗鷺爲舟。有詩客李發，字之曰清閑處士，而蜀有豪士王當以爲蓋謝敷之流。其清也不登市井之隴，其閑也不覷王公之鉤。傲睨萬物，逍遥一丘。身與長松共老，名與北斗俱休。涪翁曰：「名之不稱實也久矣，吾子何以是爲哉！書潞則失涿，謂鷹則化鳩。故一以我爲馬，一以我爲牛。蓋有有其實而不受，亦有無其實而固求者也。嘗試爲吾子道清閑之致乎。水之爲物，甚寒而極清，鬱爲堅冰，得温而釋，遍利諸生。雲之爲物，無心而出岫穴，風休雨息，反一無跡。我觀古人，以是爲則。若夫汙泥濁水，與蛙同生，不溷其清。自探井臼，日耕荒徼，未嘗不閑。惟有道者能藏於天，吾子何處焉清閑？」曰：「我無所用於世，而從所好。惟水雲與之忘老，何敢以爲有道？」涪翁曰：「猛痔十乘，曹商自優，非君清流。商財計得，白圭擬國，以閑爲慝。雖然，同一大夢，達者先覺。方在蟻垤，憂樂計校也，世無公孫僑、孔仲尼，誰辨夢覺？亦曰：舉世溷濁，惟我獨清；萬法本閑，而人自擾擾爾。」

4 王厚頌二首

八風動摇人不閑，五羖自鬻鬢毛斑。文章書畫當富貴，惟有如今至樂山。

其二

夕陽盡處望清閑，想見千巖細菊斑。人得交遊是風月，天開圖畫即江山。

5 答楊明叔送米頌

買竹爲我打籬，更送米來作飯。用此回光反照，佛事一時成辦。不須天下求佛，問取弄臭腳漢。

6 謝張寬夫送椶楫頌

菜茹之品椶楫君，乖龍割耳龕脱裙。張子羞我助貧餐，桑鵝楮鷄不足云。曲肱一飽南風薰，萬事於我如浮雲。

7 乞筍於廖宣叔頌

龍蜕骨，掉蒼尾。餘戢戢，漫蛇虺。棄雨中，心爛死。擕長鑱，戴簣子。可盡髡，馘左耳。

8 奉約宣叔頌

貴魁梧，賤瑣尾。强分别，蚿憐虺。雨新霽，月未死。欲循城，將數子。煩置酒，摘蒼耳。

9 戲答宣叔頌

探龍淵，履虎尾。别狐貉，辨蚖虺。頭雪白，心灰死。老斲輪，不教子。君聞此，當洗耳。

10 清醇酒頌 爲李才叟作

清如秋江寒月，風休波静而無雲；醇如春江永日，游絲落花之困人。借之以涪翁清閑，鑒此杯面渌；本之以李叟孝友，成此甕中春。

11 醇碧頌 并序

荆州士大夫家菉豆麴酒，多碧色可愛，而病於不醇。田子醖成而味厚，故予名之曰「醇碧」而頌之。

田子緑麴，妙在蒸蓼。女酒亢者，美生其手。挹彼而清，注兹無聲。其香馥郁，悦可飲者。如春靊霔，清不病醨。多不疾人，誰其吐之。百室之酤，醇碧惟師。老夫不飲，評以鼻慧。

12 安樂泉頌 并序

鎖江安樂泉，水味爲僰道第一。姚君玉取以釀酒，甚清而可口，又飲之令人安樂。故予兼二義，名之曰「安樂泉」，并爲作頌。

姚子雪麯，杯色争玉。得湯郁郁，白雲生谷。清而不薄，厚而不濁。甘而不噦，辛而不螫。老夫手風，須此晨藥。眼花作頌，顛倒淡墨。

13 玉醴頌 爲廖宣叔作

北郭子，竹林居。醖玉醴，撥浮蛆。味橘露，色鵝雛。春盎盎，想可輿。魚枕蕉，正關渠。來問字，儻借書。掃三徑，待雙魚。

14 荔支緑頌 爲王公權作

王牆東之美酒，得妙用於六物。三危露以爲味，荔支緑以爲色。哀白頭而投裔，每傾家以繼酌。忘螭彪之蹊觸〔一〕，見醉鄉之城郭。揚大夫之拓落，陶徵君之寂寞。惜此士之殊時，常生塵於尊勺。

〔一〕忘螭彪之蹊觸：原校：「螭疑作魑，觸疑作躅。」

15 筇竹頌

偉邛峽之美竹，初發跡於牂柯。有山而不險，有水而無波。金聲而玉節，故貫四時而不改其柯。郭子遺我，扶余澗阿。坐則倚胡牀棐几，行則隨青笠綠蓑。吾衰也久矣，視爾畏友〔一〕，予琢予磨。百世以俟聖人而不惑，則涪皤不負筇竹。危而不扶，顛而不持，惟筇竹之負涪皤。

〔一〕視爾：原校：「視爾一作親爾。」叢刊本作「親爾」。

16 澄心亭頌

菩薩清涼月，游於畢究空。衆生心水浄，菩提影現中。忍觀伏塵勞，波澄泥著底。八風動地來，塵勞還復起。覺海性澄圓，浪時無不渾。即渾即澄徹，箇是涅槃門。

17 白蓮菴頌

入泥出泥聖功，香光透塵透風。君看根元種性，六窗九竅玲瓏。

18 了了菴頌

方廣菴名了了，了了更著菴遮。又要涪翁作頌，且圖錦上添花。若問只今了未，更須侍者煎茶。

19 休堂頌

頭上安頭，如何得休。殺佛殺祖，方得安堵。北鬱單越，西瞿耶尼，事同一家，喫飯著衣。向上一路，千聖眨眼。韓信打關，張良燒棧。

20 退堂頌

愚者日進，智士日退。象蹋恒河徹底過，大千世界百雜碎。愚人尋文弄章句，更覓中間及内外。

21 拙軒頌

覓巧了不可，得拙從何來。打破沙盆一問，狂子因此眼開。弄巧成拙，爲蛇畫足。何況頭上安頭，屋下蓋屋。畢竟巧者有餘，拙者不足。

22 贈嗣直弟頌十首 并序

涪陵與弟嗣直夜語，頗能明古人意，因戲詠云：「人皆有兄弟，誰共得神仙。」故作十頌以記之。此二句，唐赤松觀舒道士題赤松子廟詩也。

饑渴隨時用，悲歡觸事真。十方無壁落，中有昔怨人。

其二

去日撒手去，來時無與偕。若將來去看，還似不曾齋。

其三

正觀心地時，絲髮亦無有。卻來觀世間，冬後數九九。

其四

涪陵薩埵子，直道也旁行〔一〕。亦嚼橫陳蠟，不愛孔方兄。

其五

江南鴻雁行，人言好兄弟。無端風忽起，縱橫不成字。

其六

萬里唯將我，回觀更有誰。初無卓錐地，今日更無錐。

其七

江南十兄弟，長被時一共。夢時各自境，獨與君同夢。

其八

雖受然鐙記，不從然鐙得。若會翻身句，彌勒真彌勒。

其九

向上關捩子，未曾説似人。困來一覺睡，妙絶更通神。

其十

往日非今日，今年似去年。九關多虎豹，聊作地行仙。

〔一〕直：原作「且」，據叢刊本改。

23 和程德裕頌五首

貧子還家作富兒，糞箕苕帚未曾遺。人人欲問草書意，懷素從來自不知。

其二

鵬飛逼塞滿空虚，蚊睫安巢卻有餘。臘月火燒三界盡，從來灰裏撥真知。

其三

山河大地目前機，横按吹毛更不疑。萬里無人無寸草，凍山亭上與誰期。

其四

如來刹刹與塵塵，北斗南箕透法身。金粟默然輒好辯，唱歌須是帝鄉人。

其五

石田耕種難成稻，荼蓼栽來只苦辛。萬物一家真富貴，使君見後卻清貧。

24 贈劉静翁頌四首 并序

鄭明舉贈劉静翁四頌，勸之捨俗出家。詞旨高邁，玩之不能釋手。然静翁在家出家，無俗可捨。因戲作四頌以贈行。

念念皆空更莫疑，心王本自絶多知。艱勤長向途中覓，掉卻甜桃摘醋梨。

其二

一鉼一鉢非難辦，住得山時更莫來。千年糞掃堆頭物，優鉢羅花特地開。

其三

萬緑空處真如佛，八面風中不動尊。困便横眠饑喫飯，十方無壁又無門。

其四

浄名龐老總垂鬚，君幸元無免破除。心若出家身若住，何須更覓剃頭書。

25 再答静翁并以筇竹一枝贈行四首

南鴻北雁年年客，有箇生涯主不知。撼動從來憂樂事，夜窗風葉響棠梨。

其二

栽松道者身先老，放下鋤頭好再來。八萬四千關捩子，與公一箇鎖匙開。

其三

一筇九節添行李，用得人間處處尊。只要上山行飽飯，莫將風雪打人門。

其四

萬事實頭方穩當，十分足陌莫蹺除。困來展席日裏睡，讀盡空中鳥跡書。

26 再答并簡康國兄弟四首

瞿曇不解祖師機，卻許貍奴白牯知。道人只要貧到骨，沈卻黄金賣笊離。

其二

妙舌寒山一居士，淨居金粟幾如來。玄關無鍵直須透，不得春風花不開。

其三

須彌椎打虚空鼓，撼得毗盧海月昏。四海無波安樂住，陳家松下小柴門。

其四

日中一飯蒙頭睡，黄葉堆門莫掃除。夜半枕前師子吼，起來燒卻野狐書。

27 曉賢師續佛壽頌 并序

曉賢師，講席中瀟灑人也，欲乞於檀越，度兩出家兒，續佛壽，其意甚美，故爲作頌道之。

養子續佛壽，非爲養色身。棒打石師子，只要實頭人。出家無正因，不得正命食。是真出家兒，不費秋毫力。講得天雨花，説得石點頭。人人是檀越，負命者上鉤。

28 覺範師種竹頌 并序

簡池覺範道人，城東道友也，今在簡州景德院。其家風十二時似趙州東院西也，種竹兩枝於宴坐軒中，山谷老農作頌。

往在江南住竹山，道人兩歲三來訪。聽風聽雨看成龍，牛羊折角入朝餉。簡州城中刮地寒，手種檀欒三兩竿。竹成要作無孔笛，若有靈龜一任鑽。

29 答雍熙光老頌

獨弄參軍無鼓笛，右軍池裏泛漁舟。豈知劍外雍熙老，收得黄巢折劍頭。

30 又答寄糖霜頌

遠寄蔗霜知有味，勝於崔浩水精鹽。正宗掃地從誰説，我舌猶能及鼻尖。

31 沙彌文信大悲頌

通身是眼，不見自己。欲見自己，頻掣驢耳。通身是手，不解著鞭。白牛懶墮，空打車轅。通身是佛，頂戴彌陀。頭上安頭，笑殺涪皤。

32 鐵羅漢頌 并序

峨眉山之下，蟆頤津之淵，有百鍊金剛，鑄成二怖魔開士，人物表儀，隨世尺度。其中空洞，不留一物，叩之鏗然，應大應小。香塗刀割，受供不二。沈之水則著底，投之火則熾然，水火事息，二老相視而笑。涪翁曰：「吴兒鐵人石心，吾不信也，二老者真鐵石耳。」乃爲之頌曰：

人言怖魔像，非金亦非鐵。若作世金鐵，開士亦不現。禪坐應念往，一鉢千家供。順佛遺敕故，不宣示神通。有爲中無爲，火聚開蓮花。無爲中有爲，甘露破諸熱。魔子自怖畏，我無怖畏想。或欲坯鎔之，爲己富貴梯。賴世主慈觀，虎兕失爪角。或得野狐書，有字不可讀。狐涎著其心，字義皆炳然。卻來觀六經，全是顛倒想。今世青雲士，慎莫作此解。

33 枯骨頌

清揚巧笑傾人城，驕氣矜色增我慢。無始時來生死趣，八萬苦業所依止。皮膚落盡露拴索，一切虛誑法現前。不見全牛可下刀，無垢光明本三昧。

34 髑髏頌

黄沙枯髑髏，本是桃李面。如今不忍看，當時恨不見。業風相鼓擊，美目巧笑倩。無腳又無眼，著便成一片。

35 葫蘆頌

大葫蘆乾枯，小葫蘆行酤。一居金仙宅，一往黄公鑪。有此通大道，無此令人老〔一〕。不問惡與好，兩葫蘆俱倒。

〔一〕老：原校：「一作惱。」

36 還神岡圓首座戒刀頌

平生受用，三尺吹毛。歡喜斬新，拾得孟勞。夢中喚起，猶自忉忉。我王庫中，無如是刀。

37 題永首座菴頌

奪得胡兒馬便休〔一〕，休嗟李廣不封侯。分明射得南山虎，子細看來是石頭。

〔一〕胡兒：原缺，據叢刊本補。四庫本《山谷集》卷一五作「邊關」。

38 勸石洞道真師染袈裟頌

丈夫出家當被壞色衣〔一〕，蜀僧袈裟多似苾蒭尼。輕羅縐縠染成春柳絲，撩蜂引蝶唯欠遠山眉。

〔一〕被：原校：「一作披。」

39 贈成都六祖沙彌文信頌

塵是文信，界是沙彌。積塵成世界，析界作微塵。界喻人天果，塵爲有漏因。塵因因不實，界果果非真。因果皆如幻，堂堂出世人。

40 寄六祖範和尚頌

範公頭上著枷，涪翁脚上著杻。且共彌勒過冬，閑坐地鑪數九。

41 羅漢南公升堂頌二首

寶積拾得漏貫錢，古佛堂前狗尿天。東山日出西山雨，露柱搥胸哭破船。

其二

黑蟻旋磨千里錯，巴蛇吞象三年覺。日光天子轉須彌，失眼衆生問演若。

42 羅漢南公塔頌

一點黑漆，元無縫罅。羅漢雲居，天上天下。出入奮迅，三界無家。以除惱禪，打鼓弄琵琶。沈卻法船，留下戽斗。欲得不沈，戽乾劄漏。

43 和朱宏夫真妄頌

須彌説法大海聽，南箕吹折北斗柄。蟭螟千眼照世間，保君通達真妄境。

44 戲答寶勝甫長老頌

易拔蒼龍角，難參寶勝禪。林泉飽枯澀，煙月唱清綿。笑出黄龍手，慵扶阿卯肩。持刀欺寡婦，盜佛鑄私錢。月黑踰城夜，風高放火天。解嗤昭覺老〔一〕，擔屎汙心田。

〔一〕昭：原作「招」，據叢刊本改。

45 和斌老悟道頌

終日忙忙本圓覺，只爲魔强令法弱。不疑更問決疑龜，無病還求除病藥。昔人夢中見捕逐，兩手無繩元自縛。黄鸝臨夢啼一聲，白日當窗始知錯。

46 送賢師往瀘州爲兩驅烏乞度牒錢頌

一鳳將兩雛，往乞五色羽。誰有大勢力，成此拮据心。若無出家心，勤苦難成就。但令發弘誓，誰不起慈悲。

47 解瞌睡頌

文殊吐酒卧，觀音被杻械。普賢盜鑄錢，釋迦扇鑪韛。範上座殺牛，黄魯直害癩。

48 豆字頌

嘗有老僧，暴背於後架，作此豆字示之。問：「會麽？」云：「不會。」因以爲頌。

齋餘睡兀兀，占盡簷前日。不與一甌茶，眼前黑如漆。

49 爲慧林沖禪師燒香頌三首

昨夜三更狗吠雪，東家閉門推出月。是渠覺海性澄圓，衲子殺人須見血。

其二

多年破衲不勝針，一曲胡笳無古今。往日聞《韶》獨忘味，守株人在月西沈。

其三

西瞿耶尼開静，北鬱單越受粥。慧林也唱雲門曲，去年臘月六十六。

50 爲黄龍心禪師燒香頌三首

老師身今七十六，老師心亦七十六。夢中沈卻大法船，文殊頓足普賢哭。

其二

一拳打破鬼門關，一笑吐卻野狐涎。四海崢嶸龍象衆，鼻頭只用短繩牽。

其三

海風吹落楞伽山，四海禪徒著眼看。一把柳絲收不得，和風搭在玉闌干〔一〕。

〔一〕此首又見《五鐙會元》卷一七，作弔死心禪師偈語。

51 雨花巖頌　彭澤三巖

孤峰中流分江南，馬當大雷無一帆。波濤掀空鳥不度，天花與我讀書巖。

52 伏仙巖頌

生死浪中涅槃宅，與人同黑非同白。誰令避世作聾盲，獨來寒巖伏石壁。

53 補陀巖頌

修羅身量等須彌，入藕絲孔逃追北。補陀巖下不戰人，八萬魔軍皆解甲。

54 題高節亭頌

松風竹雨共談空，樓閣參差古疊重。急水灘頭道人住，亦如前佛在因中。

55 彭女禮北斗圖頌〔一〕

自足禮江沙，七星在雲表。洗心無一塵，缺月西南曉。

〔一〕《豫章先生遺文》卷一題作《題王子元所藏節女圖》。

56 頌取之左右逢其原

取之左右逢其原，香嚴臈月火燒山。對面謾人猶佇思，打得香嚴也是閑。

57 缺月頌

瞭然以破鏡贈與上座，涪翁爲之作頌。

月墜鏡中，無滅無生。月雖缺半，影像圓成。

58 答檀君送含笑花頌

檀郎惠我花含笑，借問凝情笑阿誰？一世茫茫走聲利，閻公捉定始應知。

59 書蔡秀才屏風頌四首 壬午歲

武寧縣中蔡老子，能棋能酒又能詩。胸中百萬多羅藏，不向人間説是非。

其二

接人高下但唯唯，笑語相隨不作難。此翁胸次有涇渭，事不可處執如山。

其三

此翁家世印纍纍，平生俯視造物兒。堪笑癡人不省悟，猶説此翁真箇癡。

其四

讀經一字禮一拜，瘦骨稜稜忘苦辛〔一〕。看伊冷淡教人笑，定作閻浮百歲人。

〔一〕忘：原作「心」，據叢刊本改。

宋黄文節公全集·正集卷第二十四

字説

1 洪氏四甥字説〔一〕

洪氏四甥，其治經皆承祖母文城君講授。文城賢智，能立洪氏門户如士大夫。蓋嘗以義訓四甥之名，曰朋、芻、炎、羽。其友爲之易名，往往不似經意，舅黄庭堅爲發其藴而字之。江發岷山，其盈濫觴。及其至於楚國，萬物並流，非夫有本而益之者衆邪？夫士也，不能自智其靈龜，好賢樂善，以深其内，則十朋之龜何由至哉？故朋之字曰龜父。飛黄騄耳之駒，一秣千里，御良而志得，食居埸苗〔二〕。蹇驢同軒，其在空谷，生芻一束，不知埸縠之美也。能仕能止惟其才，可仕可止惟其時，何常之有哉？故芻之字曰駒父。火炎高丘，珉石共盡。和氏之璞，玉者之器，温潤而澤，晏然於焚如之時。蓋火不炎無以知玉，事不難無以知君子。故炎之字曰玉父。鴻雲飛而野啄，去來不繆其時，非其意不自下，故其羽可用爲儀。非夫好高之士，操行潔於秋天，使貪夫清明、懦夫激昂者，何足以論鴻之志哉？故羽之字曰鴻父。既字之，又告之曰：曾子曰：「未得君而忠臣可知者，孝子也；未有治而能仕可知者，修士也。」二三子，捨幼志然後能近老成人，力學然後切問，問學之功有加然後樂聞過，樂聞過然後執書册而見古人。執柯以伐柯，古人豈真遠哉！

〔二〕字説：叢刊本作「字序」，本卷其餘諸篇文題凡「説」皆作「序」。

〔三〕居：叢刊本作「君」。

2 晁氏四子字説

物無不致養而後成器，況心者不器之器乎！其耳目與人同，而至於窮神知化，則所養可知矣。觀頤自求口實，内外盡矣。合者行之，不合者思之。思者作聖人之具也，舜何人哉！故字端頤曰聖思。察表者思影，不知左者求諸右，以其所願乎。君以撫民，知臨者也。知臨者可以端委而聽民矣。盛車服而載之士民之上，徒貴之而已乎？教不倦而思無疆也。故字端臨曰教思。波流衮衮，萬物並馳，其不隨者，匪金石歟？彼徒自重而猶若是，況物不能遷者乎？昔之知常者，能人能天，能明能昏，更萬變而獨存，故字端常曰永思。有本之水，其志於海也。蚤夜以之，是以聖學者貴夜行。日之晉也，亨乎大明，萬物效之形名，非以其健行故邪？君子崇德以競時，樂思無期，忘其髮之化，而維好德之思。故字端晉曰敏思。

3　陳氏五子字説

陳氏五男子制名，以五行之物始於天一生水而止於金，蓋因天道起於北方，而成歲之序，曰崇、居、中、孚、宜；又以智、仁、禮、信、義媲「夫」而字之。豫章黄庭堅曰：君子之名子也，以德命爲義，於此合矣，故爲具其説。《易大傳》曰：「智崇禮卑。」崇效天，卑法地。蓋周萬物而不遺，智之德也，欲極高明，故智言崇。《孟子》曰：「居惡在？仁是也；路惡在？義是也。居仁由義，大人之事備矣。」仁固人之安宅，人有不願居安宅，而中路以託宿者乎？君子居天下之廣，居體仁而已矣，故仁言居。《周官》曰：「以天産作陰德，以中禮防之；以地産作陽德，以和樂防之。」蓋天産，精神也；陰德，心術也，精神運而心術形焉。無過不及，而一要於中者，禮之節文也。故禮言中。《易》曰：「《中孚》，信及豚魚。」孚者，信之心化也。信不素顯，同室致疑；及其孚也，異物敦化。故信言孚。《禮》曰：「君子之所謂孝也者，國人皆稱願焉，曰有子如此，可謂孝矣。」仁者，仁此者也；義者，宜此者也。蓋義者，萬物之制也。君子務本，時措萬物之宜而已矣。故義言宜。雖然，之五物者，故參相得也。播五行於四時，其治不同，同歸於成歲。仁、義、禮、智、信，雖所從言之異，要於内視反聽，克己以歸於君子而已矣。今夫水，上下與天地流通，周乎萬物，智也；天下之至柔，仁也；馳騁天下之至剛，義也；無心於遲速，盈科而後進，信也；善下百谷，故能爲百谷王，禮也。今夫仁，微子去之，箕子爲之奴，比干諫而死，曲直皆遂焉，木之理也；「無求生以害仁，有殺身以成仁」，金之決也；「非禮勿視，非禮勿聽，非禮勿言，非禮勿動」，火之政也；「無欲而好仁，無畏而惡不仁」，水之事也；「造次必於是，顛沛必於是」，土之守也。明此二端，三者得矣。一則五，五則一也。然欲求深則去本遠，用意過當則善失真。吾生也有涯，用以隨無涯之知，智之敝也。「君子質而已矣，何以文爲」，仁之過也。嫂溺不援，禮之棄也。父攘羊而子證之，信之賊也。避兄離母而居於陵，義之罪人也。故太高則不情，太下則易溺。君子所以亹亹焉，爲夫節會肯綮，又如此也。天下之道術，未有無當於五物，待是而後立者，其惟好學乎！

4　訓四從子字説

梗楠豫章之樸，斲琱以爲器，其本質美，維匠之師。字元明之息樸曰匠師。一人基德，三人受禄，常棣秀於同枝，燕兄弟之思。字覺民之息棣曰思燕。狂狷可以語極，與仁同質，其歸无咎，近天子之光。字天民之息極曰无咎。札去千乘之國，仁滿天下，仲尼嘉之，書延陵季子。字知命之息札曰季子。

5 陳師道字説

師道陳氏，懷璧連城。字曰無己，我琢爲萬乘之器，維求王明。我則無師，道則是我；其師道者，即水而爲波〔一〕。高明一路，入自聖門，觀己無己，而我尚何存？入以萬物，出以萬物〔二〕，寂寥法窟，伏興用其律。其入無底，其出無竅，是謂要妙。噫來陳子，在汝後之人，則不我敢知。我觀萬世，未有困於母而食於舅嬪、息巢於外舅，無以昏晝，文章滿脰。士之號窮，屋瓦無牡，造物者報，而天無壁以爲牖。不病其傾〔三〕，維有德者能之。

〔一〕即：原作「印」，據叢刊本改。
〔二〕入以萬物出以萬物：「入」原作「夫」，無「出以萬物」四字，據叢刊本改補。
〔三〕原校：「病其傾一作頎。」

6 文安國字序

洹水文安國〔一〕，悦虎豹之文。方雕其毛，而澤於南山之霧雨，將以希時文之思，致身爲萬乘之器。黄子字之曰子家，而告之曰：學若是也，不及質，盍嘗與言其本。雖物不同量，吾不心化，而欲奏族庖之刀，是螳螂用其才者也。事是君爲容悦，安社稷以爲悦，揭日月而求之四方，其去道遠矣。至於以詩禮發家，疲於世故之追胥而反於家，人藏器於户牖，收息至踵，則萬物皆投戈而受命矣。一人失家，不免鄉曲笑。天下失家，恬以爲當然。吾欲莊語，恐以此得罪。困於石，據于蒺藜，與不同量者爲有方者也。虎兕出於柙，龜玉毁於櫝中，與不同量者爲無方者也。此兩者同出於安，而危之始也。女巧組繡，雖若雲漢，梟雌而無雄者也。故莫若歸求其本。質之柔者，能有所不爲則剛；氣之弱者，不從於無益則强。知柔之剛者觀水，知弱之强者觀弓弛〔三〕。以此嚮道，六通四闢而安樂，以天下爲無畛之域，子之家也，又安用建鼓而求之？《詩》云：「予室翹翹，予尾翛翛，風雨所漂摇。」未聞道之心照物不徹，隨流而善堙。不倚則不立，世故憂患之風雨能傾動人。吾子勉之矣。

〔二〕洹：原作「恒」，據叢刊本改。

〔三〕弛：原作「馳」，據叢刊本改。

7　趙安時字説

合肥趙安時，學士大夫也，其質甚美。黄庭堅謂之少莊，以尊其名，且告之曰：莊周，昔之體醇白而家萬物者也。時命繆逆，故熙然與造物者游。此其於禮義君臣之際，皂白甚明。顧俗學世師，窘束於名物，以域進退，故築其垣而封之於聖智之外。彼曹何足與談大方之家！嘗試相與言，其土梗五石之瓠，浮江湖以相適；我殖擁腫之樗，謝斧斤之不若；感栗林之戮而不庭者三月；寧貸粟於縣令，而畏楚國相，可謂知己矣。知迹之不可以得履，知斲輪之妙於手，其學也，觀古人之不可傳，可謂知言矣。觀本於濠上之魚，絶意於郢人之斤，知死生不入虞氏之心，魯國之儒者一人，可謂知人矣。知新生之犢之無求，凡亡之不喪其存，柙干越之劍而不試〔一〕，游發硎之刃而不見全牛，棄智於垂涎之蟻，得計於伏洿之魚，可謂知天矣。雖然，吾又未嘗言其莊語也。少莊自澡雪於塵滓之中，蟬蜕於俗學之市，而權輿於君子之方，必不能規市人之履迹，而責三倍之贏。故吾直告以大道之一忽。少莊四顧徘徊，則萬藹吐緒矣。逮其旁皇四達，必能因莊生之所言，知其所未嘗言者。

〔一〕柙：原作「神」，據叢刊本改。

8 國經字説

余弟安世之子婿曰國經，其友字之曰敦常。經則常也，於義無所發明，爲更其字曰端本，而説之曰：《太玄》曰「南北爲經，東西爲緯」〔一〕。古者爲屋，無不面南，冬夏無不得宜。織者正機，則經南北矣。匠人營國，國中九經、九緯、九涂、九軌，蓋取諸此。經者所以立本，緯者所以成文也。忠信以爲經，義理以爲緯，則成文章矣。《易大傳》曰：「正其本，萬事理。差以毫釐，謬以千里。」故字經曰端本。古之善學者，取之左右逢其原立於本故也。

〔一〕太玄：原作「天元」，據叢刊本改。

9 張光祖光嗣字説

張公載之二孫，其仲曰光祖，其季曰光嗣，皆好文學。其季與山谷游，事賢而友仁，可好也。其仲因季而與山谷通書，而問字於山谷。山谷曰：古者公子公孫能世其家者，以王父字爲氏。今公載之二孫皆賢，故以其王父字別之，字光祖曰載熙，字光嗣曰載暉，又爲之彰其説。古之人以爲行其所知則光大，不在於他，在加之意而已。夫其行義可以追配前人，光祖之謂也。其功烈可以貽其子孫，光嗣之謂也。《詩》曰：「學有緝熙于光明。」緝熙亦光明耳。夫能廣其光明，惟學而已。《易》曰：「君子之光有暉，吉。」夫充實而無憾，則其光有暉矣，故字之如此。念祖不熙則責之學，遺後無暉則責之行。予以强學力行責二子，他日不使予爲不知言可也。

10 周渤字説

輒奉字曰惟深，頗與名相稱。滄溟渤澥，所以能無不容，惟其深而已。傳曰「惟深也，故能通天下之志。」此德人之事業也。彼得一先生之言，則暖暖姝姝，惟其淺而已。坳堂之上，覆杯水焉，置杯則膠矣，未嘗銁致己之深遠，安能通天下之志哉！古之人能知殊塗而同歸、百慮而一致者，無他焉，盡己之學而已。

11 楊槪字説

清江楊槪問字於黄子，黄子字之宰平，而語之曰：「槪無列於五量，五量待是而後平。聖人之作，百工也生，平於衡而五量受法焉。五量官人，不能自平，則命槪爲之師。槪，國器也，是宰天下之平。與物交，而懷市道以相傾，人情不能無然也。由龠合而受之，至於萬不能計，取與之家，皆責羸焉，彼安能以不欺？維槪也，中立而無私，天下歸心焉，非以其無心故耶？今夫學至於無心，而近道矣。得志乎光被四表，不得志乎藏之六經，皆無心以經世故耶！」曰：「然則願聞性命之説。」黄子曰：「今孺子總髮，而服大人之冠，執經談性命，猶河漢而無極也，吾不知其説焉。君子之道，焉可誣也？吾子欲有學，則自俎豆鍾鼓宫室而學之，灑掃應對進退而行之。」曰：「是可以學經乎？」曰：「吾子强學力行，而考合先王之言，彼如符璽之文可印也。韓非曰：『先王有郢書，而後世多燕説。』大家奮私智，而講無詔之書，幾何其不爲燕説？」吾久不喜作書生語，因楊君，聊復談，故并書之。

12 訓郭氏三子名字説

郭英發見其三子而乞名，余名之曰基、㝢、韭，而英發請其説，告之曰：《老子》曰：「九層之臺，起於累土；累土爲基，而功不已，增臺崇成。」忠信者事之基也，有忠信以爲基，而濟之以好問强學，何所不至哉！《書》曰：「厥父基，厥子乃弗肯堂，矧肯構？」故名曰基，字以堂父。梁有疑獄，國中半以爲當罪，半以爲不當罪，雖王亦疑，聘陶朱公而問焉。朱公對曰：「臣有二璧，其徑相若也，其色澤相若也，而一者千金，一者五百金。」王曰：「徑與色澤相若，而價倍，何也？」朱公對曰：「其一側而視之厚兼寸，是以其價千金。」王曰：「善哉，賞疑則從予，罰疑則從去也。」夫物薄而可以曠日持久者，未之有也。孔子曰：「躬自厚而薄責於人。」孟子曰：「仁，人之安宅也。」故名曰㝢，字以宅父。日月之行微矣，積而成萬年于不可紀，維其不已也。昔北山愚公，欲平太行、王屋，操蛇之神懼其不已也，謁之於帝。帝爲遷之於朔東、雍南。夫不已者，神所畏也。《淮南子》曰：「浮空一䃣，體具衆微。衆微從之，成一拳石。積此以往，巋然成山。」故名曰䃣，字以山父。又祝之曰：洛爾堂父，忠信惟汝。既基而堂，奄觀百堵。洛爾宅父，薄不可狃。仁以爲宅，安往不亶。洛爾山父，一塵爲初。學而不已，泰華爲徒。惟爾英發，務殖三德。爾子似之，不稼何穡。厲夜生子，求火獨之。恐其似己，尚三復之。

13 錢培字説

歷陽錢總過其家庭，而受大夫公之命曰：「吾世不繁，黍稷柔嘉，是集於汝躬。汝力學慎行，日篤不迷，以對我宗祊。今命汝曰培，其夙夜承之。」其義蓋取天之生物，必因其材而篤焉。栽者培之，所以寵嘉而勸之耳。培稽首奉命，而問字於豫章黄庭堅，字之曰茂世，而説之曰：培者深根固蔕，而枝葉遂焉，故美實載於崇成之時。忠信以爲地，孝友以立苗。「夙夜匪懈」，以致其人功；「求其友聲」，以深其雨露。「實方實皂，實堅實好」，以見其有秋也；「螽斯詵詵兮，宜爾子孫振振兮」，以見其後嗣之多賢而忠厚似汝也。水盈科而進，故朝宗於海；日月之行微，故踐四時而成歲。《書》曰「茂哉」，草木茂也，達其亹亹焉。果能此道矣，遂有世家，其誰曰不然。

14 唐節字説

唐節字守之。曹公子臧曰：「聖達節，其次守節，其下不失節。雖不能聖，敢失守乎？」當公子負芻之時，諸侯欲去負芻而立子臧。子臧曰：「爲君非吾節也。」去而奔宋。既定曹君也，自宋復歸於曹，盡致其邑而野處。作人若子臧，可以無憾矣。

15 田益字説

韓城田益字遷之，黄庭堅以謂不足以配名，更之曰友直。田子曰：「益者三友，何獨取諸此？」庭堅曰：夫友直者，三言之長也。千夫之諾，不如一士之諤。誠得直士與居，彼且不貸吾子之過，切磋琢磨，成子金石，使子日知不足。雖然，取直友猶有四物：有直而終於直者，有直而似於曲者，有曲而盗名直者，有曲而遂其直者。「邦有道如矢，邦無道如矢」，此直而終於直者也。「子爲父隱，父爲子隱」，此直而似於曲者也。「其父攘羊，而子證之」，此曲而盗名直者也。「或乞醯焉，乞諸其鄰而與之」，此曲而遂其直者也。其二端可願，其二端不可爲，吾子擇之，益友常以是觀之。

16 黄育字説

會稽黄渥，與庭堅皆出於婺州之黄田，七世以上失其譜，以年相望，與渥相近也，故復以昆弟合宗。渥之言曰：「異時與我同昭穆者，皆以今隸字形同類爲名，唯渥未之得〔一〕，今願改曰育，敢以字請。」庭堅曰：古者生以字尊名，没以誄易名。易名之實，有宗也，有勸也，其治在後人；尊名之義，有宗也，有勸也，其治當其身。今曰懋達，以配育名則宜。夫草木之茂，亹亹以勸四時。及其日至，而立於成功之會，非深根固蔕得其養故耶？彼達於道者，不可以窮，故獨立於萬物之表，而無終始。以今不出閭巷之智望之，相去遠矣。然孟子以謂聖人與我同類者，何耶？今舉一粒之種，則曰是與太倉同類，人之聞之也見色而争〔二〕，慮清氣平則聞命矣，蓋長育以達其才故也。穀之育苗也，達於粢盛〔三〕；水之育源也，達於海；君子之聞道也，達於天地之大。蓋聞道者必明於權，銖兩低昂，與道翱翔，稱天下以此，不以萬物易己。由是觀之，病于夏畦，曾子難之；未同而言，仲由不知，君子以直養氣而已。氣者，萬物受命而效形名者也。懋達乎勉之，在邦必達，在家必達。

〔一〕未：原作「求」，據叢刊本改。
〔二〕色：原脱，據叢刊本補。

〔三〕於：原作「以」，據叢刊本改。

17 羅中彦字説

延平羅中彦問字於予，予字之曰茂衡。茂衡曰：「願遂教之。」黄庭堅曰：「道之在天地之間，無有方所，萬物受命焉，因謂之中。衡稱物低昂，一世波流，洶洶憒憒。我無事焉，叩之即與爲賓主，恬淡平愉，宴處而行，四時死生之類皆得宜當，是非中德也歟？惟道之極，小大不可名，無中無徼，以其爲萬物之宰，强謂之中。知無中之中，斯近道矣。精金躍於鑪，曰『我且必爲莫耶』，其成果莫耶矣。人也破世俗之糾纏，自躍於造化之鑪，曰：『我且必聞道，化工於我何有焉？』鑪錘之柄安能禦之哉！」茂衡曰：「今之言道者奚獨不然？」曰：「以聖學則莫學而非道，以俗學則莫學而非物。《詩》云：『人知其一，不知其他。』」

18 元勛字説

河南元氏，世典名教，仕不得軌〔一〕，其宗盟不著大儒之效〔二〕。生子嗜學，彀莬有彬〔三〕，鶴游于鶩，昂昂不群。乃翁祝之曰：「其受命于先君子，闢楊墨以昌斯文。」散齋七日，致齋三日，而號之曰勛。則問字於太史氏，太史氏曰：「懷道者不争贏，寶若龜玉；進道者不觀歲，行若日月。有居成功之心則不達，自智而敖不能則不達。故三釁三沐之，而字之曰不伐。昔在伯禹，荒度土功，九河三江，四海會同。七年三過其門，風雨櫛沐，啓呱弗子，民乃粒食。而不伐不矜，故天下莫能與之争。暖姝以一聞爲足，河伯以秋水自多，是其弗忍弗容，惟未嘗聞伯禹之風。」不伐曰：「若先生之言，嚮也誠有之，今則謝之矣。請誦斯言，没而後已。」

〔一〕軌：原校：「一作執。」

〔二〕不：原校：「一作蔑。」

〔三〕菟：原無，據叢刊本補。

19 宗室子渢子沆字説

宗室子渢、子沆，問字於豫章黄庭堅。庭堅曰：渢者，風與水相遭，不期於文而成文者也；君子之文若是，故字子渢曰長文。沆者，天地清明之氣，及物而成澤者也；君子之澤若是，故字子沆曰彦澤。長文、彦澤，故東平侯景珍之子。景珍學問琢磨，能下師友。雖風旨動於眉宇，左右趨之，而折節由禮，類臞儒寒士。視其富貴無以自多，知尊於萬物者，在此不在彼也。長文、彦澤生晚，不及識其先君子之美，故因字而告之，尚其能似之。

20 李大耕大獵字説

東川李任道，名其二子曰大耕、大獵。任道務學之良師，求益者之畏友也。以道耕而困無積粟，以德獵而庭無縣肉，故用揚子雲「耕道而得道，獵德而得德」者爲之字。任道之命其子，不在於富貴榮顯〔一〕，而在於道德，可謂父父矣。涪翁字大耕曰無息、大獵曰無待，而説之曰：洛爾無息，惟日行其所聞，如恐不及。洛爾無待，不可道於人之前者，身弗行也。然後可謂子子矣。

〔一〕榮：原脱，據叢刊本補。

21 宋完字説

僰道宋君完曰：「完也有志從學於先生之門，而未能自克。出從市井之囂，葷然其有味，而常見侮於人。人聞先生之言，淡然其無味，而常見敬於人。二者交戰，敢問其故？」涪翁字之曰志父，而命之曰：「志父來前。士唯無志，則不可學；誠有志乎，不難追配古人矣，戰市井之囂，又何難哉！古之言曰：不以物挫志之謂完。季札、子臧不以國挫志，泰伯、虞仲不以天下挫志，是以搢紳先生于今尊之。夫志者，戰不義之良將也。不怒而威，不言而信，總百行而出戰，可謂堂堂之陣，未有能當其鋒者矣。而況市井之囂，曲巷之好，頻頻之黨，酒食嬉戲相追逐者乎！《詩》云：『豈不爾思，室是遠而。』子不邇求，豈有執戈而禦之者乎！」

22 覺民對問字説

弟仲堪，温恭而文，好學之氣方愛日而未倦也。庭堅字之覺民。覺民曰：「願遂聞之。」應之曰：「自勝之謂强，能任之謂堪。聰莫宜於反聽，明莫宜於内視，强莫宜於自勝。古之人，能披折萬物，獨見本真；能自勝己，然後有形有物，皆爲服役。故其自任曰：『吾天民之先覺者也，吾將以此道覺斯民也。』古之人，未聞此道則發憤而忘食，聞之則樂以忘憂，守之則不知老之將至。」覺民曰：「我始於何治，而可以比於先民之覺？」問之曰：「若善琴，何自而手與弦俱和？」曰：「心和而已。」「若善篆，何自而手與筆俱正？」曰：「心正而已。」曰：「然則求自比於先民之覺，獨不始於治心乎？」覺民曰：「《詩》云『思無邪，思馬斯徂』，其斯之謂歟？」曰：「然。」遂書而贈之。

23 全璧字説

長林全君璧，問字於涪翁。翁字之曰天粹，而告之曰：「璧者，成器之玉也。其温潤縝密，清明特達，天之粹美也。體圓而性剛，又其天德之純也〔一〕。夫名者，實之賓也。有其實然後受其名而無愧。昔者舜在父子兄弟之間，遇人之不幸，而舜盡其心於孝友，使頑嚚誕傲蒸蒸而爲善，不至於姦。曾參之事親，盡力以養其志，此孝之粹也。傅説之事君也，勸人君終始典於學；魏鄭公之事君也，造次顛沛，責善責難，終其身而不倦。此忠之粹也。柳下惠與鄉人處，國人不稱，天下樂之，此和之粹也。季子辭國而衈吴之社稷，子臧辭國而與曹之存亡，此清之粹也。是皆清明在躬，有玉德者也。若夫有好學之意，而不求明師，不近畏友；喜君子之名，而不舍幼志，不出下流，則是珉而非玉也。彼珉之爲物，似温潤而不澤也，似縝密而不栗也。是以君子賤珉而貴玉。惟天粹之質，可以琢磨而成器，故予爲之言。

〔一〕又：原作「人」，據《蘇門六君子文粹》卷三八改。

24 侍其佃字説

戰國時風聲氣俗之陋也，故曰：力田不如逢年，善仕不如遇合。涪翁改之曰：農當力田，有時乎逢年；士當事道，有時乎遇合。故字佃曰仲年。

25 祝晁深道冠字詞 後名詠之，改字之道。

吉月穀旦，晁氏深之，字爾深道，發書祝之：咨爾深道，聖學無蚤。與其闖於門，不若觀於奧。昔在聖人，行深道時，照蘊處空，萬物君之。魚涔在淵，深則不獲；井有寒泉，短綆不食。深器者工，深稼者農，深利者賈，世守者爲宗。宗其一家，出門則病焉；深於道者不官，三宗者聽焉。窮則帶索，達則華衮。惟學無止，自深其本。

26 祝徐氏二子冠字詞

徐氏二子，總髮承師，爰卜令日，冠而字之。孟氏曰麐，其仲曰麃；字麐子西，字麃次西。咨爾子西，孔作《春秋》，當一王法。文成致麐，啓迪後覺。一角儀儀，游聖賢宅。出於西狩，爰瑞聖功。疑若可羈，豈其犬羊。謂予不然，視經卒章。咨爾次西，孟孫得麃，授秦巴西。歸而求麃，與兒女嬉，曰：「子不忍其母，既予之矣〔一〕。」荷戈逐之，頃也以傳其子。樂羊殺敵，恐怨不深，啜其子之羹。三軍椎鋒，卒取中山。魏侯賞功，而疑其心。人而棄本，效我以忠，及巇與同，賈子求通。子是以知巴西之罪，賢於樂羊之功。昔在孺子，生芻一束。少長卑薄之域，躬此盛德。其在有功，遭世險傾，九死不悔，以持刑平。先民載德，以篤後慶。爾尚對于前人，緝熙爾姓。惟爾東鄉，厲夜生子，驚鄰請火。不能待旦，恐其似我。終身爲惡，願其不已若。彼饔彼罍，亦包終身之羞，而無一日之樂。耕而鹵莽，爾苗則楛；耘不竟草，秋稊滿筥。爾藝其禾，天不能黍。惟爾東鄉，曰篤于孝，毋慢游是好。惇爾詩書，以迪有造。俾麐與麑，是則是效。

〔一〕予：原作「子」，據叢刊本改。

27　侍其鑑字説

侍其純夫之孫曰鑑，骨秀而氣清，應對機警。純夫謂涪翁曰：「此孫老夫婦甚愛之，幸爲我與之字，他日使知學問。」涪翁字之曰彌明，而説之曰：物材、美火齊得，然後成鑑，鑑明則塵垢不止。明雖鑑之本性，不以藥石磨礱，則不能見其面目矣，況於下照重淵之深，上承日月之境者乎！學者之心似鑑，求師取友似藥石。得師友，則心鑑明矣；求天下之師〔一〕，取天下之友，則彌明矣。

〔一〕之：原脱，據叢刊本補。

宋黄文節公全集·正集卷第二十五

題跋

1 跋仁宗皇帝賜王太尉手書

大同王侍中力戰陷没，爲虜所生得，遂富貴於虜庭。而能不忘藩邸舊恩，掌兵寵數，以忠信回豺狼之心，受金帛之惠，休兵息民，功賞不淺。不惟虜人稱道沙門王乃能盡忠於兩主，當時士大夫亦有「微管」之歎者。臣恭惟章聖皇帝以天下爲度，責臣子之節，不一而足。録其修睦之義，恩給其孫云。而仁宗皇帝以諸子幼小，不問存没，不絶其禄賜。所以能使君子盡心，小人竭力者也。惟二聖好生之心，不殺之武，至於今天下歸心，宗廟之靈，當福萬代，不但卜年八百，又過其曆而已。元符三年十一月丁亥，故史官臣黄庭堅謹記。

2 題太公丹書後 附丹書詞及銘

右太公所誦丹書之言，故武王惕若恐懼，書以爲戒。於所起居服用，皆勒銘如是。余從事於俗，甚漫意，行不忌。晚而待罪太史，觀禮書，得此銘。以鑑小人之影，去道遠矣。乃書於坐之左右，以爲息黥補劓之方。晁子曰：「秦人之炙，亦吾嗜也，書以遺我。」故書。元祐五年正月癸酉。

〔附〕丹書詞

敬勝怠者吉，怠勝敬者滅。義勝欲者從，欲勝義者凶。凡事不强則枉，弗敬則不正。枉者滅廢，敬者萬世。

〔附〕席四端銘

安樂必敬，無行可悔。一反一側，亦不可不志。殷監不遠，視爾所代。

〔附〕几銘

皇皇惟敬□□生敬□生咶□戕□。

〔附〕鑑銘

見爾前，慮爾後。

〔附〕盤銘

與其溺於人也，寧溺於淵。溺於淵猶可游也，溺於人不可救也。

〔附〕楹銘

毋曰胡殘，其禍將然。毋曰胡害，其禍將大。毋曰胡傷，其禍將長。

〔附〕杖銘

於乎危於忿疐，於乎失道於嗜欲，於乎相忘於富貴。

〔附〕帶銘

火滅修容，慎戒必共，共則壽。

〔附〕屨銘

慎之勞，勞則富。

〔附〕觴豆銘

食自杖，食自杖。戒之驕，驕則逃。

〔附〕户銘

夫名難得而易失。無勤弗志，而曰我知之乎？無勤弗及，而曰我杖之乎？擾阻以泥之，若風將至，先摇摇，雖有聖人，不能爲謀。

〔附〕牖銘

隨天之時，以地之財。敬祀皇天，敬以先時。

〔附〕劍銘

帶之以爲服，動必行德。行德則興，倍德則崩。

〔附〕弓銘

屈伸之義，廢之行之，無忘息過。

〔附〕矛銘

造矛造矛，少間弗忍，終身之羞。余一人所聞，以戒後世子孫。

3 題白兆山詩後

余聞士大夫嘗勸白兆山僧重素，即巖下作桃花菴。素云：「桃花菴不難作，但恨無李白爾。」今彦顧乃欲礱崖石刻李白詩，并欲結草其傍，以待冠蓋之游者。衆不可，蓋安知遂無李白耶？爲我多謝素師，今無白兆，尚不廢椎鼓升堂，豈可臆計世無李白？素若有語，可并刻之。彦顧，安陸李慥也。元祐三年十二月己卯黄庭堅書。

〔附〕白兆詩

雲卧三十年，好閒復愛仙。蓬壺雖冥絶，鸞鶴心悠然。歸來桃花巖，得憩雲窗眠。對嶺人共語，飲潭猨相連。時昇翠微上，邈若羅浮巔。兩岑抱東壑，一嶂横西天。樹雜人易隱，崖傾月難圓。芳草换野色，飛蘿摇春煙。獨此林下意，杳無區中緣。永辭霜臺客，千載方來還。

4 跋七佛偈

予往時觀《七佛偈》於黄龍山中，聞鐘聲，見古人，常願手書千紙，以勸道緣。而世事匆匆，此功未辦。蘇臺劉光國欣然請施石刻之，傳本何啻千紙也。

5 又

七佛所説偈，蓋禪源也。淺陋者争鶩於末流，而不知歸，故余數爲叢林中書此偈。荆州田鈞子平聞是説，請余書而鑱諸石，將以考諸禪濫觴。吴孫氏時有僧道裕，誦出此《七佛偈》，而集大藏者録爲疑。彼蓋不知當時不具翻譯人，此乃最上乘入理之極談，非能言之流也。

6 跋虔州學記遺吴季成

眉山吴季成，有子資質甚茂。季成欲其速成於士大夫之列也，夙夜督其不至，小小過差，則以鞭撻隨之。余謂季成：「教子之意則是，所以成就其子則非也。吾聞古人胥保惠，胥教誨，然後可以成就人材，未聞以鞭撻也，況父子之間哉！」故手抄王荆公《虔州學記》遺之，使吴君父子相與講明學問之本，而求名師畏友以成就之。使季成能慈，其子能孝，則家道肥，不疾而速矣。

7 題樂府木蘭詩後

唐朔方節度使韋元甫得於民間，劉原父往時於祕書省中録得。元豐乙丑五月戊申，會食於趙正夫平原監郡西齋，觀古書帖甚富，愛此紙得澄心堂法。與者三人：石輔之、柳仲遠、庭堅。

8 題白崖詩後

余曩作葉縣尉，葉城南三百步，省禪師道場也，蓋白崖老人去家得道於此。嘗得白崖歌頌百餘篇，及葉城民家多見書札，欽愛其道風高秀也。元祐元年三月壬申，同劉晦叔、宋僊民、伯氏元明觀於浄因臻道人所〔一〕。黄庭堅題。

〔一〕元明：原作「元民」，據四庫本改。

9 跋自書所爲香詩後

賈天錫宣事作意和香，清麗閒遠，自然有富貴氣，覺諸人家和香殊寒乞。天錫屢惠此香，惟要作詩，因以「兵衛森畫戟，燕寢凝清香」作十小詩贈之，猶恨詩語未工，未稱此香爾。然余甚寶此香，未嘗妄以與人。城西張仲謀爲我作寒計，惠送騏驥院馬通薪二百，因以香二十餅報之。或笑曰：「不與公詩爲地耶？」應之曰：「詩或能爲人作祟，豈若馬通薪，使冰雪之辰，鈴下馬走皆有挾纊之温耶！學詩三十年，今乃大覺，然見事亦太晚也。」

10 書和秋懷五詩後

或笑余詩論公素不實，曰：「公素能擊强，則請聞命。至於使民作鄒魯，則吾不知也。」余告之曰：「公素之擊强，亦以其害善良、奪長吏之柄耶？將不問皂白，姑以其强擊之耶？」曰：「亦擊有罪耳。」「然則子以今之偷一切以規自免，萬事決於老吏之口者，爲能使民作鄒魯耶？夫割者歲更刀，折者月更刀，至於不見全牛者，十九年而刀刃若新發於硎。公素困頓於衆言之風波，既白首矣，必知藏器自愛。彼節者有間，安用斫大觚以求折缺哉？」

11 題自書卷後

崇寧三年十一月〔一〕，余謫處宜州半歲矣。官司謂余不當居關城中，乃以是月甲戌，抱被入宿子城南予所僦舍喧寂齋〔二〕。雖上雨傍風，無有蓋障，市聲喧憒，人以爲不堪其憂，余以爲家本農耕，使不從進士，則田中廬舍如是，又可不堪其憂耶？既設卧榻，焚香而坐，與西鄰屠牛之機相直。爲資深書此卷，實用三錢買鷄毛筆書。

〔一〕三年：原作「二年」，據叢刊本改。

〔三〕子城：原作「平城」，據叢刊本改。

12 題東坡書道術後

東坡平生好道術，聞輒行之，但不能久，又棄去。談道之篇傳世欲數百千字，皆能書其人所欲言。文章皆雄奇卓越，非人間語。嘗有海上道人評東坡，真蓬萊、瀛洲、方丈謫仙人也。流俗方以造次顛沛秋毫得失，欲軒輊困頓之，亦疏矣哉！

13 題東坡所作馬券

翰林蘇子瞻所得天厩馬，其所從來甚寵。加以妙墨作券，此馬價應十倍。方叔豆羹常不繼，將不能有此馬，御以如富貴之家，輒曰：「非良馬也。」故不售。夫天厩雖饒馬，其知名絶足，亦時有之爾，豈可求賜馬盡良也！或又責方叔受翰林公之惠，當乘之往來田間，安用汲汲索錢？此又不識蚌痛者，從傍論砭疽爾，甚窮亦難忍哉！使有義士能捐二十萬，并券與馬取之，不惟解方叔之倒懸，亦足以豪矣。衆不可。蓋遇人中磊磊者，試以予書示之。

14 跋相鶴經

王充道得《相鶴經》，飄飄然有乘風御氣於天地間之意。顧所畜鶴，皆卵出凡鳥，不可鞭策，夢想芝田、赤城，未得問塗耳。余聞充道之兄道淵，治生得陶朱公、猗頓之方，頗游心於《相牛經》，殊不虚用其智。略以三十年觀之，未知道淵、充道孰得孰失。然今日充道卧白雲，享天爵，已蒙道淵之力多矣。

15 跋陷蕃王太尉家書

物固不一能，士固不一節。酈寄賣友而存君親，君子以爲可。況王公不殺身又易其姓，而使北虜息其豺狼無厭之心，以從中國之信義，賢於李陵遠矣。

16 跋王荆公書陶隱居墓中文

熙寧中，金陵、丹陽之間，有盗發冢，得隱起甎於冢中，識者買得之。讀其書，蓋山中宰相陶隱居墓也。其文尤高妙，王荆公常誦之，因書於金陵天慶觀齋房壁間，黄冠遂以入石。予常欲摹刻於僰道，有李祥者聞之，欣然礱石來請。斯文既高妙，而王荆公書法奇古，似晉宋間人筆墨，此固多聞廣見者之所欲得也。李君字聖祺，𡗝道人，喜炎黄岐雷之書，嗜好酸鹹，與世殊絶。常從軍，得守國子四門助教。歸而杜門，家有山水奇觀，教諸子讀書而宴居，自從其所好。不喜俗人，一再見輒罵絶之，此孟子所謂「有所不爲」者也。

17 跋王荆公惠李伯牖錢帖

此帖是唐輔文初捐館時也。荆公不甚知人疾痛苛癢，於伯牖有此賻恤，非常之賜也。及伯牖以疾棄官歸金陵，又借官屋居之，間問其饑寒。以釋氏論之，似是宿債也。

18 題牧護歌後

曏嘗問南方衲子云：「《牧護歌》是何等語？」皆不能説。後見劉夢得作夔州刺史時樂府有《牧護歌》，似是賽神曲，亦不可解。及在黔中，聞賽神者夜歌，乃云「聽説儂家牧護」，末云「奠酒燒錢歸去」。雖長短不同，要皆自敘致五七十語。乃知蘇溪嘉州人〔一〕，故作此歌，學巴人曲，猶石頭學魏伯陽作《參同契》也。

〔一〕蘇溪：原作「蘇傒」，據《景德傳鐙録》卷三〇改。

19 跋雙林心王銘

「費畔召」云云至終章，「佛肸召」云云至終章，學士大夫每於此處，唯以「歸潔其身，君子不器」解其章句，其心未嘗不快快也。良由未嘗學明己事，不識心耳。若解雙林此篇，則以讀《論語》，如啖炙，自知味矣。不識心而云解《論語》章句，吾不信也。後世雖有作者，不易吾言矣。

20 書問政先生誥後

故淮浙宣歙管内道門威儀逍遥大師問政先生新安聶師道宗微，少則事道士于方外，發迹遊名山，數見異人。楊行密開府於揚州，宗微實輔佐之，蓋爲國師三十年。楊氏之末解化而去，弟子葬之，舉棺唯衣履存焉。此贈誥，楊溥私號順義七年也。方外之兄德誨爲新安太守，乃於郡之東山築屋，以居方外，號爲問政山房，問政之名或得於此。誥中「大丞相、守太師、中書令、東海王臣温」，徐温也；「特進、守侍郎、尋陽公臣知誥」，李昪也〔一〕。問政先生，故翰林學士冠卿之五世祖也。

〔一〕昪：原作「昇」，據叢刊本改。

21 跋張龍閣家問

治平中，廣帥龍圖直閣張公公載，威名盛於南海。父老追數，比之古人，常恨不知其所以爲廣州者。今見張公之孫出其家書，然後知公特以不貪，而蠻獠信服，風行草偃耳。昔張奐爲安定屬國〔一〕，誓諸羌曰：「使馬如羊，不以入廐。使金如粟，不以入懷。」於是威名出八都尉上〔二〕，羌豪不復起。蓋羌夷性貪，吏清則以爲不可犯，而使貪者臨之，故蕃夷數叛耳。今但多得如張公十數輩守邊，則冒功賞者心死矣，何畏蠻獠之侵軼哉！仁壽郡夫人，蓋公載之女弟，馬軍王凱勝之之妻也。

〔一〕屬國：原作「屬部」，據《後漢書》卷六五《張奐列傳》改。「屬國」即屬國都尉之省稱。

〔二〕八：原作「入」，據《後漢書·張奐列傳》改。

22 跋秦氏所置法帖

巴蜀自古多奇士，學問文章，德慧權略，落落可稱道者，兩漢以來蓋多，而獨不聞解書。至於諸葛孔明，拔用全蜀之士，略無遺材，亦不聞以善書名世者。此時方右武，人不得雍容筆研，亦無足怪。唐承晉、宋之俗，君臣相與論書，以爲能事，比前世爲甚盛，亦不聞蜀人有善書者，何哉？東坡居士出於眉山，震輝中州，蔚爲翰墨之冠。於是兩川稍稍能書，然其風流不被於巴東。黔安又斗絶入蠻夷中，頗有以武功顯者，天下一統蓋百餘年，而文士終不競。黔人秦子明，魁梧，喜攻伐，其自許不肯出趙國珍下，不可謂黔中無奇士也。子明常以里中兒不能書爲病，其將兵於長沙也，買石摹刻長沙僧寶月古法帖十卷，謀舟載入黔中，壁之黔江之紹聖院，將以驚動里中子弟耳目，他日有以書顯者，蓋自我發之。予觀子明欲變里中之俗，其意甚美，書字蓋其小小者耳。他日當買國子監書，使子弟之學務實求是，置大經論，使桑門道人皆知經禪，則風俗以道術爲根源，其波瀾枝葉乃有所依而建立。古之能書者多矣，磨滅不可勝紀，其傳者必有大過於人者耳。子明名世章，今爲左藏庫副使、東南第八將。紹聖院者，子明以軍功得請於朝，爲陣亡戰士追福所作佛祠也。刻石者潭人湯正臣，父子皆善摹刻，得於手而應於心，近古人用筆意云。

23 跋亡弟嗣功列子册

《列子》書，時有合於釋氏。至於深禪妙句，使人讀之三歎。蓋普通中事，不自葱嶺傳來，信矣。亡弟嗣功讀此書，至於漬敗，猶緝而讀之，其苦學好古，後生中殆未之見也。紹聖中，余自繕治而藏之。少年輩竊取玩之，又毁裂，幾不可挾，唐坦之復爲緝之。智興上人喜異聞，故以遺之。

24 書贈宗室景道

余與宗室越宫有葭莩，故曩時與宣州院公壽、景珍嘗共文酒之樂，此時景道已能著帽在傍。今日相見，景道頎然立於朝班，予則將老矣。每懷公壽、景珍，則見宣州子弟而慨然。景道乞余小字學書，余書不足學也。此紙卷是余温故之餘，忠信孝友之説。景道喜觀字畫乎，則亦尋繹此文，於行已保家，奉公報國，有會心處，將力行之，尚不負余懷公壽、景珍之心。

25 書贈俞清老

清老，金華俞子中也，三十年前與余共學於淮南。元豐甲子相見於廣陵，自云荆公欲使之脱縫掖，著僧伽黎，奉香火於半山宅寺，所謂報寧禪院者也。予之僧名曰紫琳，字清老。清老無妻子之累，去作半山道人，不廢入俗談諧，優游以卒歲，似不爲難事。然生龜脱筒，亦難堪忍。後數年見之，儒冠自若也。因戲和清老詩云：「索索葉自雨，月寒遥夜闌。馬嘶車鐸鳴，群動不遑安。有人夢超俗，去髮脱儒冠。平明視清鏡，政爾良獨難。」子瞻屢哦此詩，以爲妙也。元祐四年十一月十一日，歸自門下省，書于酺池寺南退聽堂下。

26 又

人生歲衣十匹，日飯兩杯，而終歲薾然疲役，此何理耶？男女昏嫁，緣渠儂墮地，自有衣食分齊，所謂「誕置之隘巷，牛羊腓字之」，其不應凍餓溝壑者，天不能殺也。今蹙眉終日者，正爲百草憂春雨耳。青山白雲，江湖之水湛然，可復有不足之歎耶？

27 又

米芾元章在揚州，游戲翰墨，聲名籍甚。其冠帶衣襦多不用世法，起居語默，略以意行，人往往謂之狂生，然觀其詩句合處殊不狂。斯人蓋既不偶於俗，遂故爲此無町畦之行以驚俗爾。清老到揚，計元章必相好，然要當以不鞭其後者相琢磨，不當見元章之吹竽，又建鼓而從之也。

28 又

余童子時，就學於淮南，與金華俞清老同研席，嘗作七言長韻贈清老。小兒無繩墨，放蕩之言，然清老至今班班能誦之。邇來相見，各白髮矣。余又以病，屏酒不舉肉多年。清老相過，特蔬飯茗飲，道舊終日爾。清老性耿介，不能容俗人，間輒使酒嫚駡，以是俗子多謗譏，清老自若也，以故善人君子終愛之。清老淹留京師不偶，將復岸巾風月於江湖之上。於其將行也，乞言。余曰：「陶淵明云：『此中有真意，欲辯已忘言。』夫真處蓋可爲知者道，難爲俗人言也。」清老老於言語之風波，智必及此。行矣，自愛。

29 書贈韓瓊秀才

讀書欲精不欲博，用心欲純不欲雜。讀書務博，常不盡意；用心不純，訖無全功。治經之法，不獨玩其文章，談説義理而已，一言一句，皆以養心治性。事親處兄弟之間，接物在朋友之際，得失憂樂，一考之於書，然後嘗古人之糟粕而知味矣。讀史之法，考當世之盛衰，與君臣之離合。在朝之士，觀其見危之大節；在野之士，觀其奉身之大義。以其日力之餘玩其華藻，以此心術作爲文章，無不如意，何況翰墨與世俗之事哉！

30 書陶淵明責子詩後

觀淵明之詩，想見其人，豈弟慈祥戲謔可觀也。俗人便謂淵明諸子皆不肖，而淵明愁歎見於詩，可謂癡人前不得説夢也。

31 題李白詩草後

余評李白詩，如黄帝張樂於洞庭之野，無首無尾，不主故常，非墨工槧人所可擬議。吾友黄介讀《李杜優劣論》，曰：「論文政不當如此。」余以爲知言。及觀其稿書，大類其詩，彌使人遠想慨然。白在開元、至德間，不以能書傳。今其行草殊不減古人，蓋所謂不煩繩削而自合者歟。

32 跋書柳子厚詩

予友生王觀復作詩，有古人態度，雖氣格已超俗，但未能從容中玉佩之音，左準繩、右規矩爾。意者讀書未破萬卷，觀古人之文章，未能盡得其規摹及所總覽籠絡，但知玩其山龍黼黻成章耶？故手書柳子厚詩數篇遺之。欲知子厚如此學陶淵明，乃爲能近之耳。如白樂天自云效陶淵明數十篇，終不近也。

33 跋劉夢得淮陰行

《淮陰行》情調殊麗，語氣尤穩切。白樂天、元微之爲之[一]，皆不入此律也。唯「無耐脱菜時」不可解[二]，當待博物洽聞者説也。

[一] 元微之：原作「元徽之」，據叢刊本改。

[二] 原注：「後見古本，作挑菜時。」

34 跋劉夢得竹枝歌

劉夢得《竹枝》九章，詞意高妙，元和間誠可以獨步。道風俗而不俚，追古昔而不愧，比之杜子美《夔州歌》，所謂同工而異曲也。昔東坡嘗聞余詠第一篇，歎曰：「此奔軼絶塵，不可追也。」

35 跋劉夢得三閣辭

此四章可以配《黍離》之詩，有國存亡之鑑也。大概劉夢得樂府小章優於大篇，詩優於它文耳。

36 書徐會稽禹廟詩後

越州應天釋希圓，姑蘇人，避地甬東，所居小房，即琅邪山頂也。山下有井，井有鰻鱺魚，水有盈縮，與江湖相應，甚多靈怪。按《爾雅》：「山有穴爲岫。」今季海詩云「孤岫龜形在」，乃不成語。蓋謝玄暉云「窗中列遠岫」，已誤用此字，季海亦承誤耳。按《楚詞》云「收恢台之孟夏」，恢，大也，台即胎也，言夏氣大而育物也。今言「高閣無恢台」，直言無暑氣耳，似不合古語。《爾雅》云「夏爲長嬴」，長嬴即恢台也，若言「高閣無長嬴」，可乎？能，奴登切，獸名，熊屬，足似麃鹿，絶有力，故有絶人之才者謂之能。能，囊來切，三足鼈也。今於來字韻中用「法士多壞能」，乃是僧似鼈耳。然魏晉人作詩，多如此借韻，至李、杜、韓退之，無復此病耳。壯，大壯之壯；牡，牝牡之牡。「規模稱牡哉」，必壯字誤書耳。魏晉人用字亦多如此，蓋取字勢易工，不復問字之根源，如古人橋橋亶直〔一〕，皆不成字。

〔一〕橋橋亶直：原作「橋橋直直」，據叢刊本改。

37 跋子瞻醉翁操

人謂東坡作此文，因難以見巧，故極工。余則以爲不然，彼其老於文章，故落筆皆超軼絶塵耳。

38 跋子瞻木山詩

往嘗觀明允《木假山記》，以爲文章氣旨似莊周、韓非，恨不得趨拜其履舃間，請問作文關紐。及元祐中，乃拜子瞻於都下，實聞所未聞。今其人萬里在海外，對此詩，爲廢卷竟日。

39 跋子瞻送二姪歸眉詩

觀東坡二丈詩，想見風骨巉巖，而接人仁氣粹温也。觀黄門詩，頎然峻整，獨立不倚，在人眼前。元祐中，每同朝班，余嘗目之爲成都兩石筍也〔一〕。

〔一〕也：原作「池」，據叢刊本改。

40 跋東坡樂府

東坡道人在黄州時作。語意高妙，似非喫煙火食人語。非胸中有萬卷書，筆下無一點塵俗氣，孰能至此！

41 書王元之竹樓記後

或傳王荆公稱《竹樓記》勝歐陽公《醉翁亭記》，或曰此非荆公之言也。某以謂荆公出此言未失也。荆公評文章，常先體制，而後文之工拙。蓋嘗觀蘇子瞻《醉白堂記》，戲曰：「文詞雖極工，然不是《醉白堂記》，乃是《韓白優劣論》耳。」以此考之，優《竹樓記》而劣《醉翁亭記》，是荆公之言不疑也。

42 書筠州學記後

中書曾舍人作《高安學記》，極道世之所由廢興。論士大夫之師友淵源，常出於一世豪傑之士。至於長育人材而成就之，則在當塗之君子。其言有開塞，世可以爲法戒，而所託書畫不工，學者因不能玩思於斯文。後二十有七年，柳侯爲州，政優民和，乃礱故刻，而求書於予。予告之以舍弟乘雅善小篆，通六書之意，下筆皆有依據，可與斯文並傳。柳侯則以書謁乘於紫陽而刻之〔一〕。初，有獻疑者曰：「今士大夫不知古文，十室而九。夫篆固古人之書耳，又安能發揮曾子之文章邪？」柳侯曰：「曾子之文章，豈希價於咸陽，而椎鋒於稷下者哉！三代之鼎彝，其字書皆妙。蓋勒之金石，垂世傳後，自必託於能者。吾爲學古鉤深者謀，不爲單見淺聞者病也。」〔二〕予觀柳侯，可謂好古不流俗者矣。柳侯名平，武陵人，字子儀，於是爲左朝請郎。

〔二〕謁：原作「言」，據叢刊本改。

43 題韓忠獻詩杜正獻草書

杜子美一生窮餓，作詩數千篇，與日月争光。永州僧懷素學草書，坐卧想成，筆畫三十年，無完衣被，乃得自名一家。死者不可作，今觀尚書令韓忠獻公詩，太師杜正獻公作草，安用忍如許窮餓！

44 跋雷太簡梅聖俞詩

余聞雷太簡才氣高邁，觀此詩，信如所聞也。梅聖俞與余婦家有連，嘗悉見其平生詩，如此篇是得意處，其用字穩實，句法刻厲而有和氣，他人無此功也。

45 書劉景文詩後

劉景文，樞密副使盛文肅公之婿，於先妣安康郡君尚爲丈人行。然景文不以尊屬臨我，以翰墨文章見謂親友。余嘗評景文「胸中有萬卷書，筆下無一點俗氣」。往歲東坡先生守餘杭，而景文以文思副使爲東南第三將，東坡嘗云：「老來可與晤語者彫落殆盡，唯景文可慰目前耳。」身後圖書漂散，余亦鬢髮盡白，今對此詩，令人氣塞。

46 書歐陽子傳後

高安劉希仲壯輿，序列歐陽文忠公之文章，論次荀卿、揚子雲之後。又考其行事，爲《歐陽子列傳》。余三讀其書而告之曰：昔壯輿之先君子道原，明習史事，撰《十國紀年》，自成一家。今壯輿富於春秋，筆端已有史氏風氣，他日當以不朽之事相傳也。昔司馬談之子遷、劉向之子歆、班彪之子固、王銓之子隱、姚察之子簡、李大師之子延壽、劉知幾之子餗，皆以繼世，功在汗簡。而舊史筆法之美，劉氏再顯。今使壯輿能盡心於《春秋》之舊章，以考百世之典籍，斧藻先君子之凡例，著是去非，則十國之事雖淺，筆法所寄，自當與日月爭光。壯輿尚勉之！之楚而南轅，道雖悠遠，要必至焉。

47 書所作官題詩後

元祐三年閏六月十七日，少章攜此澄心堂紙，問余疾於城西。余方病瘍，意慮無聊，爲寫比來戲效諸生作數詩。余爲兒時，見進士劉韶用烏田紙寫賦，嘗竊笑，以爲用隋侯之珠彈雀。使韶今在，豈免一笑邪！

48 跋招清公詩

草堂，鄭交處士隱處也。小塘芙渠盛開，使鷄伏鴛鴦卵，與人馴狎，不驚畏。老禪延恩長老法安師懷道遯世，雖與慧林本、法雲秀同師，頗以討飯養千百閑漢爲笑也。清公少時蓋依之數年，嘗教誨道俗云：「萬事隨緣，是安樂法。」清公云：「如安禪師，心無簡擇，可愛可欽。」舟中晴暖，閑弄筆墨，爲太和釋智興書。

49 題古樂府後

古樂府有「巴東三峽巫峽長，猨鳴三聲淚霑裳」，但以抑怨之音，和爲數疊，惜其聲今不傳。余自荆州上峽入黔中，備嘗山川險阻，因作前二疊傳與巴娘，令以《竹枝》歌之。前一疊可和云：「鬼門關外莫言遠，五十三驛是皇州。」後一疊可和云：「鬼門關外莫惆悵，四海一家皆弟兄。」或各用四句入《陽關》《小秦王》，亦可歌也。

50 題意可詩後

寧律不諧，而不使句弱；用字不工，不使語俗，此庾開府之所長也，然有意於爲詩也。至於淵明，則所謂不煩繩削而自合。雖然，巧於斧斤者多疑其拙，窘於檢括者輒病其放。孔子曰：「甯武子，其智可及也，其愚不可及也。」淵明之拙與放，豈可爲不知者道哉！道人曰：如我按指，海印發光〔一〕，汝暫舉心，塵勞先起。說者曰：若以法眼觀，無俗不真；若以世眼觀，無真不俗。淵明之詩，要當與一丘一壑者共之耳。

〔一〕海印：原作「海邱」，據叢刊本改。

51 書林和靖詩

歐陽文忠公極賞林和靖「疏影橫斜水清淺，暗香浮動月黄昏」之句，而不知和靖別有《詠梅》一聯云：「雪後園林纔半樹，水邊籬落忽橫枝。」似勝前句，不知文忠公何緣棄此而賞彼。文章大概亦如女色，好惡止繫於人。

52 書王知載朐山雜詠後

詩者，人之情性也，非强諫争於廷，怨忿詬於道，怒鄰罵坐之爲也。其人忠信篤敬，抱道而居，與時乖逢，遇物悲喜，同牀而不察，並世而不聞，情之所不能堪，因發於呻吟調笑之聲，胸次釋然，而聞者亦有所勸勉，比律吕而可歌，列干羽而可舞，是詩之美也。其發爲訕謗侵陵，引頸以承戈，披襟而受矢，以快一朝之忿者，人皆以爲詩之禍，是失詩之旨，非詩之過也。故世相後或千歲，地相去或萬里，誦其詩而想見其人所居所養，如旦莫與之期，鄰里與之游也。營丘王知載，仕宦在予前。予在江湖浮沈，而知載已没於河外，不及相識也，而得其人於其詩。仕不遇而不怒，人不知而獨樂，博物多聞之君子，有文正公家風者邪！惜乎不幸短命，不得發於事業，使予言信於流俗也。雖然，不期於流俗，此所以爲君子者邪！元符元年八月乙巳，戎州寓舍退聽堂書。江西黄庭堅謫授涪州别駕，戎州安置，年五十四。

53 題所書詩卷後與徐師川〔一〕

徐師川往時寄紙數軸，求予書。公私多故，未能作報。前日洪龜父攜師川上藍莊詩來，詞氣甚壯，筆力絶不類年少書生，意其行己讀書，皆當老成解事。熟讀數過，爲之喜而不寐。小舟遨兀，又箱篋中尋紙不得，輒書龜父此紙奉師川。老舅年衰才劣不足學，師川有意日新之功，當於古人中求之耳。

〔二〕《文獻通考·經籍考》引作徐俯《東湖集跋前》。

54 書邢居實南征賦後〔一〕

陽夏謝師復景回，年未二十，文章絶不類少年書生語。予嘗序其遺稿云：「方行萬里，出門而車軸折，可爲霣涕。」今觀邢惇夫詩賦，筆墨山立，自爲一家，甚似吾師復也。日者閱國馬，問諸圉人，曰：「千里駒往往不及奉輿，斃於皂櫪，駑蹇千百爲群，未嘗求國醫也。」聞之喟然曰：「吾惇夫亦足以不朽矣。」

〔一〕《文獻通考·經籍考》引作邢敦夫《呻吟集跋》，至「甚似吾師復也」，其下云「秀而不實，念之令人心折」而止。

55 書邢居實文卷

余觀《學記》論君子之學，有本末等第。人雖不能自期壽百歲，然必不躐等，如水行川，盈科而後進耳。小學之事雖苦縻費日月，要須躬行，必曉所以致大學之精微耳。吾惇夫才性高妙，超出後生千百輩。然好大略小，初日便爲塗遠之計，則似可恨。後生可畏，當欣慕其才，而鑒其失也。

56 跋所寫答小邢止字韻詩并和晁張八詩與徐師川

邢居實字惇夫，才器甚過人，未嘗友不如己者。治經行己，未嘗一日不用其心，使之成就，可畏也。因隨州寄詩來，詩律極進，故和答之如此。後八詩頗得意者，故漫録往，或詣潘、洪諸友讀之。往時曾寫二十許篇與魏道輔和答詩贈德延，不審常見之否？或不曾見，續當録云。

57 跋王慎中胡笳集句

溢城王寅慎中，擬半山老人集句《胡笳十八拍》，其會合宛轉，道文姬中心事甚妙。慎中文士，孝友清修，年三十八，未嘗知女色，葷羶不入口，一粥一飯，三十年奉身如山中頭陀，初無玷缺。山中人初不接世事，故其行易持。觀慎中詩語所道閨闥中意，不應是鐵人石心，然能護持如此，所以爲難。

58 跋歐陽元老詩

此詩入陶淵明格律，頗雍容，使高子勉追之或未能。然子勉作唐律五言數十韻，用事穩貼，置字有力，元老亦未能也。

59 跋高子勉詩

高子勉作詩，以杜子美爲標準，用一事如軍中之令，置一字如關門之鍵，而充之以博學，行之以温恭，天下士也。

60 題王觀復所作文後

王觀復作書，語似沈存中，他日或當類其文。然存中博極群書，至於《左氏春秋傳》、班固《漢書》，取之左右逢其原，真篤學之士也。觀復下筆不凡，但恐讀書少耳。如梓州生陳子昂之文章〔一〕，趙蕤之術智，皆所謂人傑地靈也，何必城南有錦屏山哉！余意錦屏山但能生富貴人耳。

〔一〕子昂：原作「二昂」，據叢刊本改。

61 跋胡少汲與劉邦直詩 丁丑歲十月

胡少汲，後生中豪士也。讀書作文，殊不塵埃，使之不倦，雖競爽者未易追也。「同是行人更分首」，佳句也；「邂逅相逢意已傾」，已道了劉三十一矣〔一〕。

〔附〕胡少汲詩

夢魂南北昧平生，邂逅相逢意已傾。楚國山川千疊遠，隋隄煙雨一帆輕。我無健筆翻三峽，君有長才肅五兵。同是行人更分首，不堪風樹作離聲。

〔一〕「同是行人」句以下，《豫章先生遺文》卷一〇作：「同是行人更分首，不堪風樹作離聲，意已傾倒了劉三十一矣。」

62 書洞山价禪師新豐吟後

余舊不喜曹洞言句，常懷涇渭不同流之意。今日偶味此文，皆吾家日用事，乃知此老人作百衲被，歲久天寒，方知用處。浮山注解，雖爲報大陽十載之恩，又似孤負新豐老人耳。文會上座乞書此篇，欲刻諸石，與同味者傳之，因書。老夫於此，興復不淺。

63 跋王介甫帖

余嘗評東坡文字，言語歷劫，贊揚有不能盡，所謂竭世樞機，似一滴投於巨壑者也。而此帖論劉敞侍讀晚年文字，非東坡所及。蝍蛆甘帶，鴟鵶嗜鼠，端不虛語。

宋黄文節公全集·正集卷第二十六

題跋

1 跋東坡論筆

東坡平生喜用宣城諸葛家筆，以爲諸葛之下者，猶勝他處工者。平生書字，每得諸葛筆，則宛轉可意，自以謂筆論窮於此。見几研間有棗核筆，必嗤誚，以爲今人但好奇尚異，而無入用之實。然東坡不善雙鉤懸腕，故書家亦不伏此論。

2 跋東坡書遠景樓賦後

東坡書隨大小真行，皆有娬媚可喜處。今俗子喜譏評東坡，彼蓋用翰林侍書之繩墨尺度，是豈知法之意哉！余謂東坡書〔一〕，學問文章之氣鬱鬱芊芊，發於筆墨之間矣，所以他人終莫能及爾。

〔一〕余：原作「今」，據叢刊本改。

3　書摹榻東坡書後

此書摹榻出於拙手，似清狂不慧人也。藏書務多，而不精別，此近世士大夫之所同病。唐彦猷得歐陽率更書數行，精思學之，彦猷遂以書名天下。近世榮咨道費千金，聚天下奇書，家雖有國色之姝，然好色不如好書也，而榮君翰墨居世不能入中品。以此觀之，在精而不在博也。

4　跋僞作東坡書簡〔一〕

此帖安陸張夢得簡，似是丹陽高述僞作，蓋依旁《糟薑山芋帖》爲之，然語意筆法，皆不升東坡之堂也〔二〕。高述、潘岐皆能贋作東坡書。余初猶恐《夢得簡》是真蹟，及熟觀之，數篇皆假託耳〔三〕，少年輩不識好惡乃如此。東坡先生晚年書尤豪壯，挾海上風濤之氣，尤非他人所到也。

〔二〕簡：原無，據叢刊本補。

〔三〕皆：原作「非」，據叢刊本改。

〔三〕數篇：原校云：「一作終篇。」叢刊本作「終篇」。

5 跋爲王聖予作字

老夫病眼眚，不能多作楷。而聖予求予正書，與兒子作筆法。試書此，初不能成楷，目前已有墨花飛墜矣。然學書之法乃不然，但觀古人行筆意耳。王右軍初學衛夫人小楷，不能造微入妙。其後見李斯、曹喜篆、蔡邕隸八分，於是楷法妙天下。張長史觀古鐘鼎銘科斗篆，而草聖不愧右軍父子。

6 書繒卷後

少年以此繒來乞書，渠但聞人言老夫解書，故來乞爾〔一〕，然未必能別功楛也。學書要須胸中有道義，又廣之以聖哲之學，書乃可貴。若其靈府無程，政使筆墨不減元常、逸少，只是俗人耳。余嘗爲少年言：「士大夫處世可以百爲，唯不可俗，俗便不可醫也。」或問不俗之狀，老夫曰：「難言也。視其平居無以異於俗人，臨大節而不可奪，此不俗人也。平居終日，如含瓦石，臨事一籌不畫，此俗人也。雖使郭林宗、山巨源復生，不易吾言也。」

〔一〕乞：原作「也」，據叢刊本改。

7 跋自臨東坡和陶淵明詩

此書既以遺荆州李翹叟，既而亡其本，復從翹叟借來，未謄本，輒爲役夫田清盜去，賣與龍安寺千部院僧。盜事覺，追取得之，復歸翹叟。翹叟屢索此卷，恐爲人盜去，余殊謂不然，乃果見盜。夫不疑於物，物亦誠焉。翹叟一動其心，遂果被盜。昔季康子患盜，孔子曰：「苟子之不欲，雖賞之不竊。」誠然哉！

8 跋自所書與宗室景道

昌州使君景道，宗室之秀也。往余與公壽、景珍游，時景道方爲兒童嬉戲，今頎然在朝班。思公壽、景珍不得見，每見景道，尚有典刑。宣州院諸公多學余書，景道尤喜余筆墨，故書此三幅遺之。翰林蘇子瞻，書法娟秀〔一〕，雖用墨太豐，而韻有餘，於今爲天下第一。余書不足學，學者輒筆愞無勁氣。今乃捨子瞻而學余，未爲能擇術也〔二〕。適在慧林爲人書一文字試筆墨，故遺此，不別作記。庭堅頓首，景道十七使君。五月七日〔三〕。

〔一〕娟：原作「媚」，據叢刊本改。

〔二〕未爲：「未」下原衍「知」字，據《宋四家真蹟》删。

〔三〕「庭堅」句以下，原無，據《宋四家真蹟》補。

9 跋與徐德修草書後

錢穆父、蘇子瞻皆病予草書多俗筆。蓋予少時學周膳部書，初不自寤，以故久不作草。數年來猶覺湔祓塵埃氣未盡，故不欲爲人書。德修來乞草書，至十數請，而無倦色愠語。今日試爲之，亦自未滿意也。德修持此紙來乞書，又爲予作墨汁。予以燭下眼痛，未能下筆。又送高麗墨三丸，皆六年隨貢使精品也。德修耽玩筆墨，甚於嗜欲，其爲求予書，乃能頓舍世間深重恩愛，此與楚文之昌歜、屈到之芰、點也之羊棗何異哉！德修舍所愛而逐所愛，猶是放一拈一者也。雖然，予得墨而喜，亦舍其沐猴者歟！

10 書自作草後

舊爲陳誠老作此書，不知乃歸楊廣道已數年。余謫黔南，道出尉氏，廣道時以相訪，茫然似不出余手，梵志所謂「吾猶昔人非昔人」者邪！紹聖甲戌，在黄龍山中，忽得草書三昧，覺前所作太露芒角。若得明窗浄几，筆墨調利，可作數千字不倦，但難得此時會耳。

11 自評元祐間字

往時王定國道余書不工。書工不工，是不足計較事，然余未嘗心服。由今日觀之，定國之言誠不謬，蓋用筆不知禽縱，故字中無筆耳。字中有筆，如禪家句中有眼，非深解宗趣，豈易言哉！

12 書贈福州陳繼月

東坡先生云：「大字難於結密而無間，小字難於寬綽而有餘。」寬綽而有餘，如《東方朔畫像贊》《樂毅論》《蘭亭禊事詩敘》、先秦古器科斗文字。結密而無間，如焦山崩崖《瘞鶴銘》、永州磨崖《中興頌》、李斯嶧山刻秦始皇及二世皇帝詔。近世兼二美，如楊少師之正書行草、徐常侍之小篆。此雖難爲俗學者言，要歸畢竟如此。如人眩時，五色無主，及其神澄意定，青黄皂白亦自粲然。學書時時臨模，可得形似，大要多取古書細看，令入神，乃到妙處。唯用心不雜，乃是入神要路。

13 跋與張載熙書卷尾

凡學書，欲先學用筆。用筆之法，欲雙鉤回腕，掌虛指實，以無名指倚筆則有力。古人學書不盡臨摹，張古人書於壁間，觀之入神，則下筆時隨人意。學字既成，且養於心中，無俗氣，然後可以作示人，爲楷式。凡作字，須熟觀魏晉人書，會之於心，自得古人筆法也。欲學草書，須精真書，知下筆向背，則識草書法，草書不難工矣。

14 又

《蘭亭禊飲詩敘》二本，前一本是都下人家用定武舊石刻摹入木板者，頗得筆意，亦可玩也。一本以門下蘇侍郎所藏唐人臨寫墨跡刻之成都者，中有數字，極瘦勁不凡，東坡謂此本乃絶倫也。然此本瘦字時有筆弱，骨肉不相宜稱處，竟是常山石刻優爾。共城張載熙，名家子，能官而好文，尤喜筆札。自以平生好余書，但見碑板，以予喜其兄弟，故以連州藤紙兩大軸來乞行草。會予遷入宜州城中，土木之功紛然作於前，不能有佳思，桂州人日日求去。窗間屏事書此，心手與筆俱不相得，譬如稗子畫沙上書耳〔一〕。

〔一〕此跋自「共城張載熙」以下一段，《豫章先生遺文》卷一〇另作一篇，題爲《書自草書古樂府後》。

15 又

老夫久不觀陶、謝詩，覺胸次愊塞，因學書盡此卷，覺沆瀣生於牙頰間也。杜子美云：「安得思如陶謝手，令渠述作與同游。」真知言哉！一日飲屠蘇，頗有書興。案上有墨瀋而佳，筆莫在，因以三錢鷄毛筆書此卷。由知者觀之，在手不在筆哉！

16 跋舊書詩卷

建中靖國元年十二月甲子，觀此詩卷，筆意癡鈍，用筆多不到，亦自喜中年來書字稍進爾。星家言：「六十二不死，當壽八十餘。」審如此，真當以善書名四海。〔一〕

〔一〕原注：「先生乙酉生，乙酉歲終。」

17 論黔州時字

元符二年三月十三日，步自張園看酴醾回，燭下試宣城諸葛方散卓，覺筆意與黔州時書李太白《白頭吟》筆力同中有異，異中有同。後百年如有別書者，乃解余語耳。張長史折釵股，顔太師屋漏法，王右軍錐畫沙、印印泥，懷素飛鳥出林、驚蛇入草，索靖銀鉤蠆尾，同是一筆，心不知手，手不知心法耳。若有心與能者争衡，後世不朽，則與書藝工史輩同功矣。

18 跋湘帖群公書

李西臺出群拔萃，肥而不賸肉，如世間美女，豐肌而神氣清秀者也。但摹手或失其筆意，可恨耳。宋宣獻富有古人法度，清瘦而不弱，此亦古人所難。蘇子美、蔡君謨皆翰墨之豪傑也。歐陽文忠公頗於筆中用力，乃是古人法，但未雍容耳。徐鼎臣筆實而字畫勁，亦似其文章，至於篆則氣質高古，與陽冰並驅争先也。

19 跋五宰相書

潘侯嘗侍伯恭學士南北官守，故多得貴人書帖藏於家。昔有道人禁人競渡不行，舟中有人視之嘻笑者。道人曰：「此舟中人有道術，夜當報我。」乃謁縣令，置牀卧，而借縣印懸其上〔一〕。中夜有聲硜然，至縣印而止。夫縣印能禍福百里，尚可以卻不祥，況五宰相書邪！潘侯謹藏之而已。

〔一〕懸：叢刊本作「閣」。

20 跋常山公書

往時士大夫罕能道宣獻書札之美者。前日裕陵游心藝文，頗歸翰墨於宋氏，於是天下靡然承風，牆隅敗紙、蛛絲煤尾之餘，無不軸以象玉，表以綈錦。士大夫書尺間，班班皆有筆勢。老杜云：「太宗妙其書，是以數子至。」有味其言也。

21 又

近世士大夫書，富有古人法度，唯宋宣獻公耳。如前翰林侍書王著書《樂毅論》及周興嗣《千字》〔一〕，筆法圓勁，幾似徐會稽，然病在無韻。如宣獻公能用徐季海策，莫年擺落右軍父子規摹，自成一家，當無遺恨矣。

〔一〕侍書：原校：「一作書藝。」

22 又

常山公書如霍去病用兵，所謂顧方略如何耳，不至學孫、吴。至其得意處，乃如戴花美女，臨鏡笑春，後人亦未易超越耳。紹聖五年五月晦，避暑瀘州大雲寺，子茂攜此書來，妄意評之如此。

23 跋蔡君謨帖

蔡君謨行書簡札，甚秀麗可愛。至於作草，自云得蘇才翁屋漏法，令人不解。近見陳懶散草書數紙，乃真得才翁筆意。寒溪寢堂，待飯不至，飢時書板，殊無筆力。

24 跋舅氏李公達所寶二帖〔一〕

蘇子美似古人筆勁，蔡君謨似古人筆圓，雖得一體，皆自到也。

〔一〕叢刊本題下注：「公達名布，公擇兄。」

25 跋周子發帖

王著臨《蘭亭序》《樂毅論》，補永禪師周散騎《千字》，皆妙絶同時，極善用筆。若使胸中有書數千卷，不隨世碌碌，則書不病韻，自勝李西臺、林和靜矣。蓋美而病韻者王著，勁而病韻者周越，皆渠儂胸次之罪，非學者不盡功也。顔太師稱張長史雖姿性顛佚，而書法極入規矩也〔一〕，故能以此終其身而名後世。如京洛閒人，傳摹狂怪字，不入右軍父子繩墨者，皆非長史筆蹟也。蓋草書法壞於亞栖也。

〔一〕書：原作「盡」，據叢刊本改。

26 跋唐林夫帖

余於唐家子弟處，得林夫臨摹歐陽詢書帖，筆勁而秀潤，余以爲此林夫得意書也。坐客或不謂然。後於振之處得一帖，形體皆是，殊乏神氣，然後頗以余爲知言。此數帖，工拙相半，可收藏者，政以知用筆，是衆所不及處。

27 題王荆公書後

王荆公書字得古人法，出於楊虚白。虚白自書詩云：「浮世百年今過半，校他蘧瑗十年遲。」荆公此二帖近之。往時李西臺喜學書，題少師大字壁後云：「枯杉倒檜霜天老，松煙麝煤陰雨寒。我亦生來有書癖，一回入寺一回看。」西臺真能賞音。今金陵定林寺壁，荆公書數百字，未見賞音者。

28 跋三伯祖寶之書

檀敦禮攜此書來，云是蔡君謨書。觀其筆意，非君謨也。考其官，論其世，非君謨也。君謨作小字，真行殊佳，至作大字甚病。故東坡云：「君謨小字，愈小愈妙；曼卿大字，愈大愈奇。」此大字豪勁，疑是三伯祖寶之書〔一〕，所謂「江南黄茂先，江北段少連」者也。君謨未常仕王府，而寶之常作宮邸教官，語意近之。

〔一〕「三伯祖」下，原衍一「祖」字，據叢刊本删。

29 跋王才叔書

王才叔兄弟皆喜作大字，魁梧壅腫，乃以筆力豪壯爲主。范中濟、中濳書，蓋其季孟也。人各自有時，當治平之元，才叔筆墨，字價千金；蔡君謨書，不直一錢。東方生云：「用之則爲虎，不用則爲鼠。」豈不信矣哉！

30 跋米元章書

余嘗評米元章書，如快劍斫陣，强弩射千里，所當穿徹，書家筆勢亦窮於此。然似仲由未見孔子時風氣耳。

31 跋王晉卿書

余嘗得蕃錦一幅，團窠中作四異物，或無手足，或多手足，甚奇怪，以爲書囊，人未有能識者。今觀晉卿行書，頗似蕃錦，其奇怪非世所學，自成一家。

32 跋李康年篆

予嘗論：二王以來，書藝超軼絶塵，惟顔魯公、楊少師相望數百年，若親見逸少，又知得於手而應於心，乃輪扁不傳之妙。賞會於此，雖歐、虞、褚、薛，政須北面爾。自爲此論，雖平生翰墨之友聞之，亦憮然瞠若而已。晚識子瞻，評子瞻行書，當在顔、楊鴻雁行，子瞻極辭謝不敢。雖然，子瞻知我不以勢利交之而爲此論。李樂道白首心醉六經古學，所著書，章程句斷，絶不類今時諸生。身屈於萬夫之下，而心亨於江湖之上。晚寤籀篆，下筆自可意，直木曲鐵，得之自然。秦丞相斯、唐少監陽冰，不知去樂道遠近也，當是傳其家學。觀樂道字中有筆，故爲樂道發前論。蔡君謨行書，世多毁之者，子瞻嘗推宗之，此亦不傳之妙也。

33 書家弟幼安作草後

幼安弟喜作草，攜筆東西家，動輒龍蛇滿壁，草聖之聲，欲滿江西。來求法於老夫。老夫之書本無法也，但觀世間萬緣如蚊蚋聚散，未嘗一事橫於胸中，故不擇筆墨，遇紙則書，紙盡則已，亦不計較工拙與人之品藻譏彈。譬如木人，舞中節拍，人歎其工，舞罷則又蕭然矣。幼安然吾言乎？

34 跋西園草書

西園草書，如散聖説禪，人不易識。若逢本分，鉗鎚百雜碎。

35 跋淡墨碑銘

古人作《蘭亭敘》《孔子廟堂碑》，皆作一淡墨本，蓋見古人用筆回腕餘勢。若深墨本，但得筆中意耳。今人但見深墨本收盡鋒芒，故以舊筆臨倣，不知前輩書初亦有鋒鍔，此不傳之妙也。

36 題傳神

道是魯直也得，道不是魯直也得。道似魯直也得，道不似魯直也得。世間八萬四千，究竟誰分皂白？

37 跋范文正公帖

范文正公書，落筆痛快沈著，極近晉宋人書。往時蘇才翁筆法妙天下，不肯一世人，惟稱文正公書與《樂毅論》同法。余少時得此評，初不謂然，以謂才翁傲睨萬物，衆人皆側目，無王法必見殺也。而文正待之甚厚，愛其才而忘其短也，故才翁評書少曲董狐之筆耳。老年觀此書，乃知用筆實處是其最工。大概文正妙於世故，想其鉤指回腕，皆優入古人法度中。今士大夫喜書，當不但學其筆法，觀其所以教戒故舊親戚，皆天下長者之言也。深愛其書，則深味其義，推而涉世，不爲吉人志士，吾不信也。

38 跋范文正公書伯夷頌

范文正公書《伯夷頌》，極得前人筆意。蓋正書易爲俗，而小楷難於清勁有精神。如斯人，不必以書立名於來世也，然翰墨乃工如此。蓋喜多能，雖大賢不免焉。

39 跋范文正公詩

范文正公在當時諸公間第一品人，故余每於人家見尺牘寸紙，未嘗不愛賞彌日，想見其人。所謂「先天下之憂而憂，後天下之樂而樂」，此文正公飲食起居之間先行之，而後載於言者也。

40 跋种大諫墨跡

种明逸天下高士，郭有道之流輩也。使其翰墨無以過人，得其遺跡，猶可想其風度，況筆精墨妙邪！

41 跋顔魯公壁間題

余觀顔尚書死李希烈時壁間所題字，泫然流涕。魯公文昭武烈，與日月争光可也。正色奉身，出入四十年，蹈九死而不悔。禄山縱火獵九州，文武成禽。魯公以平原當天下之半，朝廷勢重，賴以復立。書生真能立事，忠孝滿四海，不輕用人。國史載之行事如此，足以間執讒慝之口矣。汝蔡之間，所謂建諸天地而不悖，質諸鬼神而無疑，使萬世臣子有所勸勉，觀其言，豈全軀保妻子者哉！廉頗、藺相如死向千載，凛凛常有生氣；曹蜍、李志雖無恙，奄奄如九泉下人。我思魯公英氣，如對生面，豈直要與曹、李爭長邪！

42　跋高獲敬公傳

余嘗怪蔚宗不以高敬公入《獨行傳》，而載之《方術》。蓋敬公使鮑汝南北出，至三十里亭而致雨，其言不類儒者爾。雖然，董生以術厭勝水旱，班孟堅不列於眭、京之間，善論人也。如敬公操行知識，豈可以方術域之邪！

43　跋江記注墨迹

往時見歐陽永叔、梅聖俞、石曼卿、蘇子美詩，善稱道江鄰幾，常想見其人。後二十餘年，乃得與起居君之孫端禮季共游。季共甚藝而强於學，蓋前人之風聲氣習猶在也。今又得起居遺墨觀之，忠厚之氣藹然，江氏當寶傳之。

44 跋歐陽公紅梨花詩

觀歐陽文忠公在館閣時與高司諫書，語氣可以折衝萬里。謫居夷陵，詩語豪壯不挫，理應如是。文人或少拙而晚工，至文忠，少時下筆便有絶塵之句，此釋氏所謂「朝生王子，一日出生一日貴」者邪！余雅聞文忠謫夷陵，得通判西京留守事朱叔庠作太守，遂無逐臣之色。然竊怪文忠《與尹師魯書》云：「到官作庭趨，始覺身是縣令，心嘗怏怏此處。及來荆州，見朱公之孫，乃知朱公已解印去，至京師，復來守峽州。」及見文忠與朱公别紙云：「近日還止縣舍，方審復臨舊治。爲乍到，凡事未定，不果遠出界首迎候。」乃涣然不疑，亦知朱公於舊僚之意甚篤也。

45 跋朱侍郎奏稿

朱公前朝老成，引年謝事，隱約丘園，猶不忘天下之故。曹公云：「老大勤學，唯吾與盛孝章爾〔一〕。」老不倦學，誠難得人。余觀近世侵尋於富貴者，往往埋没於酒梧歌舞之中，不省家事，況憂國乎！

〔一〕原注：「盛孝章當作袁伯業。」

46 題知命弟書後

知命弟，江西豪士也。意氣合其臭味，極力推挽之不遺力，有味其言之也；至不合其意，雖衣冠貴人，唾辱之如矢溺。亦自以廢疾如支離疏，攘臂於稠人廣衆中，物亦不能害之。作小詩、樂府，清麗可愛。讀書不多，亦會古人意。年不能五十，遂以蓋棺，每見其遺墨，令人霣涕。

47 題所書杜子美小詩後

荆州孫惇夫，以幕客攝領涪州，郡中蕭然。徐察之，事事修舉，他日正官未必能爾也。爲留兩日，恨識之晚。以卷軸求書〔一〕，一日爲書三軸。此壹卷起土腦灘下，至酆都而畢。余舊作《薦士》詩云：「挽士不能寸，推去輒數尺。才難不其然，有亦未易識。」亦并寄於此。

〔一〕求：原作「來」，據叢刊本改。

48 書天姥吟遺馮才叔

河南馮才叔，雖與無一日之雅，而往作象郡太守，而予之同祖蕭氏妹，爲其夫棄之象，而薄游湖湘江淮，逾年不歸。并蕭之所生母餓於象，女弟刺繡履襪以養其姑〔一〕。久之，兄弟奔竄，不能來顧省之。崇寧之元，乃自象州取而歸，云：「非得馮太守，則爲嶺表之餒魂矣。」故予雖未識才叔，已心許之爲急難之友矣。才叔以此紙來乞書，因爲書太白《天姥吟》豪壯之語遺之。

〔一〕襪：原作「抹」，據文意改。

49 書徐德占題壁後

豫章有二豪傑，雷霆一世，世父長善，外兄徐德占，相望五十餘年，舅甥略相似。長善以文章，德占以才略，出於深山窮谷，而揭日月於萬夫之上。長善年三十二，德占年四十，大命賨傾，使人短氣。予過宿章明揚追遠堂下，觀德占字，雖一時戲笑語，猶彷彿見其忠厚之氣。

50 跋子瞻祭胡屯田文

庭堅晚進，不及識執中公。而東坡之文敘述自少迄老，言其事師取友，殊不草草，藏器待知，終不見用，可信其爲士君子也。元祐中，余歸妹於河南張塤叔和〔一〕，執中公蓋塤之外祖也，故遂識執中公之子峽州太守公達。公達治郡，政雖嚴而不苛，事雖整而常暇。其論熙寧元祐以來改易更革，天下之大故，利病得失，去彼取此，所以云爲者，使人聽之，賓主不倦而忘歸也〔二〕。以是知東坡之所云「孺子肖君〔三〕，世有令聞」，非虛語也。其曰「百鍊之剛，日膾千牛」，惜乎匣餘刃而不試也。天下常患才難，有之又未必用，可勝歎哉！

〔一〕叔：原作「收」，據叢刊本改。
〔二〕主：原作「三」，據叢刊本改。
〔三〕君：原作「吾」，據叢刊本改。

51 跋王荆公禪簡

荆公學佛，所謂「吾以爲龍又無角，吾以爲蛇又有足」者也。然余嘗熟觀其風度，真視富貴如浮雲，不溺於財利酒色，一世之偉人也。莫年小語，雅麗精絶，脱去流俗，不可以常理待之也。

52 跋歐陽文忠公廬山高詩

劉公中剛而外和，忍窮如鐵石，其所不顧，萬夫不能回其首也。家居四十年，不談時事，賓客造門，必置酒終日。其言亹亹，似教似諫，依於莊周、浄名之間。年八十而耳目聰明，行不扶持，蓋不得於彼而得於此也，若廬山之美，既備於歐陽文忠公之詩中，朝士大夫讀之慨然，欲税塵駕，少揖其清曠而無由。而公獨安樂四十年，起居飲食於廬山之下，没而名配此山，以不磨滅。録録而得志願者，視公何如哉！

53 跋東坡詩

東坡在潁州時，因歐陽叔弼讀《元載傳》，歎淵明之智，遂作此詩。淵明隱約栗里、柴桑之間，或飯不足也，顔延年送錢二十萬，即日盡送酒家。與蓄積不知紀極，至藏胡椒八百斛者相去遠近，豈直睢陽蘇合彈與蜣蜋糞丸比哉！建中靖國元年六月庚戌伏，追涼於護國院，與余洪範同來〔一〕，修公出此卷，戲題。

〔二〕同：原作「問」，據叢刊本改。

54 跋歐陽元老王觀復楊明叔簡後

歐陽元老好學幾於智〔一〕，篤行幾於仁，居其鄉使人遠罪，與之處使人寡過。

〔一〕原注：「元老名獻。」

55 又

王觀復窮而不違仁〔一〕，達而不病義。讀書學文必以古人爲師，造次顛沛必求知義者爲友。

〔一〕原注：「觀復名蕃。」

56 又

楊明叔不病陋巷而樂其義〔一〕，不卑小官而盡其心，强學不已，未易量也。

〔一〕原注：「明叔名皓。」

57 跋黄侍禁墓銘

伯祖侍禁，以先侍御贈尚書職方員外郎。本以儒學自將，而直天禧之詔，下科進士皆補三班借職，蓋與石曼卿同升也。雖仕宦不達，其在施州，能使徼外蠻畏威改過，可知其不録録矣。至於與伯父晦甫論遷番禺城非是，而名震於京師，諸公翕然稱之，朝廷亦向用公也。使少得耆老，至今在朝，平生經術，亦得少見於此，宗族且託庇焉。萬里之塗，車軸折於中道，未嘗不痛惜也。

58 跋砥柱銘後

余觀砥柱之屹中流，閲頹波之東注，有似乎君子士大夫立於世道之風波，可以託六尺之孤，寄百里之命，不以千乘之利奪其大節，則可以不爲此石羞矣。營丘王蕃觀復，居今而好古，抱質而學文，可望以立不易方，人不知而不愠者也，故書《砥柱銘》遺之。

59 跋匹紙

建中靖國元年十月戊子，荆州之沙市舟中，久雨初霽，開北軒以受凉，王子飛兄弟來過。適有田氏嘉醖，問子飛、子均，皆不能酒，而子予自贊曰能。因濯余古銅瓢，滿酌飲之，曰：「飲此，則爲子書匹紙。」子予請盡之。既而一舉，覆瓢示余，因爲落筆不倦。是日子予雖醉，而狂語皆無流俗之談，亦可以觀其不凡也。

60 跋僧齊己詩

齊己，胡氏子，本益陽人。高氏據有荆州，延已居龍興寺，給月俸，遂作《渚宫莫問》十五篇以自見。蓋已初捨俗，入大潙山，參禪猛利，持律清苦。晚歲牽情於詩，遂作荆州僧正以老，故有「未謝侯門去」之句爾。十二郎見過，定是高家郎君。此絶句高勝，翰墨亦可愛。

61 書贈王長源詩後

王長源安貧好義，簞食瓢飲，妻孥不免飢寒〔一〕，而未嘗作可憐之色向人。夫人能自重，其在官必能愛民，惜當路未能拭目也。相見於京師，匆匆不得盡平生朋友之意。長源告行，會小人年來苦頭眩〔二〕，不能苦思，因而廢詩，輒以舊詩十許爲贈。長源若行，登山臨水，亦可以代勞歌耳。

〔二〕 拏：原作「奴」，據文意改。

〔三〕 頭：原無，據叢刊本補。

62 書枯木道士賦後

南充李長倩，骨清而氣秀，是臺閣中人也。於世俗事，窺其藩而不入，據其鼎而不嘗也。其於儒學，必將升其堂而嚌其胾者也。長倩之參軍事於黔中也，會余以罪竄逐在此，其相見，如兄弟親戚之謦欬其側者也。然公庭以簿書期會爲見功〔一〕，林下以草木蒙密爲得計，其勢常離而不合。相從之日少，其間相從而相語又希矣，於其解官而西也慨然。余病不能作詩已十年矣，故書余與子瞻曩所作賦以贈别。

〔一〕 期：原無，據叢刊本補。

63 跋周元翁龍眠居士大悲贊

吾友周壽元翁，純粹動金石〔一〕，清節不朽，雖與日月争光可也。其言語文章，發明妙慧，非爲作使之合，蓋其中心純粹而生光耳。少時在廬陵與之同僚，此時元翁尤少年，已能重厚抑畏，無兒子氣，遂濟登兹。茂叔有子，蓋豫章生，七年便知其有棟梁用耳。

〔二〕純粹：叢刊本作「純孝」。

64 書無名師息心銘後

梁左補闕宗殆，以文學行義知名。梁之亡也，殆棄其官族出家，號無名。後周欲奪其志，命大臣以美官誘之，無名自陳：「宗國顛覆，反俗有七不可。」誓言哀切，遂不奪之。又賦《五苦》詩，詞意高潔，時多傳寫。觀《息心銘》，似其晚年所作，亦似悔其少日刻意於文章邪？因僧知海請書此篇以刻石，爲叢林雜學者之戒，故爲書之。

65 寫蔡明遠帖與李珍跋尾

戎州舊吏李珍，小心而辦事，家有水竹亭館，亦能婆娑風月，不甚出圭角於群吏間。余之竄戎州，使君彭道微，故人也，又與之有連，每遣珍來調護余逆旅之事，無不可人意。及余蒙恩東歸，珍亦用年績當赴吏部，復調護余行橐下荆州，不漏毛甲。余以疾留荆渚，珍告余而西。珍之勤恪，似不愧蔡明遠也，故戲書魯公《明遠帖》與之。

66 跋元祐間與三妗太君帖 李布公達之妻

庭堅幼少從學外家，張夫人飲食教誨之，有母之道焉。食貧，隨官南北，盛德未報。

往得罪棄於黔州，而夫人捐館，不得盡哀於銘旐之前，未嘗不隕涕也。何人表之妻出舊書，讀之愴然。崇寧元年九月甲申，繫舟繁口，庭堅題。

67 題舅氏李公擇墓柱

元祐六年十二月壬申，甥黄大臨來祭墓下。厥甲戌，庭堅、叔達乃克來哭。嗚呼，清明豈弟，友安鄉黨。正色立朝，誠篤不忘，而陸沉如此，嗚呼，誰其似之！

68 書舊詩與洪龜父跋其後

龜父筆力可扛鼎，他日不無文章垂世。要須盡心於克己，不見人物臧否，全用其輝光，以照本心。力學有暇，更精讀千卷書，乃可畢茲能事。

69 書梵志翻著韈詩

「梵志翻著韈，人皆道是錯。乍可刺你眼，不可隱我腳。」一切衆生顛倒，類皆如此，乃知梵志是大修行人也。昔茅容季偉，田家子爾，殺鷄飯其母，而以草具飯郭林宗。林宗起拜之，因勸使就學，遂爲四海名士，此翻著韈法也。今人以珍饌奉客，以草具奉其親。涉母之事，合義則與己，不合義則稱親，萬世同流，皆季偉之罪人也。

70 書蜈磯

蜈似蛇，四足，能害人，賈生所謂「偭蟂獺以隱處」者也〔一〕。今蜈磯有老蜈，寺僧能得其嗜欲，客宿者輒爲蜈所啗。

〔一〕偭：原作「偭」，據叢刊本改。

71 題練光亭

練光亭極是登臨勝處，然高寒不可久處。若於亭北穿土石，作一幽房，置茶鑪，設明窗，瓦墩筆研，殊勝不爾。勝師方丈北挾有屋兩楹，其一開軒，其一欲作虚窗奥室。余爲名軒曰「物外」，主人喜作詩也；名室曰「凝香」，密而清明，於事稱也。

72 書幽芳亭

士之才德蓋一國則曰國士，女之色蓋一國則曰國色，蘭之香蓋一國則曰國香。自古人知貴蘭〔一〕，不待楚之逐臣而後貴之也。蘭蓋甚似乎君子，生於深山叢薄之中，不爲無人而不芳，雪霜淩厲而見殺〔二〕，來歲不改其性也。是所謂遯世無悶，不見是而無悶者也。蘭雖含香體潔，平居蕭艾不殊，清風過之，其香靄然，在室滿室，在堂滿堂，是所謂含章以時發者也。然蘭蕙之才德不同，世罕能別之。予放浪江湖之日久，乃盡知其族姓。蓋蘭似君子，蕙似士，大概山林中十蕙而一蘭也。《楚辭》曰：「予既滋蘭之九畹，又樹蕙之百畝。」以是知不獨今，楚人賤蕙而貴蘭久矣。蘭蕙叢生，初不殊也。至其發華，一幹一華而香有餘者蘭，一幹五七華而香不足者蕙。蕙雖不若蘭，其視椒榝則遠矣〔三〕。世論以爲國香矣，乃曰當門不得不鋤，山林之士所以往而不返者邪！

〔二〕知：原作「之」，據叢刊本改。

〔三〕而：原作「不」，據叢刊本改。

〔三〕椒：原作「子」，據叢刊本改。

73　書壺中九華山石

湖口民李正臣得奇石，九峰相倚，蘇子瞻戲名曰「壺中九華」。又有老巫鄒生，以三奇石隨高下體，著成屏風三疊，余戲名曰「肘後屏風疊」。他日湖中石百怪並出，當以此兩石爲祖云。二石色紺青，嵌孔貫穿，擊之鏗鏗。静而視之〔一〕，嶔崟雲雨之上，諸峰隱見，忽然疑於九十，猶五老峰之疑於五六也。揭而示俗〔二〕，以求賞音，吾見其支醬瓿於牆角也。世有出塵之因，然後此石爲瀟灑緣爾。邇者象江太守費數十萬錢，自嶺南負載三石北歸〔三〕，妻子不免寒餓，未知與此孰賢也。

〔一〕静：原脱，據叢刊本補。
〔二〕示：原作「視」，據叢刊本改。
〔三〕北：原作「比」，據叢刊本改。

74　題萬松亭

太平寺後萬松亭，二十年前涪翁爲篆其榜。今聞增葺殊勝往時，遠託清禪師易其榜，并作《伽陀詩》，寄刻山間石上。

〔附〕伽陀詩

天柱峰無比肩，鬱鬱高松滿川。萬身蒼髯老禪，刳心忘義忘年。説法曾無間歇，松風寺後山前。四海五湖衲子，更於何處參玄。若覓向上關捩，靈龜石下流泉。太平堂中老將，家活都無一錢。會得佛頭著地，不會佛脚梢天。

75 題刀鑷民傳後〔一〕

陳留江端禮季共曰：陳留市上有刀鑷工〔二〕，年四十餘，無室家子姓，惟一女，年七八歲矣。日以刀鑷所得錢，與女子醉飽。醉則簪花吹長笛，肩女而歸。無一朝之憂，而有終身之樂，疑以爲有道者也。

〔一〕《山谷年譜》卷二一將此文作《陳留市隱》詩序。

〔二〕工：原作「二」，據叢刊本改。

76 書贈晃師

老晃相識三十年，竊意已落鑊湯中，輸它牛頭阿旁。余南遷，道出葉縣，繫馬廣教寺中，見晃如平生。問渠何術自濟，乃能如此？晃笑曰：「吾飲酒時，十方世界皆同一味。吾啗衆生時，皆令入無餘涅槃而滅度之，閻老子不管你口辯。」